작가마을 문화신서 _ 7

누벨 바그, 그 신화의 시작

전국대학문예창작학회

nouvelle vague

작가마을 문화신서 7

누벨 바그, 그 신화의 시작

초판인쇄 | 2010년 3월 25일 **초판발행** | 2010년 4월 1일 **지은이** | 이상옥 외 **펴낸이** | 배재경 **펴낸곳** | 도서출판 **작가마을**
편집 | 김종운 **표지디자인** | 김종운 **인쇄** | 선은종합인쇄 **제본** | 광명제책사
등록 | 2002년 8월 29일(제 02-01-329호)
주소 | (121-841)서울시 마포구 서교동 448-38 한일B/D 302호 T.(02)333-2598 F.(02)333-1849
　　　부산사무실 /(600-012)부산시 중구 중앙동 2가 24-3 남경B/D 303호   T.(051)248-4145, 2598 F.(051)248-0723
　　　전자우편 / seepoet@hanmail.net

ⓒ 2010. 이상옥 외   ISBN 978-89-90438-74-8   03810
정 가 / 10,000원

누벨 바그, 그 신화의 시작

nouvelle vague

도서출판 작가마을

책을 펴내며

신은 이 지구를 흔드시는 것인가, 근자에 일어나는 지진으로 인한 인명 피해는 상상을 초월할 정도다. 과학자들은 이번 칠레지진으로 지구자전축이 이동했고, 그 결과 자전주기의 변화로 하루길이가 줄어들었다고 한다.

도대체 왜, 이런 일이 일어나는 것인가. 이런 사태를 과연 과학자들이 다 해명할 수 있는 일인가.

진부하다고 여겨질망정 인생은 무엇인가, 라는 질문을 다시 할 수밖에 없다.

다시 인문학, 문학을 말하지 않을 수 없다.

우리 전국대학 문예창작학회는 2000년도에 창립되어 '문예학습지도사' 자격증을 발부하는 등 다양한 활동을 해오던 중 2008년도부터 평론 및 논문집을 발간하여 올해에는 제3회 학회지를 발간할 수 있게 되었다.

우리 학회 회원들은 모두 문학을 전공한 교수님들로 '문학의 위기'라는 너무도 익숙한 담론이 횡행하는 가운데서도 여전히 문학이 인간의 존재 의의나 가치를 가장 아름답고 고상하게 드러낼 수 있는, 21세기에도 여전히 유효한 예술 장르라고 믿고 있다.

이런 신념을 지닌 교수님들이 주축을 이룬 우리 학회는 여러 가지 어려운 난관 속에서도 그 명맥을 이어온 것이다. 우리 학회는 처음에는 전국 전문대학 문예창작과 교수님 중심으로 이루어져 있었지만, 지금은 문호를 개방하여 문학을 전공한 교수이면 전문대학이냐 4년제대학이냐, 문예창작과냐 비문예창작과냐를 가리지 않고 있다. 우리 학회는 앞으로 더욱 문호를 개방하여 명실상부한 전국대학 문예창작학회로 거듭날 것을 기대해 마지않는다.

여러 가지 바쁜 일 가운데서도 옥고를 주신 학회의 여러 교수님들께 감사의 말씀을 드리며, 우리 학회가 이만큼이라도 발전할 수 있게 된 것은 역대 회장 교수님들과 임원 교수님들의 노고로 알고 이자리를 빌려 역시 감사의 말씀을 드린다.

전국대학 문예창작학회장 이 상 옥

2010년 3월

차례 전·국·대·학·문·예·창·작·학·회

제 **1** 부

문학의 제재를 찾아서 ◦ 김유선 *011*

한국현대사에서 민족시가의 한 흐름 ◦ 김동수 *025*

포스트모더니즘과 문학 ◦ 김혜니 *046*

잘 모르는 만큼만 ◦ 박세현 *063*

–오늘의 문단, 무엇이 문제인가

수필쓰기, 어떻게 가르칠 것인가 ◦ 이성림 *076*

주제의 반복성 · 제재의 교체성에 대한 고찰 ◦ 신승희 *086*

누벨 바그,
그 신화의 시작

제 **2**부

이은상의 삶과 문학 。 이상옥 *115*

누벨 바그(nouvelle vague). 그 신화의 시작 。 이 영 *126*

임춘행(林春鸞) 。 전성희 *136*

밤 서정의 불확정적인 주체들 。 좌광임 *155*

홍명희의 『임꺽정』과 루쉰의 『아큐정전』 비교하여 보기 。 채길순 *160*

조광화의 「남자충동」 다시 읽기 。 호승희 *192*

제1부

김유선
문학의 재제를 찾아서

—

김동수
한국현대사에서 민족시가의 한 흐름

—

김혜니
포스트모더니즘과 문학

—

박세현
잘 모르는 만큼만-오늘의 문단, 무엇이 문제인가

—

이성림
수필쓰기, 어떻게 가르칠 것인가

—

신승희
주제의 반복성 · 제재의 교체성에 대한 고찰

—

문학의 제재를 찾아서

– 숲, 매화, 연꽃, 찔레꽃 국화를 중심으로

김유선 • 장안대학 디지털 문예창작과 교수, 시인. 문학박사

숲, 그 울창한 은유

숲과 문명은 반비례의 상관구조를 갖는다. 문명이 발달할수록 숲은 사라진다. 그러나 하늘 높은 줄 모르고 치솟던 문명도 숲이 사라지면 사라지고 만다. 문명이 놓치고 있는 것이 바로 그것이다. 그들이 대수롭지 않게 망가뜨리고 있는 숲이 곧 자신의 몸인 것을. 자신의 몸이 숲인 것을 모르고 트랙터로 밀고 빌딩을 짓고, 골프장을 만들고, 자연을 정복했다고 좋아한다.

이집트를 여행하다보면 연민을 느낀다. 언제 그렇게 찬란한 문명을 세운 적이 있었을까. 웅장했을 건축물의 잔해와 조각품의 유물들이 황폐해진 사막 속에 파묻혀 있는 것을 보면 내 마음에도 모래바람이 분다. 화려했던 도시는 어디로 갔단 말인가. 원 달러, 원 달러 외치는 그 후예들의 가난을 보면 마음이 사막처럼 티들어간다.

기름진 대지를 찾아 그들은 모여들었을 것이다. 광활한 숲과 강은 그들

에게 풍요를 무한대로 제공했을 것이다. 영원히 그럴 줄 알았을 것이다. 사람들은 점점 많아지고 그래서 더 많은 농토, 더 많은 집과 배와 땔감이 그들은 필요했을 것이다. 조금씩 숲을 갉아먹으면서 사막이 점점 넓어졌지만 그들은 눈치채지 못했을 것이다. 숲은 그렇게 황폐해졌고, 그들의 화려하고 찬란했던 문명도 그렇게 멸망했다. 숲이 사라지면서 고대 문명지역들이 사라졌다고 한다. 인도, 중국, 이집트, 메소포타미아처럼 문명을 떨치던 세계4대 고대문명지역의 사람들은 숲을 망가뜨리면서 자신들도 망하게 된 것이다. 숲이 나라의 흥망성쇠를 좌우하다니, 문득 주변의 숲이 지구의 운명을 쥐고 있는 열쇠로 보인다. 법정 스님의 글 '새들이 먼저 떠나간 숲은 적막하다'는 화두에서 비약하여 '숲이 먼저 떠나간 우주는 적막하다.'는 화두가 떠오른다. 마음이 몇 안 남은 숲 속의 바위처럼 무거워진다.

혼자 있으면 숲이 아니다. 숲은 그 안에 노루며 사슴이며 새를 먹여 살린다. 사람도 숲 속에서 먹고 성장했다. 죽어서 다시 돌아간다. 결국 모든 생명체는 숲과 함께 생사를 함께 하고 희로애락을 공유하는 숲의 공동체인 셈이다. 그렇게 함께 살아와서 그런지 문학작품 속에서 숲은 무한한 은유의 세계를 남기고 있다.

〈잠자는 숲 속의 공주, La Belle Au Bois Dormant〉.

프랑스 동화작가 페로(Charles Perrault)의 동화집 《〈옛 이야기와 교훈〉》 속의 한 편이고, 차이코프스키의 발레곡으로도 유명한 동화. 세계 각국어로 번역 각색되어 세계의 동심을 키우는 동화다. 공주는 마법대로 100년 잠에 빠진다. 공주가 잠이 들면서 성도 잠이 들어 숲으로 덮힌다. 숲은 공주와 함께 백년이 지난 뒤 왕자가 나타나 키스를 할 때까지 우주가 처음 만들어질 때처럼 깊은 카오스의 잠 속에 빠져들게 된다. 숲은 공주를 감추고 보호하는 은밀한 은신처가 되는 것이다. 아무도 침범할 수 없는 세계. 누구도 깨울 수 없는 숲은 어둠의 공간, 공포의 마법이 풀리지 않은 공간이다.

동화 속에서 숲은 여러 가지 상징과 은유로 분장한다.

어린 시절 숲은 무서운 것들이 많아서 혼자 가서는 안 되는 무서운 공간이며 금지 구역으로 습득되어졌다. 조엔 롤링의 〈해리 포터〉시리즈에서 역시 숲은 금지된 공간, 들어가서는 안 되는 공간이다. 그러나 금지된 공간을 들어가는 자는 승리자가 된다. 잠자는 공주를 깨운 왕자 역시 누구도 들어갈 엄두를 내지 못하던 전설 속에 파묻힌 숲으로 용감하게 들어가 공주를 깨우고 한 나라의 성주가 된다. 해리 포터 역시 마법을 배우는 학생들 중에서 두려움과 공포의 지역인 숲으로 들어가면서 해법의 열쇠를 먼저 찾게 되는 것이다. 두려운 숲으로 남보다 먼저 들어가는 용기있는 자들만이 리더가 될 수 있고 성공할 수 있음을 판타지 문학은 말하고 있다.

리더가 되고 영웅이 되기 위해서 통과하지 않으면 안 되는 통과의례.

판타지 문학에서 숲은 통과의례의 공간으로 설정되고 있다. 〈오즈의 마법사〉 역시 숲은 죽음의 양귀비꽃이 요염하게 기다리는 통과의례의 공간이다. 숲을 통과하지 않으면 목적지에 다다를 수 없는 과정이며 이러한 길에는 유혹이 독버섯처럼 숨어 기다린다. 주인공의 목적은 유혹을 이겨내고 그 지역을 통과하는 것이고, 유혹하는 주체의 목적은 지나가는 사람을 유혹해서 통과하지 못하게 하는데 있다. 모든 작품의 주인공들은 틀림없이 유혹을 피하고 역경을 넘기며 통과해서 승리자가 되는 결말을 알면서도 우리는 손에 땀을 쥐며 동화에 빠져든다.

〈백설공주〉에서도 숲은 통과의례의 긴 터널이다. 마녀 왕비에게 밀려 쫓겨난 공간이며, 공주로서의 지위를 박탈당하고 숨어있는 은신처의 공간이다. 깊은 숲 속에서 이제는 평민이 된 공주는, 또 한 번의 유혹을 이겨내야 한다. 독이 든 사과를 피해야 하는 것이다. 유혹과 시험이 있을 것이라는 예고가 있었음에도 불구하고 우리의 주인공들은 유혹 앞에 쓰러진다. 쓰러지지 않으면 어찌 인간이겠는가. 한 번 쓰러진 후 다시 일어선다.

다시 일어설 때 그들은 행복을 찾고 영웅이 되는 것이다.

숲이 잘리면서 문학도 점점 잘려나가고 있다. 숨소리를 죽이며 상상력을 키워주던 동화는 게임오락 등 문명의 또 다른 장르 속에서 상상력과 꿈을 키우는 동화가 아니라, 오로지 목적을 거머쥐기 위해 죽이고 밀치고 눈을 부릅뜨는 아이들로 만들어가고 있다.

숲 속에 함께 살던 우리들의 현재는 일삼아 찾아가야 만날 수 있는 숲과의 관계를 만들고 있다. 그러면서도 내심 불안했으리라. 말로라도 숲을 말하고 싶어 한다. 어느새 우리들의 말 속에 숲이 많이 들어와 있다. 눈에 보이는 숲이 아니라 울창한 숲을 은유화한 개념의 숲이다.

빌딩의 숲, 아파트의 숲, 관념의 숲, 이데올로기의 숲, 지식의 숲, 몽환의 숲, 문학의 숲, 고전의 숲, 대화의 숲, 사랑의 숲... .

매화, 매화가 없는 봄은 봄이 아니었다

옛 선비들은 81개의 흰 매화송이가 그려진 그림을 벽에 그려두고 동지부터 매일 한 봉우리씩 붉은 색을 칠했고 한다. 81개가 홍매로 모두 붉게 칠해지면 봄이 되었다. 하루하루 색칠다 하며 긴 겨울을 기다린 것이다. 〈구구소한도〉라는 그림이 그것이라고 한다. 매화가 겨울 속에서 홀로 피었다. 아, 봄이구나.

매화향은 그 향이 그윽하다 하여 암향이라고 한다. '풍입송 암향'이라 하여 선조들이 전통육아교육법에서 활용하기도 했다. 풍입송, 소나무에 들고 나는 바람소리를 듣게 했고 암향, 날듯 말듯 그윽한 매화 향기를 맡게 했다. 집중력은 물론이요, 소나무와 매화의 품격도 아이들이 깨우쳤으면 하는 바램에서다. 그야말로 자연생태 체험교육이다. 솔바람 소리가 들리느냐, 매화향이 어떠하냐. 일 년에 한 번이라도 맡아보고 들어본 적 있었는지 그대여, 내 삶이여.

> 산에 피어 산이 환하고
> 강물에 져서 강물이 서러운
> 섬진강 매화꽃을 보셨는지요?

　이른 봄, 아직 눈이 여기 저기 남아서 남은 추억처럼 질척일 때 김용택 시인의 싯구는 많은 사람들을 섬진강가로 불러들인다. 매화꽃 이파리들이 푸른 강물에 하얀 눈송이처럼 날린다는 그 섬진강. 매화가 이미 꽃이건만 시인은 매화꽃, 하여 꽃이라는 우리말을 덧붙이지 않으면 꽃이 아닌 것 같은 심정이다. 머리 위에도, 발밑에도, 강물에도 하늘에도 눈 닿고 몸스치는 곳 어디든 매화뿐인 섬진강의 조춘. 꽃비를 맞으며 꽃길을 걸으면 위, 아래, 좌우 사방팔방이 온통 매화다.

　눈 속에서도 피어난다 하여 '설중매(雪中梅)'다. 꽃말도 고결, 정조, 결백, 사랑이다.

　옛 선비들의 사랑을 톡톡히 받은 꽃이다. 선비댁 조경수에 매화는 필수 품목이었다. 매화, 난초, 국화, 대나무, 사군자요 소나무, 대나무, 매화, 세한삼우였다. 매화, 대나무, 돌하여 삼익우라고 사랑하기도 했다. 눈 속에서 볼그레 꽃망울이 부풀어 가는 과정을 지켜보며 군자의 풍모를 되새겼으리라. 시로 묵화로 매화를 더듬었다.

　퇴계와 매화의 일화는 유명하다. 매화를 매형(梅兄), 절군(節君)이라고 한 인격체로 호칭했다. 선생은 시집 〈매화시첩〉을 비롯해 107편의 매화시를 남겼다. 임종 즈음 설사를 하는데 매형에게 불결하니 매화화분을 옮기라고 했다. 매화분에 물을 주고 조용히 앉은 채 영면하셨다고 한다. 매화를 선비로 승격시킨 일화다. 그 매화분이 가야금 솜씨가 뛰어나고 난초와 매화를 사랑하고, 퇴계선생을 지극히 사모하던 관기 두향이 손수 가꾸던 매화분이라는 뒷이야기는 믿어도 되는지. 두향은 말년 선생이 아프다는 말을 전해 듣고는 퇴계로부터 시를 써 받은 치마를 정한수 옆에 놓고 선생의 건강을 위해 매일 밤 치성을 드렸다는 일화도 있다.

> 어리고 성긴 매화 너를 믿지 않았더니
> 눈기약 능히 지켜 두세 송이 피었구나
> 촉 잡고 가까이 사랑할 제 암향조차 부동터라

안민영의 매화 사랑시 〈영매가〉 여러 편 중의 한 수다.

조선 말 지사 이건창은 매화를 보면서 쌀알 같아 밥을 지으면 윤기 자르르 흐르고 맛있을 것 같다고 시를 지었다. "지금 매화 향기 홀로 아득하니/ 내 여기 가난한 모래의 씨를 뿌려라" 이육사 시인도 독립의 의지를 이른 봄 추위 속에서 홀로 핀 매화에 비유했다.

김홍도는 2천 냥 한다는 매화분에 매료되었는데 끼니조차 거르고 있었다. 마침 그림 청탁을 받자 매화분을 단번에 사버렸다. 그림값에서 남은 돈은 사흘 먹을 식량값 2백냥 뿐이었다. 매화의 무엇이 선비들의 마음을 사로잡은 것일까. "인간이별 만사 중에 독수공방이 상사난이란다 좋구나 매화로다 어야 더야 어허야 어허야 에 디여라 사랑도 매화로다" 느린 4박의 굿거리장단이 애절한 민요 〈매화타령〉에서처럼 그들은 매화에서 인생을 읽어내고 있었던 듯하다.

영화 〈취하선〉에서 장승업이 기녀 매향의 가야금 연주에 반해서 기녀 치마폭에 매화 두어 가지를 휘날리던 붓솜씨도 생각난다. 좋구나, 매화로다. 사랑도 매화로다 그대로다. 기녀들 이름에 매화에 연관된 이름이 많은 점도 "좋구나, 매화로다. 사랑도 매화로다."의 심정적 기의 아닐까. 한 선비와의 사랑에 온 생애를 걸었던, 부안 삼절로 꼽히던 기녀 매창. 달밤 창문에 호젓이 비치는 매화의 아름다움을 알았던 여인, 죽어서도 '매화의 뜸'으로 부안명소가 된 그 기녀다. 그가 사랑했던 유희경과 직소폭포와 더불어 부안 삼절이라는 기녀. 홍길동은 그녀와의 인간적 만남을 지속시키려고 잠자리도 피했다고 하지 않은가. "매화 옛 등걸에 춘절이 돌아오니" 그녀의 고아한 향기가 전해온다. 매화 향 같다.

도둑질을 하고는 그 담벽에 매화 한 가지를 그려 도둑질 내가 했소 사인으로 남기던 일지매의 매화는 아이러니적 매화다. 임금님 화장실 매화틀도 재미있다. 매화 한송이 피우셨습니다, 마마.

여성들의 매화사랑도 각별했다. 일부종사의 의지를 다짐하며 비녀로 머리에 꽂았다. 매화잠(梅花簪)이다. 비녀 옆에 꽂는 뒤꽂이며 뚝잠에도 매화 꽃송이를 달았다.

개심사 종루 옆 늙은 매화, 올해는 어떠하신지 봄나들이 나가야겠다.

연꽃, 연꽃 만나러 가는 바람처럼 떠나고 싶다

.

비오는 여름날이면 연꽃 만나러 가는 바람 따라 나도 떠나고 싶어진다. 연잎을 우산처럼 받치고 비를 맞아도 좋았던 어린 날이 있었다. 연못이나 강가 가득히 초록 연잎이 넓은 치마폭 너울대며 출렁이리라. 연잎 위에 후두둑 후두둑 앉는 빗방울들은 진주처럼 영롱하다. 진흙 밭 위에 떨어진 빗방울은 진흙 빛으로 섞이지만, 연잎 위에 빗방울들은 진주 무더기가 된다. 연화 속에서 착한 심청이를 만날 수도 있다.

옴 마니 밧메 훔(Om mani padme hum)
연꽃 속의 진주를 경배하라

산스크리트어 '밧메/파드메"가 바로 연꽃이란다. 잎 표면에 각피층과

왁스 성분의 영향으로 물방울이 표면장력을 가져 구슬처럼 물이 데굴데굴 구른다고 한다. 물이 고이면 절을 하듯 잎을 기울여 스스로 물을 흘려보낸다. 그 넓은 잎만으로도 충분히 넉넉함과 풍요로움을 주는 수초다. 어리연꽃, 가시 연꽃, 쟁반 연꽃 어느 연이든 잎은 담대하기까지 하다. 연자, 연실, 연근, 연방 등 부위마다 이름이 있고 약재로 식용으로 버릴 것이 하나도 없는 꽃.

꽃이 없어도 좋지만 초여름부터 늦여름까지 연못 위의 별처럼 흰꽃, 분홍꽃을 피워올린다. 꽃 중 기품이 있다. 그래서 군자에 비유되는 꽃.

연꽃
만나러 가는 바람 아니라
만나고 가는 바람같이

엊그제
만나고 가는 바람이 아니라
한두 철전
만나고 가는 바람같이

서정주 시인은 사랑과 열정 사이가 아니라 사랑과 그리움 사이를 말하고 있다. 사랑을 만나러 갈 때의 설레임과 급박함이 아니라 만나고 난 뒤의 차분한 그리움의 마음을 그리고 있다. 며칠 지나지 않아서 아직 열기가 남아있는 그리움이 아니라 한두 철 지나서 아련해진 그리움이다. 덟은 맛이 아니라 잘 익고 잘 발효된 시점이다.

연꽃 같은 발꿈치로 가이없는 바다를 밟고
옥 같은 손으로 끝없는 하늘을 만지면서 떨어지는 해를

곱게 단장하는 저녁놀은 누구의 시입니까.

만해시의 〈알수 없어요〉의 '연꽃 같은 발꿈치'는 어떤 발꿈치일까. 어떤 사람일까. 망망 바다를 밟고 일어선 자 누구인가. 황홀히 아름다운 것이 저녁노을뿐이겠는가.

혼돈의 물밑에서 잠자는 영원한 정령 나라아냐 배꼽에서 솟아났다는 꽃.

그래서 인도에서는 생식, 생명창조의 상징성을 갖는다. 석가의 설법에서도 연꽃은 비유로 많이 등장한다. 석가가 영산회상 중 말없이 연꽃 한 송이를 들고 있는데 가섭만이 그 뜻을 헤아려 미소 지었다고 하여 가섭의 '염화시중'의 미소는 불심의 중요한 상징이 되고 있다. 왜일까. 처렴상정, 더러운 속에 있으면서도 잎이나 고에는 그 더러움을 묻히지 않는다. 속세에 있으면서도 물들지 않는 불자의 도리다. 화과동시, 꽃이 피면서 동시에 열매(연실)가 맺는다. 늘 결과를 생각하면서 행동해야 한다. 인과의 도리가 바로 꽃 속에 있다. 또한 연꽃 봉오리는 마치 불자의 합장한 모습에 비유된다.

며칠 전 좋은 벗들과 연꽃 차를 우렸다. 넓은 자배기에 연잎이 깔리고 연꽃 위로 뜨거운 물을 부으면 은은한 향이 진리의 맛같다. 진리와 진실은 은은해 잘 알아볼 수 없지 않았던가.

예전에는 경복궁이나 사찰, 연지를 찾아 가야 만날 수 있었는데, 요즈음은 곳곳에 연꽃이 우아하게 여름 풍경을 만든다. 가까이 두물머리 세미원이라도 들러 빗속 연꽃에 마음을 씻어야겠다.

가서 보라. 연잎에 떨어지는 빗방울은 명상하는 비가 되고 있다.

찔레꽃, 찔레꽃은 왜 눈물샘을 자극할까.

소리꾼 장사익씨의 〈찔레꽃〉을 듣고 있노라면 마음이 축축해진다.

>   하얀꽃 찔레꽃
>   순박한 꽃 찔레꽃
>   별처럼 슬픈 찔레꽃
>   달처럼 서러운 찔레꽃

  동네 아저씨 같은 친근함으로 많은 사랑을 받는 장사익씨는 두루미처럼 목울대를 온힘으로 늘리며 가슴 깊은데서 소리를 끄집어낸다. 산속 깊은 샘물처럼 그의 노래는 감동을 준다. "찔레꽃 향기는 너무 슬퍼요. 그래서 울었지, 밤새워 울었지." 그의 음색은 누룽지처럼 슬프고 수제비처럼 축축하다. 듣고 있으면 슬픈 내 인생이 녹아내린다. 찔레꽃이 아니라, 장사익씨가 아니라 내가 울고 내가 춤춘다. "아~, 찔레꽃처럼 울었지. 찔레꽃처럼 춤췄지." 삶의 고샅길, 에움길 거기 숨겨진 곳, 누군들 울음이 없으랴. 배고파서 울었고 절망해서 울었다. 당신도 찔레꽃이고, 나도 찔레꽃이다.
  "찔레꽃 붉게 피는 남쪽 나라 내 고향, 언덕 위에 초가삼간 그립습니다. 자주 고름..." 하는 〈찔레꽃〉은 한 방송 프로그램에서 1천회 중 가장 많이 불러진 노래 1위곡이었다고 한다. 찔레꽃이 대중가요에서 사랑을 받고 있는 걸 보면 확실히 이 꽃은 서민적인 꽃이다. 장미처럼 사랑의 메신저도 아니며, 백 송이·천 송이로 옆 사람을 주눅 들게 하는 꽃도 아니다.

>   엄마 일 가는 길에 하얀 찔레꽃
>   배고픈 날 가만히 따먹었다오
>   엄마 엄마 부르며 따먹었다오

어머니가 읊조리던 이 노래는 배고픈 과거를 생각나게 한다. 엄마를 기다리는 동심이 연민스럽다. 이와 비슷한, 그래서 이 노래의 원조라고 하는 일제강점기 식민지 현실을 그린 아동문학가 이원수의 동시가 있다. "찔레꽃이 하얗게 피었다오/ 누나 일 가는 광산 길에 피었다오/ 찔레꽃 이파리는 맛도 있지" 여기서도 배고픈 현실과 기다림이 우리의 정서를 잡아끈다. 몽고로 팔려 시집간 처녀의 고향에 대한 그리움의 전설 때문일까. 찔레꽃은 아련한 밑바닥 그리움을 끄집어낸다.

찔레꽃에서는 엄마의 분내가 난다. 알고 보니 화장품이 없던 시절 꽃을 증류해 화장수와 향수로도 사용했단다. 그럴 듯하다.

안데르센이 가장 많은 영향을 받았다는 그림형제의 동화 〈찔레꽃 공주〉는 훗날 〈잠자는 숲 속의 공주〉로 세계 어린이들이 거의 읽은 동화다. 여기서 찔레꽃은 현실로부터 금역의 공간, 비밀의 공간으로 구분되는 경계물로 쓰인다. 우리나라에서도 도둑을 막기 위해 찔레꽃을 울타리에 심었다.

김말봉의 〈찔레꽃〉은 30년대 대중적 인기를 모았던 소설이다. 부자집에 가정교사로 들어가 유혹과 비난을 이겨내는 여주인공의 꿋꿋한 삶을 그리고 있다.

번식력 좋고 추위나 더위에도 강한 찔레꽃, 가뭄에도 장마에도 잘 견디고 공해에도 강하니 이 시대를 살아가려면 이 꽃을 닮으면 되겠다. 허기까지 달래주니 얼마나 경제적인 꽃인가. 찔레순은 아이들 키 성장에도 도움이 된단다.

찔레꽃 같은 여자가 되고 싶다. 오늘도 찔레꽃은 시인의 마음을 흔든다.

국화, 꽃 지고 나면 저 들판에서 어느 꽃을 만나리

만추.

국화가 피었다. 다른 꽃 다 지고난 뒤 홀로 피어있다. "이 꽃 지고 나면 다시 필 꽃 없다"고 당나라 시인이 아쉬움을 노래한 꽃. 산야에 피는 마지막 꽃이다.

중국 설화에 자동선인이라는 사람이 국화 산골짜기의 계곡물을 마시고 700세까지 살았다는 그 국화가 여기 저기 피어 있다.

서양에서 국화는 chrysanthemum이라고 하여, 그리스어 어원으로 보면 황금의 꽃이라고 한다. 타게스 신은 예쁘기는 하지만 바람에 쓰러지는 연약한 세상의 꽃이 마음에 들지 않았다. 그래서 자신의 금가락지를 뽑아 샘물에 녹여서 영원한 꽃을 만들려고 했다는 설에서 마리골드, 만수국이 나왔다는 설도 있다.

그러나 아무래도 국화는 동양적인 꽃이다. 매·란·국·죽 사군자의 하나요, 그림으로 시로 동양에서는 오래 사랑을 받아온 꽃이다. 민화에도 많이 나타난다. 오상고절(傲霜孤節), 절개의 꽃으로 상징되어온 꽃이어서 선비들의 사랑을 특히 받아왔다.

> 국화야, 너는 어이 삼월동풍 다 지내고
> 낙목한천에 네 홀로 피었는가
> 아마도 오상고절은 너뿐인가 하노라

이정보의 시조에는 국화향 속에 조선조 꼿꼿한 선비의 체취가 짙게 묻어난다.

모란, 작약과 더불어 아름다운 꽃이라고 3가품(三佳品)으로 상찬되기도 했다. 매화는 청우(淸友), 연꽃은 정우(淨友), 국화는 가우(佳友)라고 하여 옛 선비들은 자연과 벗하기를 즐겼다. 맑고 깨끗하고 아름다운 벗이 옆에 있으니 다른 것 좀 부족해도 마음 풍요로웠을 멋진 옛 분들이다.

만향(晚香), 오상화(傲霜花), 선선상중국(鮮鮮霜中菊), 은군자(隱君子), 중양화(重陽花), 동리가색(東籬佳色) 등 고고한 이름도 많다. 그만큼 사랑 받았다는 의미겠다. 고려 충선왕 때 원나라에서 전래되었다는 설이 있는가 하면, 당대에 우리나라에 이식되었다는 설도 있다. 국화를 유별나게 좋아한 송나라의 유몽과 범대부의 〈菊譜〉에 신라국(菊)과 고려국(菊)이 나오는 걸 보면, 삼국시대에도 우리나라에 국화가 있었다는 걸 알 수 있다. 18세기 일본 저서에 백제로부터 청, 황, 적, 백, 흑 5색의 국화꽃이 전해졌다는 기록이 있고, 일본 사람들은 이 국화를 좋아해서 황실의 문장으로 썼다고 한다. 일본에서 유럽으로 전해졌다는 설도 있다. 서릿발 속에서도 의연히 홀로 피어있는 국화의 정절, 그 상징성을 동양 선비들은 흠모했으리라.

가을도 깊어간다. 바람도 그 성깔이 깊어가고, 여름 바닷가에서 불붙던 사랑도 깊어간다. 왜 깊어가는 것들에서는 쓸쓸한 내음이 묻어날까. 깊어진 가을 들판에 핀 국화에서도 쓸쓸함이 배어난다.

이천 종이 넘는다는 국화꽃은 대부분 무리지어 꽃이 피는 군집화다. 한 송이만 있으면 국화 같지 않다. 소담스레 한 아름 있어야 국화꽃 정취가 살아난다. 그런데도 '국화' 하면, 외롭고 청초하고 쓸쓸하다. 외로운 한 사람이 생각난다.

> 머언 먼 젊음의 뒤안길에서
> 인제는 돌아와 거울 앞에 선
> 내 누님 같이 생긴 꽃이여

40대 정도의 누이일까. 보채던 사랑이며 격정의 휘용돌이에서 한 발자국 떠난 나이, 그게 몇 살쯤이면 가능할까. 미당의 시 〈국화 옆에서〉는 내 인생의 봄, 여름, 가을, 겨울을 다시 한 번 생각하게 한다. 내 인생의 소쩍 새와 천둥 번개를 생각하게 하고, 아쉬움과 그리움이라는 단어가 주는 그 애틋한 정서를 되살려준다.

차가워진 날씨 때문일까. 국화 핀 둘레는 공기도 신선하다. 멀리서도 그 향내가 설레발치는 마음을 자차분히 누그린다. 코로 맡지 않아도 향내가 오는 것은 시각이 먼저이기 때문인가 보다. 국화꽃 주변에 가면 그 특유의 향기가 마음을 안정시킨다. 말린 들국화 베개가 숙면에 좋다는 말이 맞는가보다는 생각을 하며 국화꽃 피어있는 서울숲을 걷는다. 봄이면 옴 싹을, 여름에는 잎을, 가을에는 꽃으로 차와 국화전을, 겨울에는 뿌리를 먹는다는 국화다.

지는 가을 잎을 보며, 노랗게 우러나는 국화차를 눈으로, 향기로, 마음 으로 마셔야겠다.

국화꽃 지고나면 한 해도 저물겠다. 🎥

한국현대사에서 민족시가의 한 흐름

김동수 • 백제 예술대 교수

I. 머리말

일제의 침략과 더불어 시작된 한국의 현대문학은 조선 총독부의 식민정책에 의해 우리 문학이 관리(管理)·통제되면서 바른 궤도 진입에 실패한 채 오늘에 이르렀다. "식민주의에 대한 냉철한 비판의식과 민족주의적 감성에 호소한 작품의 공식적인 유통은 검열에 의하여 원천적으로 봉쇄되었기 때문이다"1) 따라서 "한국의 모더니즘도 3. 1운동 직후의 상징주의도 위험한 역사적 현장 접근을 피했으며, 프로문학의 뒤를 이은 순수문학도 가난한 농촌이 '아름다운 메밀밭'과 '술 익은 마을마다'로 미화되면서 헐벗고 굶주리는 민중에 대하여 눈감고 입을 다물게 되었다."2) 이러한 현상은 광복 후에도 점령국에 의해 우리의 문학이 주체성을 살리지 못한 채 반공 이데올로기라는 이름 아래 여전히 자율성이 제한을 받게되었다.

이처럼 그간 일제의 식민사관과 반공 이데올로기라는 집권자의 통치논리에 의해 우리 문학이 순치 되어 가면서 진정한 민족의 염원을 제대로 반영하지 못한 탈민족적 성향으로 굴절되어 가고 있었다. 이에 필자는 이러한 일련의 과정에서 간과되었던 일제 침략기 망명 문학과 지하문학 그리고 광복 후 반공법으로 인한 규제 문학 등 민족 시가의 한 흐름을 민족주체사관의 입장에서 재조명해 보고자 한다. 하지만 한국 현대시 100년사 속에서 민족이라는 이념에 기준을 두고 이를 통시적으로 성찰하기란 무리일 수밖에 없다. 때문에 본고에서는 관련 자료들에 대한 깊이 있는 연구보다는 민족적 격랑기를 중심으로 그 자료들을 발굴하고 이를 개괄적으로 정리. 소개하면서 기존의 문학사에 대한 문제 제기와 재인식의 계기가 되기를 바란다.

II. 일제침략기 항일 민족시가

일제침략기 한국의 국내문학은 조선총독부의 언론탄압 정책하(政策下)에서 공간(公刊)된 간행물이라는 특수성으로 인해 반일 감정이나 민족의식이 사전에 봉쇄된 식민지 종속(관리)문학일 수밖에 없었다. 하지만 일부 지하문학이나 해외 동포들의 망명문학들은 당시 우리 민족의 참상과 소망을 솔직하게 표현하고 있어 진정한 민족문학으로서의 모습을 보여주고 있었다.

이에 일제 침략기 민족시가의 흐름을 검열에 압수된 항일 애국문학(愛國文學), 과 해외 망명문학(亡命文學)으로 나누어 그 특성을 살피고자 한다.

....
1) 이명원, 「일제하 문학작품 검열의 실상」, 《문학과 창작》(53호, 2000.1), 문학아카데미, p. 120.
2) 김우종, 「아직은 실패한 우리 문학」, 《시문학》(12월호), 시문학사, 1999.12. pp. 14-15
3) 우렁차게 토하는 기적 소리에 / 남대문을 등지고 떠나 나가서
   빨리 부는 바람의 형세 같으니 / 날개 가진 새라도 못 따르겠네
   늙은이와 젊은이 섞어 앉았고 / 우리네와 외국인 같이 앉았고
   내외 친소 다 같이 익히 지내니 / 조그마한 딴 세상 절로 일웠네
   -최남선,「경부철도 노래」, 1908.3

1. 항일(抗日) 민족시가

최남선의 창가체 「경부철도 노래」3)와 우리나라 최초의 신체시 「海에게서 少年에게」는 일제의 침략 현실을 외면 · 호도, 그들의 식민정책에 동조함으로써 민족의 의지와 멀어져 있었다.

러일전쟁 후 일제가 대륙 침략과 한반도를 식민지화하면서 침략통로로 가설한 경부철도가 마치 우리에게 새 세상을 열어주는 양 '우렁차게 딴 세상 절로 일워' 가고 있다고 환영하고 있는가 하면(「경부철도 노래」), 「海에서 少年에게」의 내용을 면면이 살펴보면 '요것이 무어야 요게 무어야' 하면서 힘찬 파도(해양세력)로 모든 것을 '때리고 부수고 무너버리자' 고 한다. 이러한 자세는 우리의 전통 질서와 가치관에 대한 부정, 그리고 새로운 세계에 대한 동경으로 이어지게 되면서 때마침 한반도를 강점하고 있는 일제의 내습에 대한 지지 논리로 이어질 뿐, 민족의 활로를 위해 그 어떤 구체적이고도 긍정적인 대안을 제시해 주지 못한 채 식민지 현실에 동조하고 있다.4)

이후에 등장한 **창조, 폐허, 장미촌, 백조** 등의 허무적 감상성과 은둔 정서도 사회 의식과는 먼 폐쇄적 자아의 산물에 다름 아니었으며, 1930년대 순수시 계열의 **시문학파**, 서구문예방법론 도입한 모더니즘도 탈사회적 개인적 서정의 세계였으며, 1940년대에 들어 춘원, 모윤숙, 서정주 등은 친일에 가담, 식민지 지식인으로서의 책무를 외면하고 일본 제국주의의 침략 전쟁에 동조하고 있었다.

이처럼 국내 시문학이 대부분 식민지 관리문학으로 굴절되어 가고 있었지만 그런 와중에도 피폐한 민족적 현실을 타개하려는 움직임이 있었으니 당시 〈백조파〉의 병약한 감상주의에 반기를 들고 일어선 김기진의 〈신경향파〉 운동이 그것이었다. 이들의 행동은 격정적 저항을 꿈꾸면서 1925년

---

4) 김동수, 「1930년대의 항일시가문학」, 「비평문학」(14호), 한국비평문학회, 2000, pp.395-396.

KAPF를 결성하고 계급의식에 입각한 조직적 저항의 행동화로 계급 운동
을 전개하였다.

> 1923년 3월 박종화에게 보낸 편지에서 : "월탄 형,...... 형의 도피적 영
> 탄조의 시가 一轉期를 劃하여 강경한 熱歌가 되기를 .....형이 『개벽』에서
> '力의 藝術'이라 부르짖는 것이 詩歌에 나타나기를....
>
> ―박영희, 「백조의 그늘」, 《중앙》 4권 1호, 1923, pp. 134-135

　하지만 이들의 저항은 그 대상이 일제가 아니라 이데올로기를 앞세우는
'계급 절대 우위'라는 점에서 설사 그것이 일제의 식민체제에서 벗어나는
데 도움이 된다 하더라도 그 저항이 진정한 민족적 저항으로 보기에 어려
운 점이 없지 않다.
　이에 비해 만해의 「님의 침묵」, 이상화의 「빼앗긴 들에도 봄은 오는가」,
심훈의 「그날이 오면」, 이원수의 「헌 모자」, 권구현의 「새로운 날」, 이육사
의 「절정」, 윤동주의 「서시」 등 반일 민족 시가들은 대부분 언론 검열에
의하여 규제되었던 지하문학들로서 일제의 가혹한 침략 속에서도 식민지
현실을 직시하여 민족 정기를 드높인 항일 민족문학의 정수들이다.

> 지금은 남의 땅- 빼앗긴 들에도 봄은 오는가
> ―중략―
> 그러나, 지금은 들을 빼앗겨 봄조차 빼앗기겠네
> 　　　―이상화, 「빼앗긴 들에도 봄은 오는가」에서, 1926, 6 『개벽』
> 　　*『개벽』은 두 달 후 항일적 저항성이 문제되어 강제 폐간 됨(1926.8).

> 학교 마루 구석에 걸린 헌 모자
> 꿰매이고 또 꿰맨 떠러진 모자

학교 동모 다 도라간 어둔 밤에는

북간도 간 옛 주인 오직 그릴까

－중략－

학교 마루구석에 쓸쓸한 모자

보름이 지나도록 걸린 헌 모자

그 남자 수남이는 아빠 따라서

울며불며 북간도로 집 떠났다오

－이원수, 「헌 모자」에서, 1930, 2, 20 조선일보

*독립을 종용하거나 排日的 도발성을 띤 시가로 분류되어 압수됨5)

하늘이 부서지는가 땅이 부서지는가

아아 우주는 새날을 낳는다, 새 날을

들으라, 가슴을 뛰게 하는 이 고함 소리를,

새로운 날의 산고(産苦)를 외치는 막바지는 다가 왔구나.

깃발을 휘날리라, 광솔불을 잡으라.

용감하게 새날을 맞이하자. 새로운 날을

－ 중략－

오라 오라 용감한 길잡이여 나오라

떨어지려는 해를 잡아 동녘에 되 던지라

이 땅덩어리를 거꾸로 비틀어 돌려라, 거꾸로

바람은 사막을 치달리리라. 해일(海溢)이여 너도 오라.

때는 일순이 앞에 놓인 것은 다만 일순일 뿐

용감한 무리여 새 날을 맞이하러 오라.

새로운 날을.

---

5) 이 시를 조선총독부 경무국 도서과에서 소위(秘)『조사자료』제20집「諺文新聞 詩歌」의 하나로 분류하여 日語로 번역해서 자료로 삼고 있음 (이명재, '식민지 시대 문학의 특성 연구' 경희대 대학원, 1983, 12)

-권구현, 「새로운 날」에서, 1930, 3, 2

*동아일보에 게재 될 예정이었으나 검열에 걸려 압수 됨

그날이 오면 그날이 오며는

삼각산이 일어나 더덩실 춤이라도 추고

한강물이 뒤집혀 용솟음칠 그 날이

이 목숨이 끊치기 전에 와 주기만 할 양이면

나는 밤하늘에 나르는 까마귀와 같이

종로의 인경을 머리로 드리 받아 울리오리다.

두 개골은 깨어져 산산조각이 나도

기뻐서 죽사오매 오히려 무슨 한이 남으오리까

-심훈, 「그날이 오면」에서, 1930. 3. 1

*출판금지로- 1949년에 출판 됨

매운 **季節**의 채쭉에 갈겨

마츰내 北方으로 휩쓸려오다

- 하략-

—이육사, 「절정」에서, 1940년, 『문장』

*1941년 4월 일제의 강요에 의해 이 잡지는 폐간 당함.

이들의 현실 인식은 민족적 현실을 외면하고 왜곡한 소위 육당과 춘원 류의 식민지 종속문학들과는 달랐다. 빼앗긴 조국, 침략과 수탈로 피폐해 진 우리 농촌과 북간도로의 유랑, 새날에 대한 염원과 몸부림, 그날(광복) 을 위한 순국의 투지 등 폭력적 현실에 짓눌려 사는 민족의 참상에 대한 고발이 있는가 하면, 광복의 그 날을 갈망하는 민족적 염원들이 뜨겁게 용솟음치고 있는 항일 민족 시가들이다.

3. 망명문학

1904년에 체결한 한일의정서로 우리의 자율권이 침해당하자 각처에서 의병들이 속출했다. 하지만 가중된 일제의 탄압과 수탈로 국내에서 더 이상 저항이 불가능하다고 판단한 일부 애국지사들은 국권 회복의 실력을 양성하기 위해 국외로 망명했으며 이 중에는 상당수의 문인 혹은 문인급 인사들이 있었다. 이들은 만주와 연해주 그리고 미주 등지로 망명하여 그곳에서 독립운동을 전개하면서 교포 신문과 잡지들을 발간하고 거기에 많은 애국 시가들을 발표하고 있었다.6) 상해 임시 정부에서 발간한 **독립신문**과 쌘프란시스코의 **공립신보**, 블라디보스톡의 **대동공보** 등이 그 대표적인 예이다. 거기에 실려 있는 시가들은 항일 애국 문학으로서 망국의 현실을 괴로워하면서 일제의 침략상 고발과 국권회복을 염원하고 있었다. 민족적 현실을 외면 · 호도한 국내 식민지 종속문학들과 비교해 볼 때, 쫓고 쫓기는 적과의 투쟁과정에서 생산된 특수성으로 인해 그 질(質)이 다소 떨어진다 하더라도, 당시 우리 민족의 염원과 진실이 무엇이었나를 규찰해 볼 수 있는 자료들이다.

[국내문학]	[망명 문학]
이인직의 「血의 淚」 1906	전씨 애국가(쌘프란시스코) 1908
최남선의 「海에게서 少年에게」 1908	불평가 (블라디보스톡) 1909
이광수의 『무정』 1917	조국 생각 (북간도) 1914
↓	↓
(일제의 내습 - 동조 / 환영)	(일제의 내습 - 침략으로 규정)

6) 김동수, 「일제침략기 국내 문학의 문제점과 해외동포 시가」, 『한국현대시의 생성미학』, 국학자료원, 2000, pp.195-196.

$\downarrow$ $\downarrow$

(현실 외면(호도) / 친일문학)   (주권 회복 / 구국문학)

국내문학이 일제의 내습에 동조 내지 환영하고 있을 때 아래의 망명문학들은 일제의 한반도 진출을 침략으로 규정하고 주권 회복을 위한 항일 구국문학(救國文學)의 성격을 띠고 있었다.

어화우리 동포들아   일심애국 힘을써서
四千년래 신성동방   신세계에 빛내보세
- 중략-
건곤감리 태극기를   지구상에 높이날려
만세만세 만만세로   대한독립 어서하세
          -전명운, 「뎐씨 애국가」,1908, 4, 1, 쌘프란시스코, 『共立新報』

이 시기가 어느 땐가   약육강식 고만일세
나라 없는 우리민족 슬픈 한이 과잉하야 / -중략- /
자유독립 도모하나   애닯도다 대한국이
지구상에 친구 없어/ -중략-/
오호통재 망국인아 두 눈썹을 부릅 뜨고
         - 「불평가」 1909, 11, 7. 블라디보스톡, 『大東共報』

이 곳은 우리나라 아니건만 무엇을 바라고 이에 왔는가
자손에 거름될 이내 독립군 설 땅이 없지만 희망이 있네
국명을 잃어버린 우리 민족 하해에 티끌같이 떠다니네
-중략-
금수강산 빛을 잃었고

신성한 단군 자손 우리 동포들은 저 놈의 철망에 걸려 있구나

시베리아 찬바람에 이 고생함은 한반도 너를 위함이로다.

너와 나와 서로 만나 볼 때는 독립년밖에 다시없구나.

— 『광성중학교 음악 교재 』, 1914, 북간도

「뎐씨 애국가」는 쌘프란시스코에서 친일파이면서 한국 정부 고문인 스티븐슨(美)이 일본의 한반도 진출을 찬양하고 이는 '한국인들이 원하는 바'라는 요지의 글을 각 신문에 게재하자 유학차 이곳에 와 있던 전명운이 이에 격분하여 그를 저격한 후 지은 시이며, 「불평가」는 연해주로 망명한 애국 지사들이 발간한 교포신문의 하나인 『大東共報』에 실린 시로서, 국권 회복과 광복에 대한 다짐, 그런가 하면 북간도에서 발간 된 『광성중학교 음악 교재 』는 나라 잃은 백성의 설움과 일제에 대한 적개심을 분명히 드러내면서 광복의지를 다지고 있었다.

III. 광복 후 이념 대립

친일파의 등장과 사라진 문인들

일제의 뒤를 이어 한반도에 진출한 미국을 등에 업고 귀국한 이승만은 취약한 국내 정치 기반 확보를 위해 친일파를 끌어들이면서 '반공'이란 구호 아래 삼천만이 너나없이 한데 뭉치기를 종용했다. 이로써 광복과 더불어 모처럼 민족 정기를 바로 세워보겠다던 민족의 꿈은 사라지고 그때까지 숨을 죽이고 있던 친일세력 문인들에게 면죄부를 주게 됨으로써 그들이 역사의 주역으로 다시 등장하게 되었다. 이때부터 '친일 잡자는 놈은 다 공산당'으로 몰리게 되어 민족 정기(民族正氣)는 다시 빛을 잃게 되었다.

이 때 전국 문인 중(150여명~160명, -6.25 직후) 약 80%에 해당된 문인들이 정치적 이념이나 미군청의 탄압에 의해 자진 월북(120명)과 납북으로7) 우리의 문학사에서 사라지게 되었다. 이후 '반공문학'이 우리 문학사의 전면에 등장하여 문단의 주류를 이루면서 '80년대 말까지 우리 문학은 20%에 해당된 남한의 문학에만 의존하는 문학사의 불구성을 면치 못하게 되었다.

IV. 6.25와 戰後文學

6.25에 대한 두 시각

'점령군으로 한반도에 진출한 미국은 이 땅에서 좌우익 싸움을 부쳤고, 조국을 남과 북으로 갈라놓으면서 형제 증오를 반공으로 강화했는가 하면, 독재자를 밀어주며 민족 세력을 억압하면서, 허울 좋은 가식적 민주주의를 내세워 그들을 은인국·우방국가로 행세를 하였다.8) 이러한 과정에서 6.25가 일어났다. 모윤숙의 「국군은 죽어서 말한다」, 청마의 「보병과 더불어」, 구상의 「초토의 시」, 조지훈의 「역사 앞에서」등이 이러한 6.25 전쟁을 시의 소재로 삼았다. 하지만 각기 조금씩 다른 관점을 보여주고 있었다. 특히 모윤숙과 구상의 사뭇 다른 두 시각의 차이는 남북 분단과 이로 인한 전쟁의 근원적 책임이 어디에 있는가를 우리에게 다시금 일깨우게 하는 대조적인 시로서 주목을 받고 있다.

모윤숙은 북한군을 우리가 끝까지 물리쳐야 할 '원수'로 규정하고 있지만 구상은 남북을 다 같이 이데올로기의 희생양으로 보고 있다. 그러면서 천신만고 끝에 얻은 조국광복이 민족보다는 일부 정치가들의 집권욕과 당

---

7) 홍기돈, 「반쪽 문학사의 복원」, 『문학과 창작』, 문학아카데미, 2000. 1. pp.116~117
8) 송수권, 「한국시에 나타난 恨의 정서」, 『지역문학의 새로운 지평』, 전남문학백년사업추진위원회/전남문인협회, 2001. P.64

리당략 그리고 외세의 사주에 의하여, 뱃사공에게 팔려 가는 심청이 마냥 우리 조국이 두 조각으로 분단되어 가고 있다는 민족주의적 시각과 분노를 드러내고 있었다. 친일과 반공으로 이어지는 모윤숙과 달리 조국 분단과 6.25 전쟁의 근원적 책임이 어디에 있는가에 대한 보다 거시적 관점을 보이고 있다.

> 산 옆 외 따른 골짜기에
> 혼자 누워 있는 국군을 본다
> 아무 말 아무 움직임 없이
> 하늘을 해 눈을 감은 국군을 본다
> /.../ 원수를 밀어가며 싸웠노라
> 나는 더 가고 싶었노라. 저 원수의 하늘에까지
>
> ─모윤숙, 「국군은 죽어서 말한다」, 1952

> 조국아 심청이 마냥 불쌍하기만 한 너로구나
>
> 시인이 너의 이름을 부를 량이면
> 목이 멘다.
>
> 저기 모두 세기의 白丁들, 도마 위에 오른
> 고기 마냥 너를 난도질하려는데
> 하늘은 왜 이다지도 무심만 하다더냐
> 조국아, 거리엔 희망도 절망도 못하는
> 백성들이 나날이 환장만 해 가고
> 너의 원수와 그 원수를 기르는
> 벗들은 불장마를 키질하는데

-중략-

어리고 헐벗은 형제들만이 북으로

발을 구르는데

저들의 넋을 풀어줄 노래 하나 없구나

조국아 ! 심청이 마냥 불쌍하기만 한

조국아!

— 구상, 「초토의 시 15」에서 – 휴전협상 때–, 1953

V. '60년대와 리얼리즘

이승만 독재의 정권하에서도 '시인의 스승은 현실이다'는 인식 아래, 현실보다 뒤떨어진 시대, 또 그 점을 직시하지 못한 시인들의 비현실적 태도에 대한 불만 그리고 기법에만 의존한 모더니티의 공허함을 동시에 거부한 시인들이 있었다. 이들은 고통 받는 사회 현실에 대한 치유나 비전보다 '순수'니 '창조적 활동'이니 하는 이름으로 언어의 미학적 유희 혹은 서구 문예사조에 맹목적 편향으로 현실과 멀어진 우리 시에 대한 반성을 일깨우고 있었다.

시인의 스승은 현실이다. 나는 우리 현실이 시대에 뒤떨어진 것을 부끄러워 하지만 그 보다. 더 부끄러운 것은 이 뒤떨어진 현실을 직시하지 못하는 시인의 태도다. 우리 현대시의 밀도는 자각의 밀도이고 ……시의 모더니티란 기법상의 것만은 아니다9)

김수영은 이처럼 당시 시단을 지배하고 있던 비현실적인 세계인식과

9) 김수영, 「문맥을 모르는 시인들」, 『문학과 창작』, 문학아카데미, 2001.1, p.233.

기법만의 공허한 모더니티를 거부하면서 온몸으로 밀고 나가는 것이 시라고 주장한다. 하지만 이에 대한 공격도 만만치 않았다.

> 참여 문학들을 정치 이데올로기와 동일시하지 말라. – 관에도 독자에게도 다같이 약하기만 한 문화인이 어떻게 역사의 소용돌이 속으로 뛰어 들 수 있을까? 작가는 작가로서 순수한 입장에서 참여를 할 때만이 강하다. –〈제도적 활동〉과 〈창조적 활동〉을 혼동 못하는 문인이 많을 수록 그 문화의 위협, 역시 증대된다. 그렇지 않다면 문학인으로서 참여하기 보다 하나의 정치가나 경제가 그리고 사회 과학자가 되어 역사와 사회의 제도를 뜯어고치는 편이 훨씬 더 능률적일 것이다."10)

이어령은 이처럼 참여문학론을 정치 · 사회적 이데올로기와 동일시하며 비판하고 있다. 물론 그의 지적대로 "참여문학론이 정치적 이데올로기의 성격을 소유한 것은 사실이다. 그러나 이때의 정치적 이데올로기는 지배 권력의 헤게모니를 대변"11)하거나 이에 편승한 어용 문학의 정치적 참여와는 그 류가 다르다. 인간의 존엄과 진정한 자유 의지를 위협하면서 그럴듯한 명분과 위장으로 우리를 짓누르고 있는 파시스트적 정치 권력이나 사회제도, 그들의 모순과 부조리에 대한 대항이요, 저항이다. 그러기에 참여문학은 보다 가치로운 세계를 열어가고자 하는 변증법적 미학의 자유 의지라는 점에서 권력 지향적 어용문학에 비해 보다 인간 지향적 휴머니즘이다.

이들 중에는 현실과 역사의식을 바탕으로 민족의 현실을 날카롭게 비판한 김수영, 4.19 정신을 앞세워 위선으로 국민을 기만 · 억압하면서 분단을 고착화하려는 외세들, 그리고 그들을 등에 업고 권력을 유지하려는 반

10) 이어령, 『조선일보』, 1968. 3. 10
11) 고명철, 「문학과 정치 권력의 역학 관계」, 『문학과 창작』, 문학아카데미, 2000. 1. p.141

민족 세력들을 '껍데기'로 치부한 신동엽이 있다. 이들은 1930년대 이용악과 백석의 리얼리즘적 맥락 그리고 탈전통의 부정성을 지닌 이상(李箱)의 혁명적 모더니티를 이어 '70 '80년대 한국민중시와의 교두보 역할을 하면서 실천적 양심과 비젼 제시로 시민문학의 새로운 장을 열어주었다.

우선 그놈의 사진(이승만)을 떼어서 밑씻개로 하자
그 지긋지긋한 놈의 사진을 떼어서
조용히 개굴창에 넣고
썩어진 어제와 결별하자
그 놈의 동상이 선 곳에는
민주주의의 첫 기둥을 세우고
쓰러진 성스러운 학생들의 웅장한
기념탑을 세우자
아아 어서 어서 썩어 빠진 어제와 결별하자
　　　－김수영, 「우선 그놈의 사진을 떼어서 밑씻개로 하자」에서, 1960. 4. 26일

껍데기는 가라
사월도 알맹이만 남고
껍데기는 가라
－중략－
껍데기는 가라
한라에서 백두까지
향그러운 흙가슴만 남고
그, 모오든 쇠붙이는 가라
　　　　　－ 신동엽, 「껍데기는 가라」, 1967년

VI. 광주 항쟁과 군부 독재에 저항한 '70 –'80년대

구데타로 정권을 장악한 박정희 정권은 고도 성장과 산업화를 빌미로 유신 헌법과 안보 논리를 내세워 표현의 자유를 극도로 제한하였다. 이렇게 비판 세력을 제거하고 추종세력을 길들여감으로써 대부분의 시들이 "자연이나 정한에 쏠리거나 또 한 쪽은 그 형상성 자체에만 기우러져 예술이 지니는 일면의 유희성에만 쏠리면서12) 역사적 현실인식이나 시대의 상황을 외면한 채 민족의 구원과 멀어져 갈 때 김지하의 풍자적 저항시(「오적(五賊)」)가 발표되어 폭압적 정치에 숨죽이고 있던 민중들에게 비상한 관심을 불러 일으켰다.

뒤를 이어 1980년 5월, 신군부(전두환)의 정권 장악 씨나리오의 희생양으로 광주 시민들이 학살될 때 당시의 상황을 증언한 김남주의 「학살 1」, 형식 파괴의 반시 운동으로 현실을 비판했던 황지우의 「새들도 세상을 뜨는구나」, 안전을 무시하고 생산에만 매달려온 노동자들의 비극적 현실과 사용주들의 비인간적 처사를 그린 박노해의 「손무덤」, 그런가 하면 점령군으로 한반도를 그들의 군사 기지로 장악하면서도 오히려 은인국으로 위장한 미국의 실체를 폭로한 하경의 「아메리카여」그리고 그들과 결탁된 군사 독재 정권하에서 한껏 고조된 통일 염원을 용감하게 노래한 문익환의 「잠꼬대」가 반공 이데올로기를 앞세운 독재 권력에 짓눌려 있던 당시 민중의 염원을 저항적으로 대변하고 있었다.

　　손목이 날아갔다.
　　작업복을 입었다고
　　사장님 그라나다 승용차도

----
12) 구상, 「우리 현대시의 문제점 몇 가지」, 《시문학》(147호), 시문학사, 1983. 10. P. 81

공장장님 로얄살롱도

부장님 스텔라도 태워주지 않아

한참 피를 흘린 후에

타이탄 짐칸에 앉아 병원을 갔다.

기계 사이에 끼어 아직 팔닥거리는 손을

기름 먹은 장갑 속에서 꺼내어

36년 한 많은 노동자의 손을 보며 말을 잊는다.

비닐 봉지에 싼 손을 품에 넣고

봉천동 산동네 정형 집을 찾아

서글한 눈매의 그의 아내와 초롱한 아들놈을 보며

차마 손만은 꺼내 주질 못하였다.

— 박노해, 「손무덤」에서, 1984

씹다가 던져주는

껌이라도 좋았다.

아랫살을 밀고 들어오는

너의 큰 물건이라도 좋았다.

심장에 총을 겨눠도

그저 웃으며 헬로우 오케엿다.

우리는 배고팟고

우리는 무서웠다

너의 밀가루와 정보망과 총구 앞에서

그나마 목숨이라고

살아남기 위하여

무엇인들 못 받아들이랴

하물며, 하나님의 미소로

포장되어온

너의 그 비둘기 같은 자유 민주주의를

-하경 「아메리카」, 1988 13)

이 땅에서 오늘 역사를 산다는 건 말이야

온 몸으로 분단을 거부하는 일이라고

휴전선은 없다고 소리치는 일이라고

서울역에서나 부산, 광주에 가서

평양 가는 기차표를 내놓으라고

주장하는 일이라고

-중략-

난 걸어서라도 갈 테니까

그러다가 총에라도 맞아 죽는 날이면

그야 하는 수 없지

구름처럼 바람으로 넋으로 가는 거지

-문익환 목사가 평양방문 직전에 쓴 시 「잠꼬대」 중에서, 1988

  이들은 대중전달을 의식한 나머지 난해성보다는 평이하고 직설적인 산문형을 즐기면서 민중적 호응을 얻고 있었다. 그리하여 '지금까지 참여시라든가 저항시 혹은 정치시, 사회시, 민중시로 불리 우고 있던 장르 명칭이 민중의 깃발 아래 통합되고 있었다.14)

· · · · · · · · · · · · · · · ·
13) 임헌영, 이영진 편 「아메리카 똥바다」, 「인동의 시집3」(민족자주화시선집), 도서출판 인동, 1988, 3, P.30
14) 김광림, 「한국 현대시의 현황」, 「시문학」, 시문학사, 2002, 8월호, P. 57

VII. 냉소와 절망의 '90년대

'90년대는 동구권 사회주의의 몰락으로 진보이념이 퇴조하면서 이 다음에 올 사회를 이야기해 주던 삶의 좌표들과 이론들이 사라진 거대한 사상의 빈터가 되었다. 더구나 국민의 여망을 안고 들어선 문민정부가 국민의 의사와 상관없이 3당 야합을 함으로써 배신이 지조를 이기고, 지역감정이 이성적 판단을 호도시키는 정치풍토가 만연했는가 하면 가치관의 혼돈으로 "무엇이 옳고 그른가가 아니라 무엇이 좋고 싫은가에 대해서만 이야기하는"15) 혼돈의 시대가 되어 기득권층에 대한 불신과 정치적 냉소주의가 팽배하게 되었다. 이러한 때에 의(義)가 사라지고 밤이 대낮처럼 활보하는 가치 전도된 시대상을 한탄한 김남주의 「근황」, 그런가 하면 '기다림의 아름다운 세월은 갔다'. 그러기에 이제 우리 스스로가 희망을 향해, 희망을 만들어 가야한다는 안도현 등이 이 시대의 절망을 대변하고 있었다.

> 가시덤불 속에서 깜박깜박 어둠을 쫓는 시늉이나 하다가
> 날이 새면 스러지고 마는 개똥벌레라도 될 것을
> 차라리 춥고 배고픈 시절이라면
> 바람찬 언덕에서 늙은 상수리나무쯤으로 떨다가
> 나무꾼의 도끼에 찍혀 땔감으로라도 쓰여질 것을
> 이제 나는 아무짝에도 쓰잘 데 없는 사람이다
> 밤이 대낮처럼 발가벗은 이 세상에서는
> 배가 터지도록 부어오른 이 거리에서는
>
> —김남주, 「근황」, 1993년 겨울에 쓴 시

15) 공지영, 「인간에 대한 예의」, 《실천문학》, 1993, 여름호

기다려도 오지 않는 사람을 위하여

불 꺼진 간이역에 서 있지 말라

기다림이 아름다운 세월은 갔다

길고 찬 밤을 건너가려면

그대 가슴에 먼저 불을 지피고

오지 않는 사람을 찾아가야 한다

비로소 싸움이 아름다운 때가 왔다

구비구비 험한 산이 가로막아 선다면

비껴 돌아가는 길을 살피지 말라

산이 무너지게 소리라도 질러야 한다

함성이 기적으로 올 때까지

가장 사랑하는 사람에게 가는

그대가 바로 기관차임을 느낄 때까지

　　　　　　　　　　－안도현, 「기다리는 사람에게」, 1991년

VIII. 마무리

　제한된 지면에 방대한 시대를 다루다 보니 작품에 대한 깊이 있는 분석
이 뒤따르지 못하고 개괄적 정리 수준에 그치고 말았다. 다만 그동안 우
리의 관심에서 멀어져 있는 민족 시가들을 발굴하고, 이를 소개하면서 그
간 외래 문예사조에 편향된 한국 현대시문학사 기술에 이의(異意)를 제기
하는 계기가 되었으면 한다.

　우리는 지금 공동체 의식이 급속히 해체되고, 전통 문화가 권위를 잃어
가며, 젊은이들은 화려한 외래문화의 상업주의에 물들어 가면서 심각한
문화적 진통을 겪고 있다. 그런데도 우리는 아직 구 시대적 냉전 이데올

로기에서 벗어나지 못한 채 조국이 점령국들에 의해 남북으로 분단, 민족 주체와 통일보다는 보수와 진보, 동과 서로 나뉘어 민족적 역량을 소모하면서 세계화의 격랑 속에서 혼미를 거듭하고 있다.

이처럼 무국적, 무정형의 혼조 속에서 자기 중심의 구심력을 갖기 어려운 이때, 우리가 시급히 해결해야할 민족적 과제 중의 하나는 우리 문학사를 새롭게 복원하는 문제이다. 한반도를 이제껏 점령해온 지배자들의 집권 논리에 의해 왜곡된 탈민족 성향의 문학사가 아니라 민족 주체사관에 입각하여 우리 민족의 소망과 진실이 여실하게 아로새겨진 진정한 한민족(韓民族)의 문학사, 그러기 의해선 일제침략기 문학사도 국내 검열문학에만 의존했던 종래의 식민사관에서 벗어나 당시 해외로 망명했던 애국인사들이 독립투쟁 과정에서 발표했던 항일 망명문학들에 대한 자료 수집과 정리, 그리고 일제에 의해 규제되고 일실(逸失)된 지하문학, 곧 항일 민족 시가들도 우리의 문학사에 마땅히 편입되어야 한다. 뿐만 아니다. 광복후 월북(납북)작가들에 대한 대대적 연구도, 남북 분단과 통일에 대한 올바른 식견도 그리고 반공법으로 묶여 있던 민중 문학들도 시급히 우리 문학사에 통합되어 올바른 민족의 문학사가 정립되어야 한다. 이로써 세계문화의 혼류 속에서 한민족의 긍지를 되살아 날 뿐만 아니라 민족 문학의 자주성 또한 확보하게 되리라고 본다.

:: 참고문헌

- 공지영 , 「인간에 대한 예의」, 《실천문학》, 1993, 여름호
- 구 상, 「우리 현대시의 문제점 몇 가지」, 《시문학》(147호), 시 문학사, 1983, 10, P. 81
- 김광림, 「한국 현대시의 현황」, 《시문학》, 시문학사, 2002, 8월호, P.57
- 김광희, 『조선문학사』 평양고등교육도서출판사, 1964
- 김동수, 「일제침략기 국내 문학의 문제점과 해외동포 시가」, 『한국현대시의 생성미학』, 국학
  자료원, 2000, pp.195-196.
- 「1930년대의 항일시가문학」, 《비평문학》(14호), 한국비평문학회, 2000, pp.395-396.
- 김우종, 「아직은 실패한 우리 문학」, 《시문학》(12월호), 시문학사, 1999.12. pp. 14-15
- 송수권, 「한국시에 나탄난 恨의 정서」, 『지역문학의 새로운 지평』, 전남문학백년사업추진위원
  회/ 전남문인협회, 2001. P.64
- 이명원, 「일제하 문학작품 검열의 실상」, 《문학과 창작》(53호, 2000.1), 문학아카데미, p.
  120.
- 이명재, 「식민지 시대 문학의 특성 연구」 경희대 대학원, 1983, 12
- 이재규, 『시와 소설로 읽는 한국 현대사』, 심지, 1994,
- 임헌영, 이영진 편 「아메리카 똥바다」, 『인동의 시집3』(민족자주화시 선집), 도서출판 인동,
  1988, 3, P.30
- 조성일, 『중국 조선족 문학사』, 연변인민출판사, 1990
- 홍기돈, 「반쪽 문학사의 복원」, 『문학과 창작』, 문학아카데미, 2000. 1. pp.116-117

포스트모더니즘과 문학

김혜니 • 국제대학 영상문예과 교수

1. 소설의 죽음과 포스트모더니즘

소설의 죽음을 처음으로 선언한 작가는 당시 미국의 비평가이며 뉴욕주립대학교 석좌교수였던 레슬리 피들러이다. 이후 20세기 후반에 들어서자, 비로소 많은 소설가들이 자신들의 소설 속에다 소설의 죽음을 투영해 넣기 시작했다. 말하자면 스스로의 죽음을 고백하는 사후소설이 나오게 된 것이다. 이때 소설의 죽음이란 전통적인 소설의 죽음을 말하는 것이다. 다른 매체나 다른 형태로 전환되는 것을 거부하는 최후의 형태, 최후의 목적으로서 소설은 정말 죽었다고 할 수 있다. 오늘날은 소설의 죽음은 말할 것도 없고 더 나아가 독자의 죽음까지도 받아들이고 있다. 소설이 죽자, 그 자리에 서로 인정을 받으려고 우글거리는 하류 장르들이 북적거리고 있는 현실이다.

20세기는 한마디로 불안의 세기였다. 제1, 2차 세계대전이 발발했고 코페르니쿠스적인 변화들이 잇달았다. 이러한 변화는 사람들에게 행복한 삶에 대한 기대감보다는 인류의 공멸 가능성에 대한 불안감을 느끼게 하였다. 기계 문명과 전자 산업의 발전 또한 많은 문제점들을 야기하였다. 독립된 개체로서의 인간의 존엄성에 대한 의문이 제기되었고 새로운 소외 계층이 등장하게 되었다. 세기말적인 허무주의가 불안의 심리와 영합하여 또 한 번의 정신적 공황을 맞이하였다.

이러한 변화는 문학에도 반영되었다. 1950년대 후반의 몇몇 진지한 작가들과 비평가들은 '엔트로피'로 대변되는 당시의 사회 상황에 위기의식을 느꼈다. 그래서 그들은 한편으로는 전통적인 내러티브 픽션의 지속 가능성에 대해서 의문을 갖게 되었고, 다른 한편으로는 소설 자체의 생존을 위한 새로운 대안을 모색하게 되었다. 이 과정에서 이전의 리얼리즘이나 모더니즘 시대에서는 찾아보기 어려웠던 다양하고 복잡한 패러다임과 소설들이 생겨났다. 먼저 레이먼드 페더만, 레슬리 피들러, 수잔 손탁, 루이스 러빈 등이 주축이 된 '소설의 죽음' 논쟁이 일어났다. 이들은 이제 현실과 허구의 구별이 모호해졌으며 그로 인해서 현실적 삶 자체가 어떤 소설 속의 내용보다도 더욱 실제적이고 극적인 것이 되었다고 믿었다. 그러므로 소설은 그 가능성이 소진되고 말았다고 생각하기 시작했다.

이것은 말하자면 '소설의 무용론'으로서, 곧 전통적인 소설은 더 이상 현실 세계의 이상과 가치관에 부합되지 않으며, 다양하고 충격적인 현실 상황을 묘사할 수 없게 되었다는 것을 의미한다. 그러나 여기서 말하는 소설의 죽음은 결코 소설 자체의 죽음이 아니라 읽기가 난해하고 복잡한 아방가르드류의 소설과 귀족적이고 독선적인 모더니즘 소설의 죽음을 의미한다. 논리적 귀결로서 소설은 죽지 않고 계속될 것이며 그러기 위해서는 과거의 구성, 내용, 형식에서 벗어나 전적으로 자유스러운 새로운 형태의 소설이 나와야 한다는 주장인 것이다.

한편 레러티브 픽션의 한계 상황과 장래에 대한 이러한 진단과 위기 의식은 종래의 소설과는 전혀 다른 형태의 소설들을 창출해 냈다. 메타픽션,

초소설, 크리티픽션, 반소설, 우화소설, 신소설, 캠프, 메가소설 등이 출현하여 새로운 가능성을 모색하게 된 것이다. 넓은 의미에서 볼 때 이러한 소설들의 개략적인 특징은 현실의 리얼리티나 진실 그 자체가 사실은 추상적인 허구일 수 있기 때문에 픽션은 더 이상 리얼리티를 반영하거나 그릴 수 없다는 자아반영적인 회의나 불안감의 표출이라고 할 수 있다.

1960년대에 들어서 일군의 비평가들은 이러한 제반 경향을 포스트모더니즘이라고 불렀다. 초기 포스트모더니즘에 대한 논의는 레슬리 피들러, 이합 핫산, 수잔 손탁 등의 비평가들에 의해서 문학과 문화 방면에서 활발하게 전개되었다. 포스트모더니스트들은 이성주의의 선구자인 소크라테스는 물론이고 프로이트마저 거부하며, 모든 서구의 휴머니즘 전통과 그것에 기초하고 있는 이성과 합리성의 붕괴를 주장했다. 이들은 너무 이질적인 것들을 하나의 패러다임으로 규정짓는 것을 불가능한 것이지만, 서로 다른 것들은 서로 밀접하게 관련된 수많은 문화 풍토와 다양한 가치관과 절차와 방법상에 있어서의 다양함을 느끼게 해준다고 주장했다. 말하자면 다양성이 포스트모더니즘의 미학임을 강조한 것이다.

2. 포스트모더니즘 문학의 성격과 특성

(1) 상호 텍스트성

가장 일반적인 의미에서 상호 텍스트성은 주어진 어느 한 텍스트가 다른 텍스트와 맺고 있는 상호 관계를 의미하지만, 그 개념은 사실상 매우 넓은 스펙트럼을 차지한다. 한편 가장 제한된 의미에서의 상호 텍스트성은 주어진 텍스트 안에서 다른 텍스트가 인용문이나 언급의 형태로 명시적으로 드러나 있는 경우를 말한다. 이 경우 어느 정도의 문학적 지식을 갖고 있는 독자들이라면 누구나 다 쉽게 주어진 텍스트가 어떤 텍스트에 의존하고 있는지 곧 알아차릴 수 있다. 상호 텍스트성에 대한 연구는 주로 이런 인용문이나 언급을 분석함으로써 이루어진다. 때문에 좁은 의미의 상호 텍스트성은 영향 관계나 기원 혹은 인유(引喩) 등을 주로 연구하는 전통적인 문학 이론과 크게 다르지 않다. 그리고 넓은 의미의 상호 텍스트성은 텍스트와 텍스트, 주체와 주체 사이에서 일어나는 모든 지식의 총체를 가리킨다. 이 경우 주어진 텍스트는 단순히 다른 문학 텍스트뿐만 아니라 다른 기호 체계, 그리고 더 나아가 문화 일반까지 폭넓게 포함한다.

포스트모더니즘의 관점에서 보면 모든 텍스트는 어디까지나 그 이전에 이미 존재해 있던 것을 다시 재결합시켜 놓은 것에 지나지 않는다. 대부분의 포스트모더니스트들은 그들의 작품에서 독창성을 강조하지 않는다. 오히려 선배 작가들이나 동료 작가들의 작품에 자유롭게 의존하여 자신들의 작품을 집필하는 것을 중요한 창작 원리로 삼고 있다. 작가들은 다른 작가들로부터 이야기를 훔쳐오고, 또한 그 이야기들은 어느 한 문화나 공동 사회의 공유 재산으로 생각한다. 미셸 푸코가 문학 작품이나 예술 작품을 일종의 '기록 보관소'로 간주하는 것도 사실은 작품이 지니고 있는 이런 상호 텍스트적 특성 때문이다.

상호 텍스트성의 개념을 처음 본격적으로 도입한 것은 모더니즘에 이르러서이다. 이 문제를 다루고 있는 대표적인 글은 T.S. 엘리어트의 유명한 논문 「전통과 개인의 재능」(1919)이다. 그는 이 논문에서 일견 모순되고 상충되는 것처럼 보이는 체계와 변화, 전통과 혁신의 개념을 유기적으로 결합하고자 시도했다. 따라서 그의 작품 『황무지』(1922)는 이런 상호 텍스트성이 예술적으로 아마 가장 형상화된 대표적인 작품이다. 프랑스의 대표적인 작가 마르셀 프루스트 역시 그의 연작 소설 『잃어버린 시간을 찾아서』(1913~1927)에서 귀스타브 플로베르, 오노레 드 발자크, 에르네스트 르낭 그리고 공쿠르 형제들과 같은 사실상 프랑스의 대표적인 작가들 거의 대부분의 작품을 상호 텍스트로 삼았다.

비교적 최근에 출판된 작품 가운데 상호 텍스트성이 가장 잘 나타난 작품은 움베르토 에코의 『장미의 이름』(1983)이라고 할 수 있다. 출판된 직후부터 선풍적인 인기를 끌어 온 이 소설은 대중적인 베스트셀러일 뿐만 아니라 예술적으로도 크게 성공한 작품이다. 이 소설은 여러 층위의 독자들에게 감흥을 주도록 집필되어 있다. 이 점과 관련하여 작가는 '나는 작가들이 이제까지 항상 알고 있었던 것을 발견하게 되었다. 책들은 항상 다른 책들에 대하여 말하고 있으며, 이미 행해진 이야기를 다시 반복하고 있다'고 밀한다. 그런가 하면 에코는 또한 이 삭품을 가리켜 '다른 텍스트들로 짜여진 직물, 일종의 인용문들의 추리 소설, 책들로부터 만들어진 책'이라고 진술하고 있다. 에코가 『장미의 이름』에서 '다시 반복하고' 있는 작품들은 백과사전이라고 할 만큼 매우 광범위하다. 그것은 사실상 서구 세계의 중요한 문화 전통을 거의 대부분 포함하고 있다. 구체적으로 말하자면 이 소설은 세 개의 층위로 구성되어 있는데, 곧 문학은 역사적 층위를, 신학은 철학적 층위를, 민중은 문화적 층위로 구성된다. 그리고 이 세 층위들은 단순히 제각기 독립된 실체로 남아 있지 않고 나머지 층위들과 서로 밀접하게 관련되어 있다.

이 작품은 셰익스피어를 비롯하여 제임스 조이스, 토마스 만, T.S. 엘리어트와 같은 모더니스트들의 작품들과 최근 호르헤 루이스 보르헤스와 같은 포스트모더니스트들의 작품들이 언급되어 있다. 또한 추리 소설이나 탐정 소설 장르 가운데 특히 셜록 홈즈 이야기가 가장 중요한 뼈대를 이루고 있다. 그리고 한편 중세기의 연대기와 밀접하게 관련되어 있다. 가령, 이 작품에는 13세기 영국의 스콜라 철학자이며 과학자인 로저 베이컨이 중요하게 취급되어 있다. 그리고 심령과학을 주장하는 베이컨과 더불어 회의주의를 주장하는 오캄의 윌리엄이 등장한다. 또한 『장미의 이름』은 에코가 작가로 변신하기 이전의 주요 관심 분야이기도 한 기호학 이론과 내러티브 이론을 비롯한 최근의 비평 이론이 매우 중요하게 취급되어 있다.

그리고 이 소설에서 수많은 살인 사건과 상해를 둘러싼 미스테리는 아리스토텔레스와 관련되어 있다. 그런데 이 미스테리를 해결하는 데 가장 핵심적인 열쇠는 아리스토텔레스에 의해 집필되었으나 '소실되어' 현존해 있는 것으로 일컬어지는 코메디에 관한 연구이다. 에코는 이렇게 허구적인 텍스트를 중심적인 모티프로 삼음으로써 최근 비평 이론에서 중요한 위치를 차지하고 있는 언술의 문제 그리고 언술의 권력의 문제를 강조한다.

『장미의 이름』이외에 상호 텍스트성이 가장 잘 나타나 있는 것은 미국의 포스트모더니즘 소설이다. 미국 작가들 중에서도 토머스 핀천의 소설 『49호 경매의 외침』(1966)는 작중 인물이나 배경 혹은 구성에 있어 까마득히 희랍 신화와 비극 작품에까지 거슬러 올라간다. 이 작품은 에드거 앨런 포우의 탐정 소설, 비교적 최근에 이르러 조이스의 작품과 프랑스 누보 로망의 대표적인 작가 알랭 로브-그리예의 작품에서 많은 영향을 받고 있다. 그러나 무엇보다도 이 소설에는 17세기 초엽 영국 제임스 1세 시대에 유행하던 복수극, 이 중에서도 시릴 투어너의 『사자(使者)의 비극』은 매우 중요한 텍스트로 사용되고 있다. 나아가 이 소설의 상호 텍스트적 특성은 이번에는 문학의 범위를 훨씬 넘어 미국과 유럽의 역사에까지 확충된다. 핀천은 이 작품에서 미국의 우편 배달의 역사에 대하여 해박한 지식을 보여주고 있다. 그리고 엔트로피에 관한 열역학 제2법칙과 같은 물리학 이론, 이 이론을 비판하는 스코틀랜드의 과학자 제임스 클럭 맥스웰의 이론이 작품의 중요한 모티프로 사용되고 있다. 이 열역학 이론을 정보 이론에 적용시킨 클로드 섀넌과 노버트 위너의 커뮤니케이션 이론 역시 매우 중요한 역할을 한다. 이런 상호 텍스트적 현상은 핀천의 다음 작품 『중력의 무지개』(1973)에서 더욱 더 광범위하게 드러난다.

이와 같이 상호 텍스트성을 주요한 창작적 원리로 사용하는 포스트모더니스트들의 창작 행위는 경우에 따라서 표절 행위와 크게 다를 바 없다. 많은 포스트모더니즘 작가들은 아무런 양심의 가책이나 죄의식 없이 남의 작품에서 자유롭게 플롯이나 구성 혹은 인물 등을 빌어오기 일쑤이다. 러시아에서 태어난 미국 작가 블라디미르 나보코프는 창작 행위를 일종의 표절 행위로 간주한 대표적 작가이다. 그런데 더욱 흥미로운 사실은 선배 작가들의 작품을 자유롭게 '약탈해 오는' 작가들은 이번에는 그들 자신의 작품을 후배들에게 '약탈당한다'는 것에 있다.

(2) 반리얼이즘과 자아반영성

포스트모더니즘은 리얼리즘과 재현성에 대하여 비판적 입장을 보인다는 점에서 모더니즘과 매우 유사하다. 리얼리즘 작가들은 우주나 자연 혹은 삶의 실재를 있는 그대로 그리고 객관적으로 모방하거나 반영하는 것을 가장 중요한 예술적 목표로 삼고 있다. 그러나 포스트모더니스트들은, 삶의 모습은 결코 고정 불변한 실체가 아닐 뿐만 아니라, 그것을 모방하거나 재현하는 예술가들의 주관성에 의해서 얼마든지 굴절될 수 있다고 주장한다. 알랭 로브-그리예는 일찍이 그의 저서 『누보 로망을 위하여』(1963)에서, 프랑스 리얼리즘 소설의 최고봉으로 일컬어지고 있는 '발자크류의 소설은 이제 내용이 없는 텅빈 공식이나 다름없으며, 오직 지루한 패러디를 위한 자료로 밖에는 아무런 쓸모가 없다'고 하면서 포스트모더니스트들의 입장을 대변해 주었다. 나아가 쟈크 데리다는 '재현성은 그릇된 것이다'라고 주장하였다.

포스트모더니즘이 지향하는 반리얼리즘적 입장은 도널드 바슬미의 소설 『백설공주』에 가장 잘 드러나 있다. 많은 비평가들이 이 소설을 가리켜 흔히 '반(反)소설'이라고 부르고 있다. 우선 무엇보다도 이 작품은 전통적인 소설에서 사용되는 플롯을 전혀 사용하지 않는다. 또한 작품에서는 어떤 논리적 인과 법칙이나 심리적 인과 법칙에 의해 사건이 전개되지 않고 아무런 관련성이 없어 보이는 사건들이 매우 무질서하고 산만하게 나열되어 있다.

『백설공주』는 주인공 백설공주가 일곱 명의 젊은이들과 함께 어느 한 도시에 위치해 있는 아파트에 살고 있는 것으로 시작된다. 이 작품이 상호 텍스트로 삼고 있는 그림 형제의 동화와는 달리 시대적, 공간적 배경과 계모와의 관계 그리고 그녀가 놓여 있는 상황 등이 모두 생략된 채 사건의 중간부터 갑자기 시작하는 것이다. 작가는 맨 첫 번째 문장에서 '그녀는 키가 크고 피부가 검은 미인으로 여러 곳에 아름다운 매력의 포인트를 지니고 있다'고 말한다. 그리고 사건들이 모든 방향 감각을 상실한 채 더욱 무질서하게 전개된다. 소설의 결말 부분 역시 처음 부분이나 중간 부분과 마찬가지로 아무런 해결이 없이 미완성의 상태로 끝을 맺는다. 구성 면에서 볼 때 『백설공주』는 전통적인 소설의 경우와는 달리 유기적인 총체성과 논리적인 연속성이 모두 부정된 채 T.S. 엘리어트가 말하는 '한 줌의 부스러진 이미지들'로서 이루어져 있는 것이다.

이런 현상은 비단 플롯이나 구성의 경우에만 국한되지 않고 작중 인물이나 성격 형성의 경우에도 마찬가지로 적용된다. 『백설공주』에 등장하는 인물들은 심리적이나 도덕적 혹은 정신적 발전이 없는 지극히 평면적 인물들이다. 바슬미는 의도적으로 개성이 없는 작중 인물들을 창조해 내고자 한 것이다. 또한 『백설공주』에서는 일반적 의미의 주제나 내용을 전달하고자 시도하지 않는다. 만약 이 작품에 일관된 주제가 있다고 한다면, 그것은 바로 이 부조리하고 무의미한 세계에서 의미를 창출한다는 것이 얼마나 불가능한 일인가 하는 문제라고 할 수 있을 것이다. 사실상 이 작품은 많은 비평가들과 이론가들에 의해 20세기 중엽 이후에 들어와 주류를 형성하기 시작한 '의미 없는 텍스트'의 효시로 간주되고 있다. 이런 의미 없는 문학 텍스트는 전통적 입장에서의 의미 해석을 거부함으로써 종래의 비평 방법에 심각한 도전을 가하고 있다.

그런데 이러한 포스트모더니즘이 보여주고 있는 반리얼리즘적 입장과 비재현성에 대한 강조는 무엇보다도 자아반영성, 그리고 그것에 기초한 메타픽션에서 가장 잘 나타난다. 자아반영적 소설은 1960년대 이후에 포스트모더니즘 소설을 특징짓는 강한 현실 인식과 고갈 의식을 바탕으로 한 메타 텍스트를 지칭하는 말이라고 할 수 있다. 자아반영성은 포스트모더니스트들의 기본 전략이며 대전제이고 중심이 부재하고 절대적 가치관이 해체된 이 시대를 표현하기 위한 문학적 장치이다. 자아반영성이란 어느 한 문학 텍스트가 텍스트 밖에 존재해 있는 다른 세계를 반영하거나 재현시키는 것이 아니라 텍스트 그 자체를 반영하는 것을 말한다. 쉽게 말하면 자아반영적 소설은 그것이 창작되는 과정 그 자체를 중요한 주제로 다루고 있는 소설을 가리킨다.

1967년 '고갈의 문학'이라는 비평적 에세이를 발표하여 미국 문단에 파문을 던진 존 바스의 『선상 악극단』은 바로 자아반영적인 메타픽션의 대표적 작품이다. 『선상 악극단』의 화자인 토드는 이 작품의 서두에서 이해하기 어려운 말을 꺼내어 이 책을 읽는 독자들을 당황하게 만든다. 이어서 그는 손님들을 앞에 두고 수다 떠는 주인처럼, 자신이 쓰고 있는 작품이 하나의 허구임을 의도적으로 인식시킨다. 계속해서 화자는 소설 쓰기가 너무 힘들어 자신의 적성에 맞지 않는다는 넋두리를 늘어놓는다. 그러면서도 그는 독자들과 함께 자신이 지금 쓰고 있는 글을 끝까지 추구하고 싶은 충동을 느끼게 된다고 말한다. 이 넋두리는 전통적인 질서 체계와 신념이 붕괴되어 버린 시대의 작가로서 느끼는 불안감의 희화된 표출이라고 할 수 있다. 이것은 또한 과거의 방법으로는 더 이상 현실의 리얼리티를 재현할 수 없다는 내러티브 픽션의 위기 의식이 그의 내면적 자아 붕괴 속에 나타난 것이라고 볼 수 있다.

이러한 상황 속에서 토드는 힘들고 어렵지만 끝까지 자신의 작업을 완성하고자 하는 희망을 말하면서, 다른 한편으로는 메타픽셔니스트들이 처한 현실을 대변하고 있다. 메타픽션 작가들에게 있어 가장 중요한 것은 사회 현상을 이해하고 부조리한 현실을 고발하는 것이나 글을 통해서 사람들을 이끌고 계몽하고자 하는 것이 아니라 글쓰기 그 자체이다. 그들에게 글쓰기는 곧 삶의 문제이며 그 자체가 그들의 삶에 있어서 궁극적인 목표가 된다. 이러한 과정은 이전의 리얼리즘이나 모더니즘 시대의 작가들에게는 찾아볼 수 없는 작가와 독자 간의 상호 작용이다. 이 경우에 작가가 소설을 쓰는 행위는 자신의 내면적 고백일 뿐만 아니라 독자를 텍스트 속으로 끌어들이는 일종의 공적인 행동이 되는 것이다.

(3) 탈장르화 혹은 장르 확산

포스트모더니즘 시대에 이르러 장르 사이에 놓여 있던 높은 장벽은 점차 무너지고 서로 혼합되고 결합되기 시작하였다. 다시 말해서 레슬리 피들러가 말한 바 '경계선을 넘고 간격을 좁히는' 작업이 장르의 영역에서 활발히 진행되었던 것이다. 이것이 바로 흔히 '탈장르화' 혹은 '장르 확산'으로 알려진 현상이다.

블라디미르 나보코의 소설 『창백한 불꽃』(1962)은 소설 장르와 시 장르 사이에 존재하던 경계선을 이탈하고 있다. 메리 멕카디에 의해 '금세기에 씌어진 가장 위대한 예술 작품의 하나'로 평가 받고 있는 이 소설은 반은 시의 형태로, 그리고 반은 산문의 형태를 띤다. 이 소설의 첫 번째 부분은 마치 학구적 연구 저서를 연상시키는 「서문」으로 시작된다. 찰스 킨보우트라는 학자에 의해 씌어진 이 서문에는 「창백한 불꽃」이라는 시 작품을 입수하게 된 경위와 그것이 단행본으로 출판되기까지의 역사가 상세히 기록되어 있다. 이어 두 번째 부분은 모두 999행으로 구성된 네 개의 칸토, 그리고 약강오보(弱强五步) 영웅시격(英雄詩格)으로 되어 있는 장시로 장식하고 있다. 이 시에는 존 프랜시스 셰이드라는 시인의 자서전적 삶을 기초로 인간 실존의 문제를 중점적으로 취급하여 있다. 「코멘터리」라는 제목이 붙어 있는 세 번째 부분은 킨보우트가 이 시에 대해 자세히 설명을 붙인, 현학적인 주석의 형태로 되어 있다. 그리고 마지막에는 처음 부분과 마찬가지로 마치 학술 저서를 방불하게 하는 색인이 붙어 있다. 이와 같이 이 소설은 유기적인 플롯이나 인물 혹은 구성에 의존하던 전통적인 소설 양식을 완전히 깨뜨리고 전혀 새로운 방법에서 소설의 위상을 새롭게 재정립하고 있는 것이다.

비단 시와 산문의 경계만 불분명해진 것이 아니다. 장편 소설과 단편 소설 사이의 그것도 애매모하다. 존 바드의 소설 『미로에서 길 잃어』(1968)는 장편 소설 혹은 단편집으로 분류해야 할지 그 경계가 애매하다. 그런데 작품의 맨 앞부분에 붙어 있는 「작가의 노트」에서는 "이것은 단편 작품들을 모두 모아 놓은 것도 아니고 그것들을 선별하여 뽑아 놓은 것도 아니며 일종의 시리즈이다. … 따라서 그것은 '한꺼번에' 그리고 원래 배열된 순서대로 읽지 않으면 안 된다."라고 밝히고 있다. 사실 이 작품을 꼼꼼히 읽어보면 한편으로는 산만하고 통일성이 없어 보이면서도, 장편 소설에서 발견되는 유기적인 통일성이나 일관성이 엄연히 존재한다는 사실을 알 수 있다.

이런 탈장르화나 장르 확산이 보다 본격적으로 이루어지고 있는 것은 창작과 비평의 영역에서이다. 비평이 문학 창작을 모방하고 있다면, 이번에는 문학 작품이 비평을 모방하기도 한다. 츠베탕 토도로프가 지적하듯이 헨리 제임스의 단편 소설들은 문학 비평이나 이론과 밀접한 관련을 맺고 있는 메타–문학적인 고전적 예에 해당된다. 즉 그 작품들은 커의 한결같이 매우 중요한 면에서 단편 소설의 구성 원칙을 취급하고 있다. 포스트모더니스트 가운데 로널드 슈케닉은 이런 입장을 보여주는 가장 대표적 작가라고 할 수 있다. 그는 첫 소설 『업』(1968)을 비롯하여, 단편집 『소설의 죽음과 기타 단편』(1970), 『아웃』(1973), 『98.6』(1976), 『서툴고 길게 말하기는 블루스를 조건 지운다』(1980) 등을 통하여 픽션과 비평의 경계선을 모두 무너뜨리고 있다. 이 작품들은 거의 모두 독자들에게 허구적인 환상을 가져다주는 동시에 그 환상을 드러내준다. 말하자면 그는 러시아 형식주의자들이 말하는 '드러내기'의 수법을 시도하고 있는 것이다. 가령, 대개의 경우 그의 작품에는 흔히 '로널드 슈케닉'이라는 이름으로 작가 자신이 직접 등장한다. 물론 여기서 작가는 작가로서 등장하는 것이 아니라 어디까지나 허구적 인물로서 등장하는 것이다. 그러니까 그는 작가, 서술자, 비평가, 주인공 네 가지의 역할을 동시에 수행한다.

탈장르화나 장르 확산은 비단 문학예술 장르의 경우에만 국한되지 않고 다른 학문의 영역에서도 마찬가지이다. 그 동안 학문과 학문 사이에 놓여 있던 장벽이 허물어지기 시작한 것이다. 아리스토텔레스 이후 변별적으로 구분되던 문학과 역사, 문학과 철학의 경우가 가장 대표적이라 할 수 있다. 우리는 이제 더 이상 허구성과 사실성의 관점에서 문학과 역사를 구분할 수 없으며, 마찬가지로 명제성과 제시성이라는 관점에서 문학과 철학을 구분할 수 없다. 이 두 영역 사이에 가로놓여 있던 확연한 구분이 포스트모더니즘에 이르러서는 거의 무의미하게 되었기 때문이다.

흔히 '논픽션 소설' 혹은 '뉴 저널리즘' 등의 장르로 불리는 것은 바로 이런 혼합된 장르를 가리키는 표현이다. 1960년대 중엽에 주로 미국에서 시작된 이 유형의 장르는 픽션과 논픽션 사이의 경계를 불분명하고 애매모호하게 했다. 많은 작가들은 허구에 의존하는 대신 실제 세계에서 일어나는 사건을 직접 보고하고 기록하는 동시에 작가 자신의 코멘트를 첨가하는 새로운 유형의 장르를 발전시킨 것이다. 논픽션의 소설을 발전시킨 가장 대표적인 작가 중 한 사람은 노먼 메일러이다. 그의 소설 『밤의 군대』(1968)은 「소설로서의 역사, 역사로서의 소설」이라는 부제를 달고 있다. 이 작품은 부제에 명시적으로 드러나 있듯이 객관적 사실에 근거를 둔 역사와 상상력의 산물인 소설의 경계를 모두 허물어뜨려버린다.

한편 전통적인 저널리즘의 개념을 크게 벗어나는 뉴저널리즘은 콤 울프와 같은 저널리스트 작품에서 잘 나타난다. 그의 대표작 『펌프장의 패거리』(1968)에서는 난폭하고 역설적인 1960년대의 미국 생활을 기록하고 있으며, 『일렉트릭 쿨-에니드 애시드 테스트』(1969)에서는 소설가 켄 키지가 '즐거운 익살꾼'이라고 불리는 일군의 무리와 함께 미국 대륙을 횡단하며 겪은 경험을 다루고 있다. 밀란 쿤데라와 같은 비미국계 문화권 작가 역시 대표적인 뉴저널리스트에 속한다. 그러나 1970년대 말엽과 1980년대 초엽을 분수령으로 뉴저널리즘은 새로운 전환점을 맞이한다. 그 이유는 실제 사건이나 상황과는 아무런 관련이 없는 완전히 날조된 유형의 저널리즘이 등장했기 때문이다.

(4) 대중 문학의 부상
- 서부개척 소설, 공상과학 소설, 탐정 소설, 외설 소설

포스트모더니즘은 또한 고급 문화와 대중 문화 사이의 간격을 좁히는 작업에도 적지 않은 관심을 보여 왔다. 사실상 포스트모더니즘의 개념이 처음으로 구체화되기 시작한 것은 다름아닌 대중 문화와의 관련성에서 였으며, 지금까지도 그것은 여전히 대중 문화와 매우 밀접한 관련성을 맺고 있다. 그 동안 모더니즘의 엘리트주의와 고답주의의 그늘 밑에 가리워진 채 빛을 발하지 못하던 대중 문화가 새롭게 존재 이유를 부여받게 된 것이다. 포스트모더니즘을 대중 문화의 관점에서 처음으로 논의한 가장 대표적인 이론가는 레슬리 피들러이다. 그는 논문 「새로운 돌연 변종」(1965), 「경계선을 넘고 간격을 좁혀라」(1970) 등을 통해 대중 문화에 대한 관심을 포스트모더니즘을 특징짓는 가장 중요한 요소로 파악하였다. 대중 문화와 함께 문학 분야에 있어서는 그 동안 주변적 위치를 차지하던 서부개척 소설, 공상과학 소설, 탐정 소설, 외설 소설 등이 새롭게 부상하였다.

서부개척 소설이란 미국 서부지방이 개척되던 시대, 그곳의 삶의 모습을 주로 재현하는 문학 장르이다. 그 동안 주로 어린이들을 위한 통속적인 오락이나 신화로 간주외어 왔을 뿐 문학다운 문학의 위치에서 소외되어 왔었다. 진정한 의미의 서부개척 소설에 해당하는 작품으로는 토머스 버거의 『작은 거인』(1964), 켄 키지의 『뻐꾸기 둥지를 날아가다』(1962) 등이 있다.

토머스 버거의 작품은 1876년 리틀빅 혼강에서 인디언과 백인 사이에 벌어진 유명한 전투를 취급하고 있다. 이 전투에서 조지 커스트 대령과 그가 이끄는 대부분의 백인들이 슈 인디언과 샤이엔 인디언에 의해 거의 전멸되었던 것이다. 그런데 버거의 작품은 이 전투에서 유일하게 살아남은 백인 생존자 잭 크립의 이야기를 카우보이와 인디언의 관점에서 설득력 있게 기술하고 있다. 한편 켄지의 작품에서는 치프라는 인디언 화자를 통해 문명과 원시, 사회와 개인, 문화와 자연의 첨예한 대립을 묘사하고 있다. 키치는 그의 작품들을 통하여 백인들이 지금까지 인디언의 영토를 빼앗을 뿐만 아니라, 나아가 인디언의 생활 방식까지도 침해해 온 점에 대하여 신랄하게 비판하고 있다.

공상과학 소설은 시간과 공간을 초월하는 문학 장르이다. 또한 '과학'이라는 용어가 의미하듯이 이 유형의 소설은 과학이나 유사 과학을 가장 핵심적 플롯이나 배경으로 삼고 있다. 대표적인 작가와 작품으로는 쥘르 베르노의 『해저 2만리』(1870)와 H.G. 웰즈의 『타임머신』(1985) 등이 장르의 창시자이며 작품이다. 당시 '과학 소설'은 대중들의 마음속에 싸구려 대중 소설이나 저속한 출판물과 밀접하게 연관되어 있었다. 그런데 1960년부터 공상과학 소설은 종래의 그것과는 크게 달라졌다. 이제까지 과학 소설은 비록 공상적이긴 하지만 어디까지나 리얼리즘의 테두리 안에서 창작되었다. 그러나 이때부터 그것은 자아 반영적 특징을 띠기 시작했다. 이것이 흔히 많은 비평가들에 의해 '뉴 웨이브' 라고 불리는 유형의 소설이다.

　포스트모던 공상과학 소설은 무엇보다도 패러디적 성격을 지닌다. 이 유형으로 범주화되는 대부분의 작가들은 공상과학에 관한 작품을 창작할 뿐만 아니라 더 나아가 공상과학 소설 그 자체에 관한 작품을 창작한다. 사실상 이런 자아반영성은 포스트모더니즘 계열에 속하는 작품 거의 대부분을 통해 나타난다. 가령 이탈리아 작가 이탈로 칼비노는 『t 제로』(1969)나 『코스미코믹스』(1970)와 같은 작품들을 통하여 과학 소설이 탄생되는 과정 그 자체를 폭로함으로써 과학의 언어와 소설의 언어가 모두 얼마나 허구적인가 하는 점에 주목한다.

　뿐만 아니라 포스트모던 공상과학 소설에는 상호 텍스트적인 성격도 강하게 부각된다. 이 유형의 소설은 어디까지나 '종이 위의 세계'라는 점을 강조하기 위해 전통적인 신화나 우화 혹은 기존의 문학 작품들을 구성상의 기초로 삼는다. 다시 말해서 그것은 과거에 이미 존재해 있던 텍스트들을 모델로 삼아 다시 재구성함으로써 이른바 '문학에 대한 문학'을 창안해 내는 것이다. 가령 새뮤얼 R. 딜라니는 그의 작품 『노바』(1969)에서 중세부터 전해 내려온 성배 추구의 기독교 전설을 상호 텍스트로 삼고 있고, 토마스 M. 디쉬는 그의 작품 『집단수용소』(1980)에서 자신의 영혼을 팔아서까지 지식을 추구하는 파우스트 신화를 상호 텍스트로 삼고 있다.

　포스트모던을 규정짓는 가장 전형적인 장르는 **탐정 소설**이다. 흔히 탐정 소설은 애드거 앨런 포우의 단편 『모르귀가(街)의 살인』(1814)과 『도둑맞은 편지』(1844)에 의해 처음 시작된 것으로 알려졌다. 그런데 20세기에 들어와 탐정 소설은 크게 '하이트 글로브'와 '하드 보일드'로 나뉘어 발전되어 왔다. 전자는 주로 영국에서 형성되고 발전된 보다 문학적인 성격을 지니고 있다. 후자는 주로 미국에서 발전되었는데 반문학적인 입장을 취하고 있다. 즉, 이 소설은 엘리트적인 고급 문화를 거부하고 대중 문화를 지지하고 있는 것이다. 그리고 비교적 최근에 발전된 세 번째 전통은 일반적으로 '형이상학적 탐정 소설'로 알려진 전통이다.

포스트모더니즘과 관련하여 주로 논의되는 탐정 소설은 바로 이 세 번째 유형의 장르이다. 이 용어는 하워드 헤이크래프트가 그의 저서 『즐거움을 위한 살인』(1941)에서 체스터턴의 작품을 기술하기 위해 처음 사용한 것으로 알려져 있다. 전통적인 탐정 소설의 경우 살인과 같은 범죄 사건은 종말에 이르러 증거를 논리적으로 해석하는 탐정에 의해 반드시 해결되게 마련이다. 그러나 형이상학적 탐정 소설은 전통적 탐정 소설의 패턴을 의도적으로 파괴하고자 한다. 곧 플롯이 결여되어 있으며 결과보다는 오히려 과정이 중시된다. 때문에 독자는 작품에 등장하는 탐정에 못지않게 사건을 해결하는 데 능동적인 역할을 수행하도록 요구받는다. 형이상학적 탐정 소설을 중심적인 장르로 사용한 포스트모더니스트들은 블라디미르 나보코프와 호르헤 루이스 보르헤스와 같은 작가들을 꼽을 수 있다. 나아가 알랭 로브-그리예는 형이상학적 탐정 소설의 수준을 한 단계 올려놓는 데 크게 기여한 작가이다.

이들 가운데 보르헤스는 일찍이 1951년 애거더 크리스트, 엘러리 퀸, 체스터턴을 비롯한 작가들의 고전적 탐정 소설을 수록한 선집을 출판한 바 있다. 더욱이 그는 이 장르에 속하는 작품을 직접 창작하였다. 그의 작품집 『인디오 파로디의 여섯 가지 문제점』(1942)에 수록된 작품들을 비롯한 『죽음과 나침반』과 같은 몇몇 작품들은 이 경우를 보여주는 가장 좋은 예에 해당한다. 알랭 로브-그리예의 형이상학적 탐정 소설에는 포스트모던 공상과학 소설의 경우처럼 자아반영성이 강조된다. 즉 그것은 탐정 소설의 텍스트가 창작되는 바로 그 과정 자체에 독자의 관심을 환기시키는 것이다. 그런가 하면 그의 『변태 성욕자』(1955), 『랑데부의 집』(1965) 등의 탐정 소설에는 외설 소설이 교묘히 결합되어 있다.

20세기 후반의 모든 새로운 지성 사조인 독자반응 이론, 후기구조주의, 포스트모더니즘은 보르헤스로부터 나왔다는 것을 아무도 부정하지 않는다. 보르헤스는 관념들을 소설로 형상화시키는 데 있어 탐정 소설의 구조를 도입하고 있다. 그의 탐정 소설 기법의 차입은 '삶의 근원과 종말에 관한 탐구'라는 명제와 관련되어 있다. 탐정소설의 기법은 첫째로 보르헤스의 명제가 안고 있는 추상적 성질을 구상적으로 바꿔주는 데 절대적으로 기여하고 있다. '존재'라는 관념론적 대상에 대한 탐구를 탐정 소설의 장치인 비밀 찾기, 수수께끼 풀기 속에 담음으로써 탐구의 내용을 구체적이 되게 하는 것이다. 둘째는 결과보다는 과정을 중시하는 탐정 소설의 구조가, 끝내 알아낼 수 없는 존재의 비밀 그 자체보다는 그 비밀을 추적해 나가는 과정에 보다 무게를 싣고 있는 보르헤스의 세계관과 완벽하게 일치한다는 것이다. 이처럼 보르헤스의 '찾기'란 '탐정 소설적 찾기'에 집중되어 있다.

포스트모더니스트들에 의해 주로 사용되는 형이상학적 탐정 소설은 최근에 들어와 더욱 활기를 띠게 되었다. 흔히 포스트모더니스트로 범주화되는 작가들은 사실상 거의 대부분 직접 혹은 간접적으로 이 장르를 시도해 왔다고 할 수 있다. 가령, 탈로 칼비노의 『어느 겨울밤 나그네가』(1979), 움베르코 에코의 『장미의 이름』, D.M. 토머스의 『하얀 호텔』(1981), 마누엘 푸이그의 『스파이더우먼의 키스』(1978), 한스-위르겐 시버베르크의 『파르시팔』(1984), 페르난도 솔라나스의 『가르델의 유배인 탕고스』(1985) 등에서 이 장르를 시도하고 있다. 이 밖에도 탐정 소설에 관심을 가져 온 포스트모더니스트들은 매우 많다. 🐝

잘 모르는 만큼만
– 오늘의 문단, 무엇이 문제인가

박세현 • 상지영서대 교수

1. 한국문학의 강박증

홍상수의 영화 "잘 알지도 못하면서"에 나오는 대사 한 줄. '나에 대해 뭘 안다고 그래요. 잘 알지도 못하면서. 딱 아는 만큼만 말하세요.' '오늘의 문단'을 살피는 이 자리에서 난 홍상수의 말을 약간 비틀면서 '잘 모르는 만큼만' 말하려 한다. 왜냐하면, 인류는 아는 만큼 얘기하도록 조립된 게 아니라 모르는 만큼 떠들도록 구성된 존재라고 믿기 때문이다.

내게 주어진 과제는 '오늘의 문단, 무엇이 문제인가?'의 언저리에 있다. 이 질문은 오늘의 한국문단이 이러저러한 균열을 내장하고 있다는 뜻인가? 문단이 오작동 되고 있다는 의미를 전제하거나 함축하고 있다는 뜻인가? 그런 맥락의 질문이라면 발제자는 제대로 선택되지 못했고, 나 역시 이 자리를 사양했어야 옳다. 나는 이 주제를 포괄적으로 관찰할 수 있는 힘을 갖지 못했을뿐만 아니라 이런 주제가 올림픽 주기처럼 반복된다는 점에 한국문학의 습성적 억압이 아닌가 여기기 때문이다. 이 문제는 문제에 대한 이해만큼 산업 현장에 기여되지 못하는 것 같기도 하다. 그런 차원에서 나는 이 문제를 한국문학의 한 증상으로 이해한다. 증상은 병의 구조를 이해하지 못한 채로 끊임없이 회귀하는 무엇이다. 그러니까 '오늘의 문단'에 관한 증상적 질문은 한국문학의 신경증적 구조를 확인하는 일과 다르지 않다. 우리는 한국문학이 죽었는지 살았는지를 되질문하지 않고는 문학의 신체를 확인할 수 없는 강박에 시달린다는 뜻인가?

　의문은 신경증의 구조를 이룬다. 의문이 해소되면 히스테리와 강박증도 사라진다. 그런데 누가, 어떻게 이 문제를 분석하고 해결할 수 있단 말인가? '안다고 가정된 주체'는 누구인가? 한국문학이 체화하고 있는 증상의 복잡, 복합, 중층적인 구조를 어떻게 선명하게 햇빛 위로 드러낼 수 있단 말인가? 그것은 나같은 어리버리에게 맡길 일이 아니라 한국문학에 개입하고 있는 '바로 당신'의 문학적(문인적/문단적)무의식에 물어야 옳지 않겠나? 그래서 '오늘의 문단, 무엇이 문제인가?'라는 질문에 대한 나의 소견은 '오늘의 문단 아무 문제 없다'로 정리된다. 여전히 작품은 적정 생산량을 초과해서 발표되고 있고, 여전히 문학상은 빛나는 수상자들에 의해 거부되지 않은 채 지속 가능한 영업적 기반을 유지하고 있고, 여전히 신인들은 저출산의 한국 신생아 숫자와 달리 연년생의 다발로 태어나고 있지 않던가! 그래서 다시 나는 말한다. 나는 내게 던져진 과제를, 문제를 드러내고 문제를 해소하는 전망으로 작성하지 않고, 단지 한국문학의 무의식이 아닌 의식의 차원에 위치한 증상만을 참기 힘든 경박한 목소리로 몇 마디 던지고자 한다. 그게 이 글의 솔직한 앞가림이라고 믿기 때문이다.

　'오늘의 문단, 무엇이 문제인가?'에서 키워드를 간추리면, '오늘', '문단', '문제'가 된다. 세 단어가 거느리고 있는 주변부를 살피다 보면 뭔가 짚힐 수도 있겠지만 그것은 그저 무엇something일 뿐이라는 점을 미리 밝혀 두자. 문제에 대한 호명은 나의 몫이 아니라 여러 형태로 문단에 개입하고 있는 문인들의 몫으로 미분될 뿐이다.

2. '오늘'이 어쨌다구?

오늘은 어떤 시간인가? 오늘은 어제가 아니고 내일이 아니다. 겹쳐지고 쌓여가지만 언제나 투명하다. 오늘은 어제를 살해한 시간이다. 오늘은 어제를 덧쓰고 있으나 어제가 아니고 내일이 투영되는 시간이지만 여전히 내일일 수 없는 살아있는 미지다. 그래서 오늘은 맑고 투명한 백지의 시간이자 우리의 숨소리 받아내는 설렘이다. 그것의 형상은 옳고 그름의 세계가 아니다. 적합 부적합의 판단을 기다리는 세계는 더욱 아니다. 오늘은 단지 조용한 숙녀처럼 우리 앞에 다가와 있을 뿐, 징징대지 않는 겸손과 교양을 가졌다. 혁명은 그 이름처럼 어떤 '대의'를 향해 돌아가고 싶어하지만 '오늘'은 그런 대의를 위해 정조를 지키지 않는다. 이창동의 '박하사탕'의 주인공처럼 '나, 돌아갈래!'라는 절규는 애처롭지만 그것은 과거로 돌아갈 수 없다는 엄연한 자각일 뿐이다. 오늘은 오늘을 향해 순결을 바친다.

누군가, 신은 죽었다고 선언했고, 신 자신만 그 사실을 모른다고 했는데 이 말은 한국문학 혹은 오늘의 주제에 맞게 '오늘의 문단'에도 찌라시 돌리듯이 공짜로 돌려 줘야 한다. 나는 이 말을 지지하고 동의한다. 물론 어느 시대나 문학의 종언을 선언하고 지지하는 부류가 존재해 왔다. 그럼에도 불구하고 문학은 여전히 그 정신줄을 이어왔다. 오늘은 그 참상이 전 시대와 같지 않다고 말하려는 것은 아니다. 여전히 문학에 대한 사망선고는 있어왔다는 점을 확인하면서도 문학의 존립은 자신의 죽음과 동궤에 선다고 말하고 싶을 뿐이라면 어쩌겠는가. 이 말의 형용모순은 살면서 죽는다이거나 죽으면서 살아난다는 말도 말이 되는가?

듣자니, 가라타니 고진의 '근대문학의 종언' 테제가 우리나라에 건너와 한참 바빴던 모양이다. 가라타니 고진의 '종언론'은 문학이 더 이상 '영구혁명'이라는 사회적 의무와 도덕적 과제를 떠맡지 않게 됐다는 데 있다. 그런 역할이 근대문학을 한갓 오락이나 상품과는 구별되도록 만들었지만, 이젠 그런 시대가 지나갔다는 뜻도 되겠다. 요컨대 고진의 '종언론'은 한국문학의 단계와 이가 맞지는 않지만 귀 담아 들을 메시지를 담고 있다는 점에 동의한다. 달리 말해 고진의 '종언론'이 어떤 맥락에서는 한국문학의 내부를 반사하기도 하지만, 그건 그것이면서, 우리는 또 우리식으로 망해가고 있다는 점이 간과되어서는 안 될 것이다.

'망했다'는 말은 오해의 여지가 없지 않다. '한국문학과 그 적들'의 저자인 조영일의 말을 빌리면, '한국문학이 끝난 것'이 아니라 망한 것은 '한국의 문단문학'이라는 것이 그의 입장이다. 그가 말하는 '한국문단문학'은 창비, 문사, 문동이 장악하고 또 관리하고 있는 하나의 '생산관리 시스템'이다. 이 '시스템'의 토대는 문예지를 출간하는 출판사와 편집동인들의 '아름다운 협력' 체제이다. 대부분 문학평론가들인 편집동인들은 '4.19세대의 위대한 문학적 발명품'인 '작품해설'을 통해서 개별작품에 '보편적 교환가능성'을 부여한다. 요점적으로 말해 시집이나 소설집 뒤에 관례처럼 붙어 있는 작품 해설이 '과장된 호명'이어서 '신용의 붕괴 즉 공황(근대문학의 종언)'을 불러왔다는 분석이다. 이 언저리에 문단을 작동하고 있는 '오늘'의 세목들이 포진하고 있는 것이 아니겠는가. 이런 요인들을 한두 가지로 쌈빡하게 도려내기란 쉽지 않다. 적어도 나의 궁리는 그렇다는 말이다.

이 대목에서 지나간 얘기 한 컷트. 1980년대 민중문학 앞에 길게 줄을 섰던 열정은 다 어디로 갔는가?라는 질문은 순진하고 어처구니 없는가? 질문 자체가 시대착오적인가? 몰라서 묻는데 민중은 다 소멸했다는 뜻인가? 그래서 민중문학 혹은 그 신념들이 자취를 감췄다는 뜻인가? 연인들도 헤어질 때는 '뜻 모를 이야기' 정도는 중얼거리고 갈라지는 모양인데, 나의 과문은 여직 자기 신념을 접는 정확한 발언을 들은 바 없다. 신영복 선생의 말씀이 겹쳐서 떠오른다. '먼저 하는 전망이 관념적이지 않기 위해서, 먼저 하는 좌절이 도피가 아니기 위해서, 먼저 하는 반성이 자기 변명이 아니기 위해서 지식인은 최후까지 실천과 연대하여야 한다.' 오늘의 문인들이 어제의 골목길에서 벗어버린 외피가 어디에 나뒹굴고 있는지 살펴보게 하는 말씀이 아닌가. 이 말씀으로부터 자유로울 문인이 있을까 싶은데, 그냥, 우리 자유롭자?

노벨상에 없는 분야가 수학이라 들었다. 노벨의 부인의 애인이 수학자여서 노벨상에서 수학 분야가 빠졌다는 유력한 설이 있다. 노벨의 부인의 애인이 시인이었다면 노벨상에서 문학 분야가 빠질뻔 했다는 뜻도 되는가? 다행스럽게도(?) 노벨은 결혼한 적이 없었다고 한다. 이제 우리도 노벨상 철이 오면 기자들이 설레발이 치면서 마치 올해는 누가 탈 것이라둥 헛바람을 잡는다. 노벨상에 용심(用心)하는 문인이 있다는 뜻인가? 이것도 '오늘의 문단'이 품고 있는 정황이다.

한국의 유력 소설가가 예능인 강호동과 무릎팍을 맞대고 앉아서 우스개 소리를 하고 있는 모습도 어제까지는 없었던 풍경이다. 그런가하면, 대중 작가로 치부되어 온 어떤 소설가가 대학생들이 선호하는 작가 1순위라는 집계도 새삼스럽거니와 꽤 유력한 잡지라고 자부하는 매체에서는 그 작가를 특집으로 다루기도 했다. 귀신이 곡할 노릇은 어디에나 있다. 이를 일러 '오늘'의 문학적 기상도가 바뀌었다고 한다면 뭐라고 하겠는가.

독백이지만, 오늘은 어제가 아니다. 잣대가 다르다. 미장센이 다르다. 푼크툼Punctum도 각자의 것이다. 한국문학의 양적 흥청거림과 질적 풍요는 같이 가는 것 같지 않다. 20대에서 40대 사이에 포진되었던 중심 독자층이 떠나간 독서시장은 붕괴되었고, 독자를 불러모을 흥행거리도 없는 편이다. 출판사의 에디터는 문인들이 출판할 원고를 들고 오는 것이 제일

두렵다고 들었다. 주체할 수 없는 성욕에 시달렸던 톨스토이처럼 참을 수 없는 창작열에 시달리는 문인이 있다면, 무엇보다 자신의 열정을 참하게 제어하는 억제력이 요구되는 시대다.

3. 문단이라는 상징계 the Symbolic

문단은 없다/있다. 없기도 하고 있기도 하다. 아니다. 없다고 믿는 이에게는 너무나 상고한 비존재이고, 있다고 믿고 자신도 거기에 가담하고 있다고 생각하는 사람에게는 이처럼 구체적인 실체도 없을 것이다. 교단이 나무로 만든 단이자 거기에 올라서는 무대이듯이, 어느 순간 단이 없어도 교직은 교단으로 상징된다. 사태가 이러하듯이 문단은 분명한 현실이자 상징이다. 국회에 가면 국회의원들이 들락대듯이, 마치 국민을 위해 봉사한다는 듯이 바삐 움직이듯이, 잡지사와 출판사의 로비는 문인들로 붐빈다.

문단의 사전적 의미는 '문인들이 모여 있는 사회'가 된다. '모여 있다'는 어구에는 일말의 연민과 공포가 얼비친다. 힘을 가지기 위해 모였다는 점에서 연민을 자극하지만, 무리가 되면 무슨 일을 저지를지 모른다는 점에서 공포의 대상이 된다. 노동자들이 자신들의 정당한 권익을 보호받기 위해 얼마간 모여 있어야 되는 상황과 그리 달라 보이지 않는 측면도 없지 않다. 노동자들에게는 자본가 혹은 임금을 계산해주는 사장이라는 큰 타자big Other가 분명하게 존재하지만 문단의 큰 타자는 잡지사 주인도 출판사 주인도 때로 문화체육부 장관도 아니다. 문인들이 십시일반 혹은 삼삼사오 모여서 창작과 창작의 내부고통을 어루만지고 있다는 점에서 그것은 자(/가)족적인 상징에 해당된다.

문단이 있다고 믿는 이들에게 문단은 어떻게 형성되는가? 문단이라는 상징계가 문인들로 이루어지듯이 문단에 기입되기 위해서는 등단이라는 비자를 발급받아야 한다. 대체로 이 요식 절차가 한국문단의 깨어지지 않는 관습이자 습관이다. 대표적인 제도가 신춘문예다. 물론 요즈막엔 신춘문예를 벤치마킹한 '신춘문예'식 주변부 버전도 일반화되었다. 이런 제도적 속성은 마치 대도시에만 있던 빵집 뚜레쥬르가 지방의 아주 작은 도시에도 거침없이 분점을 내는 자본의 속성을 닮고 있다. 비유컨대 그러하다는 뜻이다.

문단은 문학과 다른가? 같은가? 글쎄올시다. 내가 보기에 살과 피부처럼 나뉘어지지 않는 악착같음이 두 개념 사이를 가로지르고 있는 것 같다. 문단이라는 시스템이 문학이라는 텍스트의 출산과 향배를 결정짓는 때가 더러 목도되는데 이런 경우를 보자면, 문단과 문학은 화분과 식물의 관계처럼 끈끈한 관능의 관계라고 파악된다. 문단 내부에서 기획되고 추진되고 전파되는 한 시대의 문학적 담론은 때로 문단이라는 내부 토론과 합의에 기반할 경우가 많기 때문이다. 저널과 출판사는 이 때 양보할 수 없는 문단의 앞잡이가 된다. 현대문학, 창작과비평, 문학과지성이 문인들에게 각인된 문단적 혹은 문학적 영향력은 무엇일까? 그것은 바로 문학적 앞잡이 구실이다. 그것의 진위 여부는 접어두고 그들이 문단에 드리우고 있는 촉수는 간단하지 않다. 대체로 그것은 권력의 형태로 문학판에 존재한다. 모든 권력의 기반과 억압을 혐오하는 전제가 문학의 본성임에도 불구하고 이들 매체는 오랫동안 한국문단의 큰목소리로 존재해왔음을 열나게 부정하기는 어렵겠다.

문제는 문단을 이끈다고 가정되는 매체에 있기보다는 매체를 에워싸게 되는 문인들에게 있을지도 모른다. 공급이 문학적 수요를 만족시키지 못할 때 문예지와 출판사들은 권력의 성채로 변질된다. 대체로 한국문단은 이런 공급과 수요의 갈등을 적절히 잘 제어해온 측면이 있다고 보지만 소망스럽지 못한 측면도 감추고 있다. 뭐라고 해야 되나. 이를테면, 이승철이나 동방신기는 그들의 기획대로 연예활동을 하는 것이 아니다. 그들은 기획사 시스템에 의해 선발되고, 훈련되면서 거의 사육 차원에서 활동한다. 다시말해 그들은 연예계의 자동로봇이다. 그런데 우리 문단의 힘있는 매체들이 연예 기획 시스템을 복제하고 있다는 인상을 줄 때도 있다. 문인과 연예인이 같으냐고 따진다면 내가 지적하고자 하는 어떤 본질은 드러나지 않고 은폐된다. 잡지와 출판사가 유능한 문인을 발굴하고 그들에게 지면을 제공한다는 것은 당연한 책무지만 거기서 상업적으로 발분하게 되면 불필요한 왜곡과 과장이 개입할 수 있고, 그럴 경우 그것은 문단을 넘어서서 문학을 압도해버리는 서글픔이 연출될 수 있다는 관찰이다. 최근의 문단은 이 지경까지 궁리되고 있는 게 아닌가 여겨진다. 이른바 문단의 오작동 내지는 과작동이 무대화되고 있다는 기우다.

문단은 언제나 문단나누기를 통해 권력의 집중을 꾀한다. 이광수와 최남선이 독점했던 1910년의 안팎이 그랬고, 소규모 동인 그룹으로 움직였던 1920년대 또한 문단나누기의 전시장이었고 여기에는 기미년 만세운동의 실패를 두고 갈라진 정치적 신념들이 좌우의 블록을 만들어내는 계기가 된다. 이후의 문단은 해방, 분단, 산업화, 민주화라는 시대적 격랑 위에서 정치적 대립을 지속한다. 문인들은 문단의 정치적 상황에 대해 나름의 포즈를 선택해야 했다. 진보, 보수, 중립과 같은 태도가 그것이다. 이 나라의 문인들은 어딘가에 소속해야 했다. 물론 무소속도 있겠다. 소급적으로 회고하면, 다시말해 몰정치적 시선으로 보자면, 문필가에게 단체가 어떤 의미가 있는지 씹어볼만 하다. 그것의 유해 무해를 따지자는 뜻은 아니다. '그때는 그랬다는' 말이지만, 문필가가 정당인처럼 자기가 속한 정당의 정강을 위해 헌신하는 모습은 다소 멋쩍다. 시대적 대세를 등에 업고 적당히 묻어가면서 네베시 자신의 문학적 외피를 장식하는 것은 더 그렇다.

그래서 말인데, 문단은 있다. 여전히 있고 앞으로도 있을 것이다. 문인이라는 제도적 개인이 존재하는 동안 문단은 존재한다. 그래도 본질적 회의는 필요하지 않겠는가? 문단 혹은 문학계는 상가번영회와 달라야 될 것이고, 요식업협회와도 차이가 있어야 한다. 문단이라는 자연적 단위는 문학의 활기와 생산을 위해서 순기능을 할 수 있겠지만, 인위적인 단체는 수상하다. 모든 조직은 조직원을 억압한다. 그것은 '조직적 위선'에 빠져들거나 '조직의 위선'으로 전락하기 쉽다. 까놓고 말한다면, 문인들을 위한 단체는 문인들을 진정으로 위하기 위해 정작 지켜져야 할 문인들의 자존심을 제물로 삼는 경우도 적지 않다. 그래서 말인데, 낮은 목소리로 말하자면, 한국에 존립하고 있는 모든 문인단체들은 해체되어도 좋겠다. '저기 적이 있다고 소리치는 그 놈이 바로 적'이라는 말이 떠오르지 않는가. 회비를 거두고, 회장을 뽑고, 상갓집 문상을 하고, 문인 주소록을 작성하고, 집회 비용을 마련하는 등의 세속적이고 정치적 행위를 위해서 문인단체가 존속되어야 한다면 나의 생각은 철회할 수 있다. 그것은 문학행위와는 다른 것이다. 말하자면 보험과 다를 게 없기 때문이다.

4. 문제를 떠나서

오늘의 문단! 단지, 그렇다는 말이다. 오로지 이런 식으로 경과되었다는 뜻이다. 나는 그 이상과 그 이하만 말하고 싶었다. 나의 '무지와 편견'은 오늘의 문단이 향유하고 있는 문제를 실하게 꿰지 못한다. 한국문단이라는 드높고 휘황한 상징계를 나의 위치에서 실눈 뜨고 보았을 뿐이다. 그러므로 지금까지의 말은 그저 나의 생각에 지나지 않게 된다. 그게 다행이다. 나의 언설이 법이 된다면 어떡하겠는가? 몇 가지, 내 생각의 가닥을 정리하는 것으로 이 글을 마무리하겠다.

첫째, 오늘의 한국문단은 어떤 문제도 없다. 사실 이 글을 작성하기 위해 이것저것 뒤져도 보고, 인터넷도 열람했으나 이상하게도 문제점이 하나도 발견되지 않았다. 참 희한한 일이다. 물론 나의 시선이 주의 깊지 못하다는 점은 제외되어야 한다. 범인이 범죄 현장의 증거를 지워내듯이 오늘의 문단은 완전범죄에 까깝도록 순결하다. '범죄'라는 표현은 비유에 썩 안 어울리지만, 그 표현을 양해한다면, 그 차원에서 한국의 문인은 다 공범의 혐의에서 자유롭지 않을 것이다. 적어도 이런 점은 개선해나가야 된다는 어떤 예외를 만들어놓지 못했다는 점에서 우리는 유죄다. 그러니 우리는 그 순결함으로부터 재빨리, 뿔뿔이 달아나야 한다. 각주 하나. 어디선가 '힘내라, 한국문학'이란 표어를 보았는데 이것은 그 순진성에도 불구하고 이따위 응원만은 우리 문단이 사양했어야 한다. 서글프고 짜증나는 사회적 응시가 아니겠는가.

둘째, 여전히 오늘의 문단은 대형마트 매장처럼 활기차다. 도대체 다 헤아릴 수 없을 정도의 문학상이 한 해도 거르지 않고 수상자를 뽑아내고 있다. 마치 매장량이 무궁무진한 지하수를 뽑아올릴 때와 같은 자신감이 충만하다. 그것은 영업을 주관하는 주최측의 자신감이기도 하지만, 상을 겨냥하는 문인들의 응전력 즉 문학상의 두터운 지층을 뚫겠다는 외설적 의지도 만만치 않다. 그 얼굴이 그 얼굴이라는 수상자의 면면 때문에 '환상의 돌림빵'이라는 빈정거림만 면해간다면 문학상은 문학의 꽃이자 문단에 쏟아지는 축복이라 불러야 옳지 않겠는가.

셋째, 신인의 등단과 문학 창작집이 꾸준히 출판되고 있다는 사실도 오늘의 한국문단이 특유의 체질적 건강성을 발휘하고 있다는 점을 반증한다. 독자는 이탈하고 새로운 독자층이 형성되지 못한 상황임에도 한국문학은 여전히 기이한 고공행진을 펼치고 있다는 뜻이 된다. 여자 말고도 이해하기 어려운 일은 한국문단의 생존 방식이 아닐까?

넷째, 문화예술위원회가 거들고 있는 창작지원금이라는 문학(문인) 부양 정책도 오늘의 문단에 관제(官制)라는 단서조항에도 불구하고 일말의 용기를 불어넣고 있다. 경제 상황이 나쁠 때 정부가 인위적으로 경기 부양

책을 쓰는 경우를 왕왕 보아왔지만 경제의 체질이 개선되었다는 소식은 들은 바 없다. 창작지원금도 그런 부정적인 구실을 하지 말란 법이 없다. 독일의 경우에도 문예창작 지원시스템이 잘 갖춰진 이후에는 쓸만한 작품이 나오지 않았다는 가라타니 고진의 말을 우리는 왜 곱씹어보지 않는가? 정부가 문인에게 가난을 견딜 숭고한 권리를 빼앗아도 될까?

앞서 정리한 내용들만 보자면 한국 문단은 문제가 전혀 없는 편이고, '전혀 없다'는 표현의 이면은 문제가 많다는 뜻을 감춘다. 그러나 나는 이 글을 통해 오늘의 문학동네가 내포하고 있는 이러저러한 질병적 요소들을 까발리고 부정적 선언을 하기 위한 것은 '절대로!' 아니다. 나 자신이 시인이라고 호명되는 한 나 역시 그 테두리 내부에 있기 때문이다. 나 홀로도 문단이기에 나는 독야청청을 누릴 수 없는 '오명된' 토양이다. 이 시점에서 정작 중요하게 관찰되어야 할 점은 한국문학 또는 한국문단의 문제점이 아니라고 본다. 그보다는 지금 우리 눈 앞에 있는 문학의 존재론적위치이다. '망했네' '덜 망했네' 하는 담론들의 근거와 배경이 그것이다. 이것에 대한 비관과 낙관은 그것 자체로 타당하지만 늘 발언 주체에게로돌아가는 관찰이기 쉽다. 오늘날 문학이 망했다는 점을 모르는 문인은 없다. 다 잘 알고 있다. 삼척동자 즉 삼척에 사는 어린아이조차도 아는 소식이다.

그렇다면, 무엇이 문제여야 하는가? 내가 하고 싶은 말의 핵심은 이 부근에 있다. 조금 말을 풀어 보태자면, 오늘날 우리는 탈이데올로기의 시대에 살고 있다고 믿는다. 즉, 사람들은 자신이 어떤 이데올로기도 믿지 않는다고 생각한다. 여러분들도 그렇지 않은가? 탈이데올로기라는 말 속에는 이데올로기가 시대착오적이라는 의미를 강하게 함축한다. 그러나 슬라보예 지젝 Slavoj Zizk은 이런 생각들이야말로 오늘날이 바로 이데올로기의 시대라는 사실을 역설적으로 보여주는 명백한 증거라고 들이댄다. 그러나 사람들은 '나도 (탈이데올로기의 시대라는 걸) 잘 알아. 그러나 그럼에도 불구하고' 와 같은 사고의 형태를 보이면서 여전히 이데올로기적 사고 속에 존재하는 '냉소적 주체' 혹은 '도착적 주체' 가 되고 있다. 이데올로기에 대한 지젝식 논리가 문학으로 이동해도 달라질 것은 없다. '나도 문학이 망가지고 희망이 적다는 사실을 잘 알아. 그럼에도 불구하고 나는 여전히 글을 쓸거야' 라고 할 때 우리는 정확히 '잘 알면서도 그렇게 하는' 냉소주의적 주체가 된다.

　나는 오늘의 한국문인들을 지젝식 용어로 냉소주의적 주체라 본다. 냉소적 주체는 잘 알면서도 여전히 그렇게 행동한다는 것이기도 하지만, 그런 선택 속에 자진해서 포획되고 있다는 의미도 함께 지니는 게 아닐까? 즉, 시집이 읽히지 않는다는 사실과 시집을 출판하는 사정이 열악하다는 사실을 너무도 잘 알지만 시인들은 누구의 명령 없이 열정적으로 시를 쓰고 있다. 문학이 망해도 글을 쓸 수밖에 없고 글이 아니고는 자신의 증상을 달랠 수 없는 그런 떨거지 주체들 말이다. 오늘날 그리고 미래의 문학은 그들에 의해 존재하고 빛나게 될 것이다. 이런 점에 비추어 문학은 문학의 패망론을 넘어선다. 문단 시스템의 오작동과 과작동도 한국문학의 창조적 역동을 지원하는 소음에 지나지 않을 것이다. 지금 우리에게 필요한 것은 문학에 대한 '가장된 순진한 믿음', 곧 '참된 위선' 의 회복에 있는지도 모르겠다. 1989년에 출판한 나의 시집 '길찾기' 에 수록되었던 시 한 편을 재미삼아 얹어놓는다.

감수성 갱신 공고 시안

　금번 예술성과 시인노조총연합회 본부에서는 모년 모월 모일을 기해 본방 시인들의 감수성 고유번호를 일제히 갱신 재정리하게 되었습니다. 지금껏 한번 득하면 영구히 자기화했던 시인들의 감수성 권한을 아래와 같은 이유를 들어 5년마다 감수성의 갱신 및 재사정을 공고합니다.

아 래

1. 기왕에 예술성과 본방 시인 노총에서 공인해 오던 감수성이 시의적절하지 못하다는 것
1. 자기 감수성에 대한 무책임한 타협으로 인한 시업의 지지부진
1. 감수성과 시인간의 운명적 불화
1. 단순 재생산 및 자기회고 취미 불식
1. 유사한 감수성의 통폐합으로 미만된 감수성의 혼돈 정리
1, 타인의 감수성 고유번호 도용 방지 및 선의의 시인 보호
1. 폐업 전업한 시업자 정리

이후 구감수성에 의한 구태의연한 시작 행위가 적발될 시는 특례법에 의거 감수성 고유번호의 말소도 불사할 것이며 부득이 이러한 강경조치를 취하게 된 본 시노총의 고통을 십분 양지하시고 본방 시업의 무궁한 발전을 위해 기일내에 감수성 고유번호의 갱신을 마쳐주기 바랍니다.

모년 모월 모일 안개낌
전국시인노조총연합회본부장 올림

**이 글은 2009년 11월 14일 만해마을에서 열린 강원작가 세미나에서 발제된 발표문의 형태이기에 각주가 포함되지 않은 상태임을 밝혀 둔다. 🐛

수필쓰기, 어떻게 가르칠 것인가

이 성 림 • 명지전문대 문예창작과 교수

I.

가히 수필문학의 전성시대라 할 만큼 근자에 많은 양의 수필이 쓰여지고 있다.

그만큼 많은 사람들이 관심을 보이고 있으며 손 닿기 쉬운 장르로 인식하고 있음을 알 수 있다. 한국문인협회에 등록된 수필가만도 수십 페이지에 달하고 있다. 극단적으로 시. 소설. 극 장르 외에 모든 문자행위는 수필장르에 포함한다하여도 큰 오류가 아닐 것처럼 보인다.

이에 따라 수필문학의 이론화 정립 작업이 다각도로 이루어지고 있는 것도 발전적인 추세로 보여진다. 즉 수필문학과 다른 여타 문학 장르와의 차이점 등을 통하여 오히려 대비가 되어 뚜렷한 특성으로 드러날 것이다. '수필쓰기, 어떻게 가르칠 것인가' 라는 명제 앞에서 몇 가지 우선적으로 고찰되어져야 할 선행작업이 있다.

II.

다름아닌 문장에 대한 기본 개념 정리이다.

문장에 대한 기본 고찰을 통하여 바야흐로 좋은 글이란 어떤 것이고, 좋은 문장을 쓰기 위해서는 좋은 글을 왜 많이 읽어야 하는 지 등 갈래가 잡혀 나갈 터이다.

그렇게 한 다음, 문학의 지엽적 갈래인 수필에 대한 언급을 통하여 수필문학의 본격적인 검토와 더불어 어떻게 교육해 나가야 할 지의 가닥이 잡힐 것이다.

문자를 가지고 무엇인가 자신의 생각과 느낌을 사실적으로 혹은 감상적으로 적어보고자 붓을 들어 원고지 칸을 메꾸어 본 체험은 누구나 있으리라 본다.

그러나 그 행위가 수월치 않았음을 또한 느꼈으리라고 생각한다. 그래서 이쯤에서 사유해 보건데 가장 단순하고 순수하다는 것이 쉬울 듯 보이지만 사실은 가장 어렵다는 이치에 도달하게 된다. 때로는 인사말씀 하나 쓰기도 버거울 때가 있다. 이것은 너무 잘 쓰려고 기교부리고 치장을 하다보니 그렇게 되는 것이다. 꾸며 쓰고 덧칠을 하는 것이 때로는 본질을 흐리게 하는 것이며 그러다보니 문장 쓰기가 힘들어 지는 것이 아닌가 생각해 본다.

문장이란 인간의 사상이나 감정을 언어로 하지 않고 반드시 문자로 기록한 것이다. 여기에서 말하는 문장은 사고와 판단을 표현하는 가장 초보적인 수단으로서의 일상적인 말들의 기록을 뜻한다기보다는 보다 더 갈고 닦여진 전달체계를 필수적으로 요하는 것이다.

그렇기에 문장으로 표현하는 것은 말로 표현〔會話〕되는 자유스러움으로 인해 빚어질 수 있는 무질서나 조잡성(粗雜性)에서 벗어나 긴밀하고도 조리있게 정리되어 나타나야 한다. 문장이 인간의 사상, 감정의 표현 수단이라는 점에서 문장은 그 사람만의 감정, 그 사람만의 사상이 그 사람만의 독특한 표현으로 문장화된 것이라고 할 수 있다. 그렇기에 가장 정확하고 진실한 문장, 그리고 가장 개성있는 문장이라고 할 수 있다.

좋은 문장 쓰기는 말하듯이 써야 한다고 하여 '글은 곧 사람이다' 라는 명제와 맞아 떨어져야 할 것을 요청하고 있다. 그러기 위해선 문장으로 쓰여지기 전에 그 사람이 사용하는 일상어에서의 어휘 순화와 더불어 건전한 생활자세인 태도와 자세가 밑받침 되어야 할 것이다. 그 사람이 쓰는 언어구사를 보면 그 사람의 정신적, 정서적 수준을 가늠해 볼 수 있다고 하는 것도 이를 뒷받침 해준다.

좀 더 함축적으로 좋은 문장을 쓰기 위해선,

첫째, 단순한 어휘의 나열이 아니라 말하고자 하는 내용에 부합되어 응집력있고 주제의식에 걸맞게 구사해야 된다는 점이다. 그러면서 문장이 되도록 쉽고 개성적인 자신의 특성이 드러나도록 써야 한다.

둘째, 효과적인 표현을 위하여 진부한 모방에 그치지 말고 독창적인 자기만의 체취가 전달되도록 할 것이다. 허황된 미사여구에 치중할 것이 아니라 진솔함이 묻어나는 개성과 간결함이 중요하다.

셋째, 수식과 꾸밈에 치우치지 않는 진실성 위주의 글로 참된 모습, 진지한 가치관, 성실한 진리 등의 표출이 필요하다. 그러기위해서는 명확한 전달능력으로 자신만의 향기가 우러나도록 해야 한다.

넷째, 명료한 전달성을 고려한 문장으로 논리가 통하는 주제의식이 분명한 인식하 에서, 전하고자 하는 메시지의 투철성에 입각하여 쓰여져야 한다. 그러면서 여운을 남겨줄 수 있는 문학적 창의성이 뒷받침되는 것이 중요하다.

다섯째, 자연스럽고 객관적인 사실 속에서도 자기의 개성과 내면의지가 잘 드러날 수 있도록 해야 할 것이다. 그렇다고 하여 너무 교훈적이거나 직설적 표현은 에둘러 어느 정도의 비유와 대화체 방법을 동원하는 것도 좋겠다.

여섯째, 문장쓰기의 가장 기초 작업이라 할 수 있는 맞춤법, 띄어쓰기 등 정서법(正書法)에 맞는 언어구사가 밑받침되어야 할 것이다. 모든 글쓰기의 기본은 원고지 쓰기 원칙과 적절한 문장부호 사용 등 교정작업을 익히는 것은 필수이며 기초인 것이다. 그것이 정확해야 전달하고자 하는 필자의 마음이 보다 더 효과적으로 잘 표현될 것이다.

이렇게 글, 문장에 대한 기본적인 개념 정리를 하는 것이 우선적으로 필요하다.

누구나 쓸 수 있다고 여기면서 누구나 쓰기에는 만만치 않음에 수필의 무게가 놓인다고 본다. 힘들겠지만 어린아이처럼 단순하고 순수하게 있는 그대로 노출시켜 담아 내놓았을 때 그것을 읽어 주는 사람의 마음에 글쓴 사람의 메시지가 전달될 수 있을 것이다.

문장의 연마는 하루 아침에 이루어지는 것이 결코 아닌 만큼 충분한 사색과 공부가 함께 따라줘야 할 것이다.

III.

다음에는 다른 사람의 좋은 글을 많이 읽어야 한다.

많이 읽고 많이 생각하고 많이 써 본다는 것이 글을 쓰려고 하는 사람들에게 기본적인 요구사항임은 이미 주지의 사실이다.

글을 쓰기 전에 우선 선행해야하는 작업이 좋은 글을 많이 찾아서 읽다 보면 거기에서 문맥이 터득되고 기법이 보이고 사상과 철학, 어떤 주제인지 등이 서서히 보이기 시작한다.

좋은 글 읽기 작업을 통한 간접체험의 폭이야말로 우리들의 좋은 글쓰기와도 직결된다. 독서를 통한 이로움은 아무리 강조해도 부족하지 않다.

소위, 좋은 수필의 전범이라 할 수 있는 글들을 책상머리에 얹어 놓고 수시로 읽고 사색해야만 한다.

수필이라는 그릇이 자유롭기 때문에 시로 다 하지 못하는 내용을, 혹은 소설로 다 하지 못하는 글쓰기가 수필이라는 유용한 형식으로 드러나기 때문에 많은 사랑을 받게 되는 것이다. 그래서 때로는 소설가의 진솔한 수필도 꼼꼼히 찾아 읽어야 할 것이며 시인의 서정적인 수필 읽기를 통하여 시적인 문장 수련에도 도움이 될 것이다. 소설가의 수필문장에서는 묘사력이나 문장을 지루하지 않게 하는 대화 방법도 효과적으로 시도해 본다든 지 하는 다양성을 터득할 수 있을 것이다.

학생들에게 좋은 책 읽기를 권장하는 것은 수필문학 교육을 가르치기 전단계로서 먼저 우선해야 되는 지침이 그렇기 때문에 중요하다고 생각한다. 진부하게 그저 좋은 책 많이 읽으라고 말하기보다는 가르치는 교수자가 모범적인 좋은 문장의 글들을 가려서 구체적으로 제시해 주는 것이 효과적인 교육방법이 되겠다.

단숨에 붓을 들어 쓰여지는 성격의 글도 있으나, 학생들에게 오랜 시간 사색하여 곰삭이고 천착한 끝에 얻어진 생명력 있는 글들을 교과서적으로 제시하는 것이 좋겠다. 소위 말하여 이미 정평이 나 있고 평가가 걸러진 작품, 고전을 먼저 읽게 한 다음 시류적인 글을 읽는 순서로 진행되어야 한다.

이렇게 읽기 작업을 진행한 다음에야 비로소 쓰기 순서로 자연스럽게 옮아가게 해야 한다.

IV.

이제 수필문학의 특성에 대해서 교과서적이 아니면서 학생들이 가장 수월하게 접근할 수 있게 유도할 일이다. 손쉽게 접할 수 있는 일기문이나 메모, 단문 등으로부터 시작하게 한다.

수필은 이미 알려진 대로 가장 쉽게, 가장 자유로이 쓰는 글로 인식되어 있다. 가장 쉽게 접할 수 있다는 점에서 우선 친근감을 가져오게 한 다음, 그렇다고 해서 무질서하거나 무궤도한 잡문은 아니라는 인식을 차츰차츰 심어줄 필요가 있다.

글을 써 나감으로 해서 마치 맑은 거울과 같이 마음을 비추어 주는 자기순화, 글 속에 토로함으로 해서 자기정화를 느낄 수 있는 순심(純心)으로 빠져들 수 있게 해야 한다. 마치 깊은 속마음의 갖가지 고뇌를 털어놓고 지내는 지기(知己)사이의 정성어린 사신(私信)과도 같이 내밀하게 녹아들 수 있게 해야 한다.

또한 학생들로 하여금 수필 기법(技法)의 작위(作爲)적인 면이 겉으로 나타나지 않게 하는 것을 스스로 터득하게끔 한다. 이러한 면은 조지훈(趙芝薰) 선생의 「돌의 미학(美學)」이란 수필을 보면 드러난다. 이 수필에서는 기술적인 측면이 예술로 승화하려면 자연미를 얻어야 한다고 했다. 석수장이가 쪼아낸 돌들[石像]과 예술가가 깎고 다듬어 빚어낸 조각품과 어떻게 다른가. 쪼아내고 깎아내는 기술적인 측면은 같으나 몸에 밴 기술을 망각하고 무비법(無非法)이 될 때 거기에서 예도(藝道)가 성립된다고 했다. 기술적인 수준에서 그치는 것이 아니라 작가의 숨결과 심혈을 쏟아 부여야 한다는 것이다.

가장 중요한 것은 수필은 일상(日常)의 문학이다. 그만큼 우리의 삶과 밀착되고 삶과 함께 호흡하는 글이다. 때문에 학생들에게 우선적으로 가장 좋은 바람직한 생활을 하는 것이 좋은 글쓰기, 좋은 수필 쓰기의 첩경임을 인식시켜야 한다는 것이다. 좋은 생활을 하다보면 건전한 사고를 하게 되고 언어가 순화될 것이고 정돈된 모습으로 표출될 것이다. 성숙한 인격체로 내밀하게 성숙되어 갈 수 있을 때 가식이 없고 순수하고 솔직 담백하게 자연스런 글을 쓰게 될 것이다.

사람의 품성이 그만큼 가장 잘 드러나는 글이 수필의 특성이기도 한 때문이다. 본격 수필가가 아니면서 감동을 주는 좋은 글들이 간혹 발견되는 이유도 위와 같이 글쓴이의 인격적인 품성의 내면적 울림이 감춤 없이 표출되기 때문이라 볼 수 있다. 마치 고백성사를 보는 듯한 진솔함이 묻어 나는 글을 접할 때와 같은 느낌이다.

또 다른 이유로는 대체적으로 수필의 주인공이 글쓴이 스스로가 되는 경우가 많다는 점이다. 학생들에게 강의할 때도 설득력 있는 예를 들 때, 멀리 있는 경우에서 찾는 것보다는 곁에 있는 가까운 곳에서 예를 들면 훨씬 피부에 닿게 학생들에게 이해의 폭을 넓혀 주는 경우가 있다. 수필 주제의 직접적인 전달 방식이라는 면에서도 자신을 주인공으로 내세우는 것이 훨씬 수필이라는 글의 특성과도 부합된다 하겠다. 곧 '글은 그 사람이다' 라는 말과도 쉬이 일치하는 것이 아니겠는가.

다음으로, 수필이라는 글의 단원을 가르치면서 학생들이 자연스럽게 관찰과 자아성찰을 통하여 하나의 메시지 전달까지도 글에서 기할 수 있기를 권하고 싶다.

다음의 예제를 보자.

인간의 심리가 모두 같은 점이 있다는 것을 아주 솔직하게 잘 묘사한 작품이 있다. 공감대 형성에 탄식을 자아내게 하는 수작(秀作)이다.

> 선물에 대한 궁금증이다. 대부분의 사람들은 선물을 받으면 궁금해 한
> 다. 점잖은 사람일지라도 내면적으론 모두 궁금해 한다는 것이다. 심지
> 어 어떤 사람은 선물에 대한 궁금증 때문에 상대방의 이야기가 잘 들리
> 지도 않고 차라리 빨리 가주기를 바라는 경우도 있다고 한다. 손님이 가
> 자마자 가지고 온 선물을 풀어 뜯어서 몸에 걸치고 있는데 벨이 울린다.

놓고 간 우산이 생각나서 아파트 일층까지 갔다가 다시 왔다는 것이다. 불과 2, 3분 사이에 본인이 가지고 온 선물을 입고 있는 광경에 서로가 민망해했더라는 것이다. 집에서는 그래도 괜찮겠지만 파티나 모임 등에서 주는 선물일 경우는 무슨 수를 써서라도 보고 싶어 참을 수가 없게 된다. 오는 택시 속에서라도 볼 수 있겠지만 모처럼 모인 사람들끼리 '3차 갑시다' 하게 되면 궁금한 마음이 극에 달하게 된다. 친구들과 오랜만에 함께 하고 싶은 마음과 선물에 대한 궁금증..... 그런데 내려오는 엘리베이터 안에서 용감하게 포장지를 뜯는 사람이 있었다. 그 선물은 탁상시계였다. 이때 감탄인지 탄성인지 모를 환호성이 들린다. 그것은 지금 점잖은 자신들이 당장, 제일 먼저 하고 싶은 행위를 대신해서 실행해 준 사람의 용기에 찬사를 보내는 소리같이 느꼈다는 것이다.

이처럼 대부분의 사람들 심정이 같은 것을 열어 보이거나 노출시키기 어려워하는 점을 솔직하게 담담히 써내려간 데에 글의 생명력과 공감대가 형성되는 것이다.

같은 상황에 대해서도 관점이 다를 수 있기도 하다. 그렇게 함으로써 인간이 얼마나 지극히 자기중심적인가를 은연중 열어 보여 알아차리게 하는 효과를 담아내기도 한다.

솔직하고 담담하게 글을 쓰다 보면 우선 글 쓰는 것이 가쁘지 않고 물 흐르듯이 쉬이 써나갈 수 있음을 학생들 스스로가 느끼게 될 것이다. 그런데 그렇지 않고 가장(假裝)하여 수식하고 꾸미고 포장하다보면 붓나가는 것이 뻑뻑하고 숨이 찬다. 바로 인위적인 글쓰기의 표본이 되어 버겁게 되어 버리고 만다.

궁극적으로 자신의 목소리, 색감(色感)이 잘 윤색되어 농밀하게 되려면 참신함을 유지하면서 자기 스타일을 구축해 나가야 한다. 그래서 글쓴이의 체취, 냄새, 색깔을 문채(文彩, 文采), 문체(文體)라 하여 그 사람의 전모를 느끼게 하는 대표적인 문학 장르가 바로 이 수필이라 칭하는 바인 것이다. 결국 좋은 수필이 생성되기 위해선 좋은 인격체로 성장할 수 있는 분위기, 환경 조성도 중요하다고 생각한다.

V.

지상에서 가장 아름다운 장소 중의 하나가 학교 캠퍼스라고 칸트가 일찍이 설파한 바 있다. 그것은 학교라는 울타리에서 몸담고 있는 젊은 학생들이 자신의 가능성, 미래에의 염원 등을 총체적으로 꿈꿀 수 있기 때문이다. 이렇게 젊은 학생들이 아름다운 정서와 예민한 감수성에 부합되어 성장할 수 있도록 아름다운 환경을 가꾸어 주는 것은 인간의 발달 정서상 좋으리라 본다.

좋은 글을 읽고 쓰는 것은 우리의 눈빛과 마음을 교정시켜 줄 수 있어야 한다고 생각한다. 다시 말하여, 한참 감수성이 풍부하고 예민한 학생들로 하여금 읽고 쓸 수 있는 자연스런 여건 조성으로 하나의 탈출구를 마련해줄 수 있는 것도 바람직하겠다. 나아가 글쓴이가 관조(觀照)한 여러 세상사에 대하여 삭히고 걸러내어 향기를 발할 수 있게 하는 경지까지도 시도해 봄직하다.

교단에서 본격적인 강의 내용에 들어가기 전에 좋은 글, 시 한 편 정도를 읽어주는 것도 하나의 방법론이 되겠다. 다른 학과 내용에 쫓기듯이 바쁜 정황 중에 마음을 열고 차분히 가라앉힐 수 있는 글 한 편을 읽어주고 듣다 보면 마치 창호지에 먹물 스며들 듯이 어느 사이 좋은 심정들로 채워져 나갈 것이다. 여기에는 가르치는 사람 스스로의 끊임없는 관찰과 연구가 함께 하지 않으면 안 될 것이다. 글 한 편 읽어주는 것은 많은 시간 할애하지 않아도 되는 것이고, 그렇게 한 학기, 일 년을 진행하다보면 학생들은 최소한 좋은 글 수십 편을 힘들이지 않고 자연스레 접하고 받아들여 마음의 양식으로 쌓아 나갈 것이다. 그렇게 쌓인 양식이 펜을 들어 글을 쓸 때, 서서히 내면에서 풀려 나와 하나의 열쇠처럼 요긴하게 사용되지 않겠는가. 억지로, 인위적으로 읽어라 하기 이전에 교수자 스스로 읽어 주어 분위기를 잡아 나가는 것도 좋은 글쓰기의 방법이라 보는 것이다. 이것은 마치 어려서 부모님께서 머리맡에서 읽어 주신 한 편 한 편의 독서가 양식이 되어 그것이 밑바탕에 주춧돌처럼 자리해, 격조(格調)있는 인간으로 성장할 수 있게 하는 데 지대한 공적을 끼친 바와 같다. 그리하여 글을 쓰게 될 때 글의 힘〔文勢〕이 생명력 있게, 진솔하게, 수필의 자의(字義)대로 한 땀 한 땀 메꾸어 질 것이다.

수필의 무형식성이라는 특성이 오히려 형식에 구애받지 않는 자유로운 글쓰기를 가능케 하면서 창조성과 문학성이 겸비된 다양한 시도를 하게 하는 점을 최대한 살려 시도해 볼 일이다.

이 글은 수필문학 교육이라는 다소 무겁고 경직된 테마를 마치 한 편의 수필 쓰듯이 필자의 평소 생각을 적어 본 글에 불과하다. 현학적이고 고식적인 수필문학 장르에 대한 이념에서 탈피하여 교단체험을 통한 수필교육에 대한 단상을 적어 보았다 함이 솔직한 고백이다. 🎥

주제의 반복성·제재의 교체성에 대한 고찰

신승희 • 가천의과학대학교 교양학부 교수

1. 머리말

소설의 기본적인 특질은 '픽션'(Fiction)이다. 수기(手記)와 실화(實話)를 제외하고, 비록 실제 존재하는 일상적 사건으로부터 제재를 취한 경우라 하더라도 작가는 그 실재의 사건에 얼마간의 조작을 가하기 마련이다. 독자의 흥미를 끌기 위해 실존하지 않는 매력적인 인물을 만든다든지, 재미있는 또 다른 사건을 꾸민다든지, 그럴싸한 배경을 설정한다든지, 사건의 순서를 재배치한다든지 한다. 조작에 따른 솜씨가 작품을 돋보이게 하는 수단이 되기도 하고, 이야기꾼으로서의 작가적 재능으로 평가받기도 한다.

이러한 과정을 거쳐 만들어진 이야기에 메시지를 담아 독자 앞에 내놓은 '읽을거리'가 바로 '소설'이다. 그 읽을거리에 담긴 작가의 메시지를 주제라 할 수 있다. 즉, 어떤 소재(제재)에 대해 느낀 인생의 의미를 구체

1) 정한숙, 《소설기술론》, 고려대학교 출판부, 1996, 63쪽.
2) 같은 곳
3) 클리언스 브룩스, 로버트 펜 워렌 지음, 안동림 역, 《소설의 분석》, 현암사, 1986, 345쪽.

화시킨 것1) 또는 이야기에 대한 해석2)이 주제이다. 정리하자면 주제란 다양한 인간사(人間事)에 대한 작가 나름의 이해인 것이다. 이와 같은 관점에서 주제가 없다면 소설도 없다3)는 다소 과격한 견해도 나올 수 있다.

그런데 간혹 소설을 읽다 보면 전혀 별개의 작품인데도 불구하고 거의 같은 메시지를 담고 있는 듯한 느낌을 갖게 되는 경우가 간혹 있다. 이는 소설의 주제는 동일한데 제재가 상이한 데서 오는 일종의 착시 현상이다. 즉 주제의 반복성과 제재의 교체성4)으로 설명할 수 있다.

주제가 반복되는 것이라면 제재는 끊임없이 바뀌는 것이라고 할 수 있다. 소설 내용을 고도로 추상화해서 주제를 이끌어내다 보면 소설의 주제는 결국 제한된 범위를 맴돌고 있어서 시대와 지역에 따라 별로 바뀌지 않는 것임을 알 수 있게 된다. 좀 과장해서 말한다면 소설의 주제는 이미 거의 다 말해졌다고 할 수 있다. 이에 반해 제재는 그 원천이 되는 삶의 환경과 분위기의 변화에 따라 끊임없이 새로 만들어진다고 볼 수 있다.5)

서양소설사에서 최초의 근대소설로 평가받는 《파멜라》(1870) 이후 동서양을 막론하고 수많은 소설이 양산되었다. 그럼으로써 실로 엄청나게 다양한 이야기를 하고 있는 것 같이 보인다. 그러나 E·M 포스터는 소설의 주제를 「태어남」, 「밥」, 「잠」, 「사랑」, 「죽음」이라고 분류하고 있다.6) 물론 이 같은 견해는 소설의 주제를 지나치게 단순화하고 도식화한 면이 있어 선뜻 동의하기는 어렵지만 인간사를 들여다보면 결국 위의 다섯 가지 범주로부터 크게 벗어나지 않는 것처럼 보이기도 한다. 작가들은 이 다섯 가지 범주 가운데 어느 하나를 또는 두세 가지를 적절하게 섞어 작품을 양산해 온 것이다. 본 논문에서는 포스터가 언급한 다섯 가지 범주 가운

4) 윤명구 외, 《문학개론》, 현대문학, 1997, 195쪽.
5) 조남현, 《소설원론》, 고려원, 1986, 167-8쪽.
6) 위의 책, 177쪽

데 「밥」이라는 문제에 초점을 맞추었다.

「밥」의 문제는 소설에 있어서 사랑이나 죽음의 문제에 비하면 역사가 짧은 편이다. 밥의 문제는 가난, 빈부의 대립관계, 영혼과 물질 사이의 모순관계 등의 문제로 구체화되어 왔다. 빈부에 대한 문제의식은 나중에 가서 계급이론의 차원으로까지 확대되어 가기도 했다. 종래 가난이란 문제를 그래도 여유있게 다루어 온 소설에 비하면 20세기 이후에 접어들면서 더욱 두드러지게 나타났던 리얼리즘 계통의 소설 같은 것은 밥의 문제를 아주 심각하게 다룬 경우에 속한다.7)

포스터는 '밥' 이라는 용어를 사용했지만 결국은 물질(돈)을 둘러싼 인간들의 갈등에 초점이 맞춰져 있는 것으로 볼 수 있다. 인간의 삶에 있어서 물질(돈)은 본질적인 문제가 아닐 수 없다. 인간이 고립된 상태에서 자급자족적인 삶을 영위할 수 없는 현실에 비추어볼 때 인간의 삶을 지속가능하게 하는 것은 생산과 소비의 사슬이다. 그 구도 속에서 교환가치로서의 돈의 위력이 한층 강화되어 갔던 것이다. 이러한 상황 속에 던져짐으로써 발생하는 人間 群像의 비극적인 모습에 주목하고 있는 소설을 살펴보는 것이 이 논문의 의도이다. 그 대상 작품으로 김동인의 〈감자〉(1925), 유재용의 〈關係〉(1980) 그리고 박상우의 〈내 마음의 옥탑방〉(1999) 세 편을 선정했다.

2. 김동인의 〈감자〉

〈감자〉(1925)는 주인공 복녀의 파란만장한 삶을 다루고 있다. 그녀는 열

7) 위의 책, 179쪽

다섯 살 나던 해 20살이나 더 많은 홀아비에게 단돈 80원에 팔려 시집을 갔다. 작품에 보면 복녀의 남편은 그의 아버지 대에는 소규모 자작농이었으나 그의 대로 넘어 오면서 몰락한 계층임을 알 수 있다. 그 즈음에는 복녀를 사온 80원이 그의 전재산이었다. 홀아비에게 딸을 80원에 판 사실로 미루어보면 복녀 아버지의 사정도 그 홀아비와 별반 다르지 않음을 알 수 있다. 이 무렵 소규모 자작농 및 소작농들의 몰락은 일제의 식민지 지배 과정의 일환인 조선토지조사사업과 직간접적으로 연관되어 있다.

> 일제는 1910~18년 사이에 소위 조선토지조사사업을 실시하여 토지 약탈을 자행하였다. 그들은 신고주의라는 비과학적 조사 방법을 적용하여, 종전의 국유지와 민유지의 일부와 신고 되지 않은 토지와 미개간지를 모두 총독부의 소유로 만들었다가 동양척식회사와 기타 일본 이주민들에게 극히 헐값으로 분배하였다.8)

이러한 과정을 거치면서 재편된 조선토지의 소유 상황을 보면 다음과 같다.

> 1924년의 경우 농가의 4% 미만인 지주가 전농경지의 65% 이상을 소유하고 나머지는 약 10%의 자작농이 소유하였으며, 토지 없는 소작농이 전농민의 약 80%에 가까웠다.9)

복녀의 남편과 부친은 이러한 과정 속에서 소작농으로 전락했던 인물들인데 그들의 삶은 일제의 식민지 지배라는 큰 틀 속에서 몰락의 길을 밟는다. 일제는 무력을 동원해서까지 조선왕조말기의 토지 소유 형태인 반

8) 신용하, 《한국근대사와 사회변동》, 문학과 지성사, 1980, 178쪽.
9) 위의 책, 182쪽.

봉건 지주제를 적극적으로 옹호했는데 그 목적은 일본의 공업화를 위한 식량공급기지로서의 조선의 역할 때문이었다. 이러한 정책은 고율의 소작료로 나타났다.

조선왕조 말기에 있어서의 반봉건적 지주제도의 소작료율은 도작법(賭作法)의 경우에 33퍼센트였고 병작법(竝作法)의 경우에 50퍼센트였다. 이때의 소작료는 33~50퍼센트에 분포되어 있었다. 그러나 일제하의 지주제도에 있어서의 소작료율은 정조법, 타조법, 집조법을 막론하고 평균 55~60퍼센트에 달하였으며, 그 분포는 극도로 분산되어 소작료율이 최고 90퍼센트에 달하는 경우도 있었다.10)

일부 친일 대지주를 제외한 조선의 소규모 자작농과 소작농들은 그들의 땅으로부터 분리된 채 간도, 만주, 일본 등지를 떠도는 유민으로 전락할 수밖에 없었다. 서해 최학송은 그들의 고난에 찬 삶을 본격적으로 작품화11)한 작가였다. 이러한 사회 · 경제적 상황 속에서 복녀의 삶이 왜곡되고 결국 죽음에 이르게 되는데 극도로 궁핍하게 된 복녀 부처가 걸어간 과정은 인간의 삶을 지배하는 물질(돈)의 위력을 실감하기에 충분하다.

복녀의 죽음을 원인(遠因)부터 근인(近因)까지 좁혀보면 먼저 복녀 아버지의 경제적 몰락을 들 수 있다. 경제적으로 별 문제가 없는 상황에서 딸을 돈에 팔아먹은 아버지는 흔치 않을 것이다. 두 번째로 남편의 문제로

10) 윤병석 · 신용하 · 안병직 편, 《한국근대사론 I 》, 지식산업사, 1979, 26쪽.
11) 최학송은 1918년 간도로 들어가 1923년까지 근 5년간 유민생활을 체험했다. 이 시절 그의 삶의 일면이 사후 3주년을 맞아 《조선문단》(1935)에 소개되기도 했다. 그 한 부분을 옮겨보면 다음과 같다.

"어떤 때는 상투잡이가 되어 나무바리 장수도 하여보고 산으로 나무하러 갔다가 되놈한테 붙들리어 죽을 고비를 넘겨보고 두부장수도 하여 보고 노동판에서 십장노릇도 하여보고 ..."

이러한 유민의 빈궁 체험이 그의 소설의 한 축을 이루고 있는데 그 대표적인 작품으로는 〈홍염〉, 〈탈출기〉, 〈鄕愁〉, 〈고국〉, 〈吐血〉, 〈해돋이〉, 〈만두〉, 〈異域寃魂〉 등이 있다.

볼 수 있다. 비록 그가 돈으로 복녀를 사왔다 하더라도 일반적 수준의 상식을 가지고 있는 사람이었다면 비록 풍족하지는 않았더라도 복녀는 세상에 뿌리를 내리고 남들처럼 살았을 것이다. 〈운수좋은 날〉의 주인공 김첨지도 비록 가난하고 무식하고 게을렀지만 병든 아내에게 한 그릇 설렁탕을 사주기 위해 비오는 경성거리로 인력거를 끌고 나갔던 것이다. 복녀 남편의 도를 넘는 게으름과 성적 무능은 복녀를 죽음으로 내몬 중간 거리의 원인(原因)으로 작용했다고 볼 수 있다. 마지막으로 복녀 죽음의 가장 직접적인 근인은 바로 복녀 자신의 성격적 요인에서 찾을 수 있을 것이다. 아버지가 경제적으로 몰락해서 딸을 팔아먹었더라도, 남편이 비록 과도하게 게으르고 성적으로 무능했더라도 그래서 칠성문 밖 빈민굴로 흘러들어왔다 하더라도 복녀는 그렇게 죽지 않았을 수도 있다. 그녀 죽음의 가장 직접적 요인인 성격에 대해 말하기 전에 우선 칠성문 밖이라는 특수한 공간을 이해하는 것이 순서일 듯하다.

칠성문 밖 빈민굴은 한 마디로 도덕의 제로(zero) 지대다. 그곳에 살고 있는 사람들은 구걸을 하고 매춘을 하고 도둑질을 하면서 살아간다. 처음 복녀도 그곳 사람들의 삶의 방식대로 살아간다. 평양시민들을 상대로 구걸을 해보지만 그녀를 동정하는 사람은 거의 없었다. 복녀 내외는 그곳 빈민굴에서도 가난한 축에 속했다. 그런데 그녀에게 변화의 계기가 찾아왔다. 송충이 잡이를 하던 복녀가 하나의 장면을 목격하게 된것이다. 자기는 열심히 송충이를 잡고 있는데 몇몇 여자들은 히히덕거리며 놀기만 했고 현장 소장도 그 여자들과 어울려 노는 것이 아닌가. 그런데 이상한 것은 놀기만 하던 그 여자들이 열심히 일한 자신보다 일당을 더 많이 받는 것이었다. 순진한 복녀에게 그 현상은 이해할 수 없는 것이었다. 마침내 그녀에게도 기회가 찾아왔다.

어떤 날 송충이를 잡다가 점심때가 되어서, 나무에서 내려와서 점심을 먹고 다시 올라가려 할 때에 감독이 그를 찾았다.

"복네! 애 복네!"

"왜 그릅네까?"

그는 약통과 집게를 놓고 뒤로 돌아섰다.

"좀 오나라."

그는 말없이 감독 앞에 갔다.

"애, 너, 음....데 뒤 좀 가 보자."

"뭘 하례요?"

"글쎄, 가아...."

"가디요.- 형님."

그는 돌아서면서 인부들 모여 있는 데로 고함쳤다.

"형님두 갑세다가레."

"싫다 애. 둘이서 재미나게 가는데, 내가 무슨 맛에 가갔니?"

복녀는 얼굴이 새빨갛게 되면서 감독에게로 돌아섰다.

"가 보자."

감독은 저편으로 갔다. 복녀는 머리를 수그리고 따라갔다.

"복네 돗갔구나."

뒤에서 이러한 조롱 소리가 들렸다. 복녀의 숙인 얼굴은 더욱 발갛게
되었다. 그날부터 복녀도 '일 안하고 품삯 많이 받는 인부'의 한 사람으
로 되었다.12)

그녀들은 현장 감독과 복녀가 무엇하러 어디로 가고 있다는 것을 너무
도 잘 알고 있기 때문에 동행하지 않았다. 복녀만 감독과 함께 갔고 마침
내 그 부조리한 현상의 이유를 알게 되었다. 복녀는 여기서 새로운 삶의
방식을 터득하게 된다. 매춘. 그 때까지 복녀는 사람으로서 할 짓이 못 된

- - - - - - - - - - - - - - - - -

12) 《東仁全集 ⑦》, 홍자출판사, 1964, 366-7쪽 . 이하 쪽수만 표시

다는 믿음을 가지고 있었지만 막상 그렇지만도 않았다. 돈도 더 받고, 긴장과 유쾌가 있고, 구걸보다는 점잖은 그야말로 삼박자가 맞는다고 느꼈다.(367쪽) 세상살이의 요지경 속을 들여다보기에 이른 것이다. 이때부터 복녀의 삶의 방식은 구걸에서 매춘으로 전환된다. 처음에는 같은 동네 주민인 거지들을 상대로 했다. 쪼들리던 삶이 조금씩 나아지기 시작했다. 복녀의 남편은 그녀의 새로운 돈 벌이 방법을 좋아했다. 여기에서도 눈치챌 수 있듯이 복녀의 남편은 천성적으로 게으를 뿐만 아니라 성적 무능력자였을 가능성이 있다.(15세에 결혼한 복녀가 20살이 되도록 아이를 낳지 못한 것도 예사롭지 않다.) 그러던 중 복녀는 마침내 도둑질에 나서게 된다. 빈민굴 여자들은 인근에 있는 중국인 농장으로 도둑질을 하러 다녔다. 복녀도 왕서방의 농장에서 감자를 훔쳐가지고 나오다가 왕서방에게 들키고 만다. 왕서방은 복녀에게 자신의 집으로 함께 가자고 한다. 도둑질과 매춘을 맞바꾸자는 제안인 셈이다. 이 대목을 눈여겨 보아야 한다.

> 어떤 날 밤, 그는 고구마를 한 바구니 잘 도둑하여 자지고, 이젠 돌아오려고 일어설 때에, 그의 뒤에 시꺼먼 그림자가 서서 그를 꽉 붙들었다. 보니, 그것은 그 밭의 주인인 중국인 왕서방이었었다. 복녀는 말도 못하고 멀찐 멀찐 발 아래만 내려다보고 있었다.
> "우리집에 가."
> 왕서방은 이렇게 말하였다.
> "가재믄 가디. 훤, 것두 못갈까."
> 복녀는 엉덩이를 한 번 홱 두른 뒤에, 머리를 젖기고 바구니를 저으면서 왕서방을 따라 갔다.(368쪽)

송충이를 잡는 현장에서 감독과 같이 가던 대목과 비교해 보면 그녀의 변화를 확연히 알 수 있다. 예전의 복녀는 고개를 숙이고 머뭇거리며 감독을 따라 갔지만 왕서방을 대하는 복녀의 태도에는 거리낌이 없다. 이미 매춘을 호구지책으로 삼아온 지 오래였기 때문에 왕서방의 제안에 선뜻 응하게 되었던 것이다. 그렇게 왕서방과 관계를 맺게 된 후 매춘의 상대는 왕서방으로 고정되었다. 복녀가 왕서방의 집으로 갈 때도 있고 왕서방이 복녀의 집으로 올 때도 있었다. 왕서방이 와서 멀뚱멀뚱 앉아있으면 복녀의 남편은 슬그머니 자리를 비켜주었고 왕서방이 돌아간 다음 복녀 부처는 매춘의 댓가로 주어진 1원 내지 2원을 앞에 두고 히히덕거렸다. 이런 상황이 한 동안 지속되었다. 그런데 이런 삶의 방식에 파탄이 왔다. 왕서방이 장가를 들게 된 것이다. 잔칫날 시끌벅적하게 놀던 하객들이 모두 돌아간 새벽 복녀가 화장을 짙게 하고 왕서방의 집으로 찾아갔다. 그리고 왕서방에게 자신의 집으로 함께 가자고 졸랐지만 거절을 당한다. 복녀는 신부에게 행패를 부리다 왕서방으로부터 제지를 당한다. 밀려 넘어진 복녀가 시퍼런 낫을 휘둘렀다. 그러나 역부족. 낫은 왕서방의 손으로 넘어갔고 결국 복녀는 왕서방에게 죽임을 당한다.

이쯤에서 논의를 앞으로 되돌려 복녀의 성격적 요인에 대해 다시 언급할 필요가 있다. 복녀가 송충이 잡는 현장에서 현장감독과 최초 매춘을 한 다음, 그녀의 삶의 방식이 구걸에서 매춘으로 바뀐 사실은 이미 언급한 바 있다. 동네 거지들을 상대한 매춘에서 왕서방으로 매춘의 상대가 고정된 사실도 이미 본 바이다. 비록 왕서방과의 관계가 매춘으로 시작되었지만 그것이 반복되면서 복녀의 내면에 미묘한 변화가 싹튼 것을 알 수 있다. 만약 그렇지 않다면 왕서방이 장가를 든다 하더라도 복녀가 그렇게 과격하게 반응할 하등의 이유가 없다. 왕서방이 비록 장가를 든다 하더라도 아내 이외의 여자를 찾는 것은 자연스러운 일이다. 복녀가 그때까지 상대했던 사람들이 모두 홀아비였던 것은 아니었을 테니까. 왕서방이 장가를 들어 복녀를 찾아오지 않는다 하더라도 또 다른 매춘 상대를 찾으면 된다. 만약 그랬다면 복녀는 비록 행복하지는 않았더라도 그렇게 죽지 않앉을지도 모른다. 그러나 복녀의 내면에는 질투의 불꽃이 일어나고 있었다. 질투라는 심리는 최소한의 사랑을 전제하지 않고서는 성립할 수 없는 심리상태인 것이다. 복녀의 비극은 여기에서 싹튼다. 앞에서 말했듯이 칠성문 밖 빈민굴이 어떤 공간인가? 한 개인이 특정한 공간의 삶의 방식을 정면에서 거부했을 때 그 공간만의 질서로부터 보복을 당할 수 있다. 복녀 죽음의 의미를 그렇게 볼 수도 있다.

작가는 여기에서 소설을 끝내도 된다. 복녀라는 한 여인의 파란만장한 삶을 보여주기에는 그것으로도 충분하다. 그러나 소설은 여기에서 한 걸음 더 나아간다. 마치 蛇足처럼 붙어 있는 부분을 주목해야 한다.

> 복녀의 송장은 사흘이 지나도록 무덤으로 못 갔다. 왕서방은 몇 번을 복녀의 남편을 찾아갔다. 복녀의 남편도 때때로 왕서방을 찾아갔다. 그 둘의 사이에는 무슨 교섭하는 일이 있었다. 사흘이 지났다.
>
> 밤중 복녀의 시체는 왕서방의 집에서 남편의 집으로 옮겼다. 그리고 시체에는 세 사람이 둘러앉았다. 한 사람은 복녀의 남편, 한 사람은 왕서방, 또한 사람은 어떤 한방 의사. 왕서방은 말 없이 돈주머니를 꺼내어, 십원 짜리 지폐 석장을 복녀의 남편에게 주었다. 한방 의사의 손에도 십원 짜리 두 장이 갔다.
>
> 이튿날, 복녀는 뇌일혈로 죽었다는 한방의의 진단으로 공동묘지로 가져갔다.(370쪽)

복녀가 왕서방이 휘두른 낫에 의해 죽은 것이 명백함에도 뇌일혈로 죽은 것으로 바뀌었다. 두 말할 나위 없이 남편의 묵인하에 한의사가 그녀의 죽음을 변질시킨 것이다. 한 인간의 죽음까지도 바꿀 수 있는 힘. 그 위력은 돈으로부터 나온 것이다. 김동인은 물질(돈)이 지배하는 세계에서의 인간의 비극적 모습을 이 짧은 소설을 통해 증언하고 있다.

3. 유재용의 〈關係〉

이 소설의 주인공 이만복은 어떤 인물인가? 맨 앞부분에 푸념처럼 늘어놓는 그의 말을 들어보자.

> 나만큼 일자리를 많이 옮겨 다닌 사람도 드물 것이다. 열 손가락과 열 발가락을 합해 가지고도 그 수를 다 헤아릴 수가 없을 지경이니 말이다. 그러자니 이상한 일, 어처구니없는 일, 엉뚱한 일을 적지 않게 겪어 보았다.13)

그는 신체 건강하고 나름대로 성실하다고 자부하지만 운이 없어서인지 세상 어디에도 정착하지 못하고 떠도는 뿌리 뽑힌 인간이다. 작품 속에 이만복의 내력은 자세히 나와 있지 않지만 어느 정도 추정은 가능하다. 그의 인생 역정은 1970년대 상황 속에서 파악할 수 있다. 쿠테타로 집권한 군사정권은 60년대 초반부터 시작된 이른바 경제개발계획을 통해 가난하던 농업국가 한국의 모습을 송두리째 바꿔놓았다. 그 변화의 핵심은 산업 구조의 재편이며 이에 따른 인구의 대이동이라고 할 수 있다. 공업화·산업화에 의한 국가 발전 전략은 필연적으로 도시화로 이어졌고 농촌 인구는 빠른 속도로 감소되었다.

도시화의 현상은 인구의 도시 집중뿐 아니라 자원과 각종 기능의 불균

13) 유재용 외, 《제4회 이상문학상수상작품집》, 문학사상사, 1980, 6쪽. 이하 쪽수만 표시
14) 김경동, 《발전의 사회학》, 문학과 지성사, 1980, 229쪽

형적인 집중을 내포하고 있다. 특히 서울의 경우 이입 인구의 비율이 1966~70년 사이에 81%에 달했으며, 그 이후 줄어들기 시작하여 1970~71년에는 60%, 71~72년에는 52%로 떨어지고 있다.14)

60년대 후반의 81%라는 상상을 초월하는 이입 인구 비율에 비해 떨어진 것이지 70년대 초반의 60%~52%의 인구 이입율도 결코 낮은 수치가 아니다. 아무튼 대도시 특히 서울로의 인구 유입은 심각한 수준에 이르고 있었다. 이들이 농촌을 떠나 서울로 올 때 많은 돈을 가지고 있거나 특별한 기술을 가지고 있는 경우는 거의 없었다. 다만 먹고 살기 위해 서울로 서울로 모여들었던 것이다. 자연히 이들은 도시빈민층으로 편입되었고 주인공 이만복도 이들 가운데 하나였을 것으로 짐작된다. 그렇다면 이렇게 서울로 모여든 사람들의 일상적 삶은 어떠했을까?

1977년 현재 근로자들의 소득 수준을 나타내는 자료를 보면, 과세미달의 근로자가 78.8%라는 것을 알 수 있다. 그리고 전국적인 계층 구조에서도 상당한 불균형을 보인다. 무엇보다도 중요한 것은 이러한 불균형이 앞으로도 악화될 가능성이 크다는 것과 이런 상황 아래서는 경제 성장률 자체가 큰 효과를 갖지 못하게 된다는 점이다. 그 까닭은 상층의 지나친 과시 소비와 그에 자극받은 중하층의 열망수준의 상승에서 초래되는 상대적 박탈감이 사회의 불안 요소로서 작용할 수 있기 때문이다.15)

〈關係〉는 상대적 박탈감에 의한 사회 불안을 정면에서 다루고 있지는 않다. 물론 그런 문제에 초점을 맞춘 소설도 이즈음 상당수 양산된 것이 사실이다.16) 〈關係〉는 물질화되어 가는 사회 구도 속에서의 인간의 비극

....
15) 위의책, 217~8쪽.
16) 황석영의 《객지》, 윤흥길의 《아홉 켤레 구두로 남은 사내》, 조세희의 《난장이가 쏘아 올린 작은 공》 등이 대표적인 작품.

에 초점을 맞추고 있다.

　　일반적으로 자본주의 체제 아래서 고도 경제 성장을 경험하는 사회에
서는 우선 배금사상 물질주의가 팽배하게 마련이다. 따라서 인간의 가치
가 〈돈〉 혹은 부, 물질적 성공, 경제적 지위라는 객관적 교환 가치의 기
준에 의하여 가늠됨으로써 비인간화되고 있다. 한편 부의 성취가 인생의
지상 목표가 됨에 따라 이것을 얻기 위해서는 무슨 수단이든 가리지 않
게 되는 편법주의가 만연한다.17)

　　그러면 이제부터 돈(물질)에 의해 변해가는 이만복의 모습을 추적해 보
기로 하자. 그는 어느 여름날 복덕방 영감의 소개로 두 다리를 못 쓰는 장
애인 도움이로 일을 시작한다. 장애인의 이름은 장현삼. 서른 정도 되는
젊은 사람이었는데도 흡사 아이처럼 왜소했다. 그러나 목소리와 눈빛만은
예사롭지 않은 그런 사람이었다. '나' (이만복)와 장현삼과의 첫 만남은 호
기심과 불안이 교차하는 탐색이었다. 소설의 제목에 비추어 본다면 '관
계' 이전의 단계라 할 수 있다. 첫 월급을 받기까지 일방적 지시와 그것에
대한 복종으로 일관되는 기계적 관계라 할 수 있다. 오줌 뉘기, 산책시키
기, 식사수발하기, 관장하기, 목욕시키기 등 장현삼의 지시에 따라 '나' 는
기계적으로 움직일 뿐이었다. 그렇게 한 달이 지나가고 '나' 는 첫 월급을
받았다.

　　"만복씨, 다시 봐야겠는걸"
　　첫달치 월급봉투를 내 손에 넘겨주며 장현삼씨가 말했다.
　　"그동안 선생님 눈에 거슬르는 짓을 과히 많이 저지르지는 않았습
니까?"

----
17) 김경동, 앞의책, 207~8쪽.

나는 공손하게 물었다.

"천만에요. 내 팔다리 노릇을 썩 잘해 주었소. 헌데 이만복씨가 내게서 두 번째 월급두 탈 수가 있을래나?"

아무래도 미덥지가 않다는 듯 장현삼씨가 말했다.

"선생님 입으루 필요 없으니 떠나달라구 말씀하실 때까지는 떠나지 않겠다구 말씀드린 그대룹니다."

"그렇다면 만복씨한테 다달이 월급 주는 대신 내가 만복씨 이름으루 적금을 들어주는 게 어떻겠소? 만복씨는 아직 홀몸이기두 하구 말이오?"

장현삼씨는 떠보듯 물었다.

"좋습니다."

나는 월급봉투를 되돌려 주며 선선히 대답했다. 장현삼씨의 입꼬리와 눈꼬리에 물그늘같이 아스무레한 미소가 어렸다. 하지만 미소가 지워진 뒤에도 서릿발처럼 싸늘한 눈빛은 뿜어나오지 않았다. (17~18쪽)

첫 월급을 받은 이후 '나'와 장현삼 사이에는 최소한의 믿음이 생겨나고 있었다. 농담을 주고받는 친근한 사이로 발전했다. '나'는 건강한 신체를 가지고 있지만 물질적으로 궁핍하다. 반면 장현삼은 물질적으로는 풍족했으나 불구의 몸이라는 약점을 가지고 있다. 그러므로 자본주의적 관점에서 두 사람은 완전한 인간으로 볼 수 없다. 첫 월급을 받고 두 번째 월급을 받을 때까지 이 둘의 관계는 상대방의 약점을 채워주는 상호보완적인 관계로 발전해 가는 과정으로 볼 수 있다. 어쩌면 가장 바람직한 인간관계일 것이다. 그러나 두 번째 월급을 받고 난 다음부터 이 둘의 관계는 미묘하게 변질되기 시작한다. 예를 들면 '나'가 닭고기를 먹는 모습을 지켜 본 장현삼씨가 포만감을 느낀다든지, 자전거를 타고 싶은 욕망을 '나'를 통해 해소하려고 한다든지, 대신 자동차 운전을 배우라고 한다든지 하는 따위다. 장현삼은 '나'를 통해 자신의 욕망을 해소하는 일종의 타자 동일시(他者 同一視)의 관계로 변질되어 간다. 이런 동일시의 극단적 형태는 '나'가 장현삼으로 살아가는 대역 인생으로 나타난다.

"만복씨, 여자 선 한 번 봐주시오"

"네?"

나는 어리둥절해서 되물었다.

"내 아내 될 사람 선을 봐야겠는데 내 대신 만복씨가 그 자리에 나가 주시오"

"선생님께서 저더러 꼭 나가 앉으라구 하신다면 나가 앉아 있긴 하겠습니다만"

다른 일과 달라 나는 어떻게 해야 될지 몰라서 말끝을 흐렸다.

"자, 그럼 우리두 준비를 서두릅시다."

장현삼씨는 이야기가 끝났다는 듯 말했다. 장현삼씨와 나는 바퀴의자를 택시에 싣고 시내로 나갔다. 나는 시내 중심가의 일류 양복점에 들어가 장현삼씨가 바퀴의자에 앉아 지켜보는 앞에서 최고급으로 양복을 마쳤고 양복점에 들러 와이셔츠니 넥타이니 혁대 따위를 제일 좋은 것으로 골라 사가지고 돌아왔다.

이윽고 새 양복에 새 구두에 새 넥타이를 매고는 선을 보러 나갔다. 장현삼씨도 뒤따라와 저만큼 떨어진 자리에서 내가 선보는 모습을 지켜보고 있었다. 신부감은 꽤 예쁘고 탐스러웠다. 하기야 예쁘건 밉건 나로서는 상관할 바 아니었다. 저만큼 떨어져 앉은 장현삼씨가 판가름할 일이니까 말이다. 나는 정현삼씨의 이름과 나이와 신분으로 신부 쪽에 소개가 되었지만 이러다가 사실이 탄로 나면 어쩌나 한다든가 일이 이상한 쪽으로 꼬여들면 어쩌나 하는 근심 따위는 마음에 담지도 않았다.

일이 여기에서 더 복잡해지리라고는 생각지 못했던 것이다. 하지만 선

을 보고난 지 한 달 만에 약혼식을 치르게 되었을 때 나는 좀 겁이 나기
시작했다.

"제가 약혼식에두 신랑으로 나가게 되면 일이 복잡해지지 않겠습니
까?"

나는 근심스럽게 물었다.

"아니지. 만복씨가 약혼식에 나가지 않을 때 일이 더 복잡해질 게요."

장현삼씨의 대답이었다. 할 수 없이 나는 약혼식에도 신랑으로 참석했
다. 장현삼씨도 신랑쪽의 친척인 양 참석했는데 신랑과 신부가 선물을
교환할 때 사진이 찰칵찰칵 찍히는 소리를 들으며 하는 수렁 속으로 빠
져들어가는 느낌이었다.(21~23쪽)

이렇게 '나'는 장현삼의 대역으로 선을 보고 약혼을 하고 심지어 결혼까
지 한다. 그 결혼생활이 1년여 지속되고 '나'와 장현삼의 아내 사이에 아
이가 태어난다. 장현삼과 그녀는 서류상의 부부이고 '나'와 그녀는 사실
상의 부부인 셈이다. '나'와 그 여자 사이에 태어난 아이는 서류상으로는
장현삼의 자식이지만 '나'의 혈육이다. 아이가 태어나고 석 달 후 그 여자
는 산후조리를 잘못한 탓으로 죽고 만다. 바로 이 부분이 이 소설의 절정
인데 고조되던 갈등이 최고점에 이르게 되고 동시에 해결의 실마리를 찾
을 수 있는 계기가 마련되는 부분이다. 법적으로 그 아이에 대한 친권이
누구에게 있는 것인가? 누가 봐도 명백한 이만복의 자식이므로 친권은 이
만복에게 있을 것이다. 그렇다면 이만복은 그 동안 장현삼을 돌봐주며 받
은 월급을 찾아 가지고 아이와 함께 장현삼의 집을 떠나면 모든 것은 깨
끗하게 끝나는 것이다. 그러나 여기에서 장현삼은 이만복에게 새로운 제
안을 한다. 자신의 선산을 돌아보고 여행을 하고 오라며 한 달의 휴가를
준다. '나'는 별 의심이나 걱정 없이 장현삼의 제안을 받아들인다. 그러나
한 달 후 돌아왔을 때 장현삼은 아이를 데리고 사라진 다음이었다.

한 달 뒤에 돌아와 보니 장현삼씨네 일가족은 이사를 하고 없었다. 그 동안 내 월급으로 부어가던 적금통장과 이 집을 내 앞으로 등기이전했다는 편지가 나를 기다리고 있었다. 울컥 외로움이 치밀어 올랐다. 그 외로움 속에서 내 아들에 대한 사무친 그리움이 내 몸을 휘감아 잡았다. 이사한 곳쯤 쉽사리 찾아낼 수 있을 것이었다. 하지만 나는 마루 창가 장현삼씨가 앉아 정원을 내다보곤 하던 안락의자에 몸을 파묻으며 떠나간 사람들을 찾아나서고 싶은 생각을 눌러 앉혔다. 정원에는 여름이 무르익고 있었다.(25쪽)

이 마지막 대목이 의미하는 바는 무엇일까? 장현삼에게 자신의 혈육을 내준 행동은 자식을 가질 수 없는 장현삼에 대한 인간적 배려일까? 물론 그렇게 생각할 수도 있다. 그러나 그렇게 생각하기에는 석연치 않은 대목이 있다. 한 달 휴가를 다녀온 이만복에게 장현삼이 남겨 놓은 것은 저택(장현삼의 집은 소형 주택이 아니라 상당한 크기의 정원을 갖춘 저택이다)이 자신의 앞으로 등기 이전된 서류였다. 아마도 자신의 혈육과 저택을 맞바꾼 것 같은 느낌이 든다. 여기에서 이만복 행동의 순수성이 의심된다. 그가 살아온 삶. 그것은 뿌리 내리지 못하고 떠도는 경제적 약자의 모습이다. 그는 누구보다 그 辛酸스러운 삶의 고통을 잘 알고 있다. 그에게는 자본주의 사회에 뿌리를 내릴 수 있는 경제적 토대가 절실히 필요했을 것이다. 장현삼이 이만복 앞으로 등기 이전해 준 저택은 충분히 그 토대가 될 수 있는 것이다. 아내의 죽음이 타살이었음을 뻔히 알고 있었지만 죽인 자의 호주머니에서 나온 돈 30원에 죽음의 진실을 외면한 복녀의 남편처럼 이만복은 저택이라는 경제적 토대를 받고 자신의 혈육을 포기한 비극의 주인공이 되고 만 것이다.

그렇다면 현대 자본주의 사회에서 돈은 얼마만한 위력을 가지고 인간의 삶을 지배하는 것일까? 이 물음에 적절하게 답해주는 소설이 있다.

4. 박상우의 〈내 마음의 옥탑방〉

현재 주인공 '나'(민수)는 38세. 대기업 홍보실에 근무하며 형의 중매로 은행원과 결혼하여 그럭저럭 살아가고 있는 小市民이다. 구조조정으로 해고된 동료의 송별회에 참석하고 집으로 돌아가는 밤길. 버스에서 우연히 생활정보지를 보게 된다. 무심코 읽다가 눈에 띄는 단어를 발견한다. 옥,탑,방. '나'에게는 옥탑방에 얽힌 아련한 그러나 가슴 아픈 추억이 있다.

10년 전 국문과 출신인 나는 형의 대학 동기가 사장으로 있는 스포츠 레저용품 수입 업체에서 백화점 담당으로 직장 생활을 시작한다. 스포츠 용품 매장이 있는 백화점 5~6층, 회사 사장실이 있는 11층, 형수의 집인 아파트 17층. 나는 그 높이에 현기증을 느끼는 촌놈이다. 그러던 중 한 여자를 알게 된다. 주희(26세) 그녀는 백화점 안내 데스크에 근무한다. 이 소설에서 백화점은 옥탑방과 더불어 중요한 의미를 갖는 공간이다. 백화점은 풍요로운 자본의 바다이면서 인간의 꿈이 물질로 구현된 성전이다. 기독교식으로 말하자면 젖과 꿀이 흐르는 현대판 가나안이다. 주희는 이런 의미를 갖고 있는 백화점에서 일하고 있지만 그 백화점의 물질을 소유할 수 있는 고객은 아니다. 다만 그들을 물질의 성전으로 안내하는 예쁜 인형에 불과하다. 그녀가 사는 곳은 옥탑방이다. 물질적 욕망으로 가득 찬 인간들의 세계인 지상으로부터 격리된 공간. 그곳에서 주희는 유배된 듯 살고 있다. '나'와 첫 만남이 있은 1달 뒤 주희는 '나'를 자신의 옥탑방으로 초대한다.

----

18) 박상우 외, 《제23회 이상문학상작품집》, 문학사상사, 1999, 38~39쪽. 이하 쪽수만 표시.

이십여 미터쯤 걸어가자 좌측에 시장이 나타났다. 십여 미터쯤 더 걸어가자 지금껏 걸어온 길이 두 갈래의 좁은 골목으로 양분되는 지점에 그리 크지 않은 교회 건물이 나타났다. 우측의 경사진 골목으로 접어들어 다시 십여 미터쯤 걸어간 뒤, 그녀는 다시 한 번 우측으로 방향을 꺾었다. 그러자 믿어지지 않을 정도로 가팔진 언덕길이 나타났다. 하지만 경사각이 사십도를 상회할 것 같은 그 언덕길을 그녀는 아무런 망설임도 없이 내처 걸어 오르기 시작했다. 고난스런 오르막이 절정을 이루는 지점, 놀랍게도 그녀의 거처는 그 언덕 꼭대기에 있었다. 오르막이 끝나는 지점의 평지에 지어진 삼층 양옥. 그것도 옥상 위.18)

그곳에서 '나'는 주희의 본래 모습을 목격한다. 엷은 화장품 냄새가 배어 있고 작은 화장대와 밥상이 놓여 있는 방. 몇 가지 취사 도구가 눈에 띄는 주방. 이것이 그녀의 삶의 공간이었다. 그러나 '나'는 민망할 정도로 적나라하게 드러난 그녀의 삶을 보고 실망하지 않는다. 지상의 세계를 내려다보고 있는 나에게 그녀는 무슨 생각을 하냐고 묻는다. 나는 아련히 내려다보이는 지상을 가련한 고난의 세계, 한없이 가소로운 미물의 세계라고 말한다. 그러나 주희는 '나'의 말에 동의하지 않는다. 그것은 神들에게나 어울리는 말이라면서 자신의 속내를 숨김없이 드러낸다.

"....저 가파른 언덕길을 하루에 두 번씩 힘겹게 오르내리며 내가 무엇을 꿈꾸는지 아세요? 지금 민수 씨가 말한 저 가련한 고난의 세계, 저곳이 아무리 미물스럽고 속물스럽다고 해도....그래도 저곳으로 내려가 편안하게 안주하고 싶다는 게 아주 오래 전부터 키워 온 내 꿈이에요. 저곳의 주민이 되고, 저곳의 주민들처럼 미물스럽고 속물스럽게 사는 거....그게 나에게 남겨진 마지막 꿈이라구요."(40~41쪽)

'나'는 지상으로부터 옥탑방으로 올라가려 하고, 주희는 옥탑방으로부터 지상으로 내려가고자 한다. 그 둘 사이에는 옥탑방을 접점으로 상이한 지향점이 있으나 위태로운 동거가 시작된다.

> 시월 초순경 나는 그녀의 옥탑방 밖에다 아담한 별장을 만들어주었다. 회사 창고에 쌓여 있는 레저 용품 한 세트를 가져가 옥상의 콘크리트 마당을 근사한 공간으로 다시 태어나게 한 것이었다. 이삼인용 텐트를 치고, 텐트 옆에는 파라솔이 곁들여진 레저 테이블을 설치했다. 그리고 레저 테이블 옆에는 휴대용 바비큐 그릴을 놓고, 텐트 바닥에는 에어 매트까지 깔았다. 버너와 코펠, 도마와 식칼, 양념통과 바람막이까지 있었으니 달리 더 뭐가 필요하랴.(43~44쪽)

이것이 주희가 진정으로 바라는 세계가 아닌 것은 물론이지만 주희도 잠시 동안 즐거워한다. '나'는 대학 시절 즐겨 읽던 책 한 권을 그녀에게 선물한다. 까뮈의 『시지프의 신화』. 그리스 신화에 나오는 시지프는 어떤 존재인가? 그는 바람의 신인 아이올로스와 그리스인의 시조인 헬렌 사이에서 태어났다. 그러므로 시지프는 완전한 신이 아니다. 신의 입장에서 보면 한낱 불완전한 존재일 뿐이다. 그는 인간 중에서는 가장 현명하고 신중한 존재였지만 신의 입장에서 보면 신을 경멸하는 교활하고 증오스러운 존재일 뿐이다. 시지프는 신들의 일에 끼어들어 고자질하고, 심지어는 신의 우두머리인 제우스의 비행을 폭로하기까지 한다. 한 마디로 신의 권위에 도전하는 존재였던 것이다. 그런 행동에 대한 응징으로 그는 산꼭대기로 끊임없이 무거운 바위를 밀어 올리는 형벌을 받는다. 그리스 신화에는 신의 권위에 도전한 존재들이 다수 등장하는데 그 대표적인 예가 인간에게 불을 전해준 프로메테우스이다.

프로메테우스는 불 도둑이다. 그는 제우스의 명을 거역하고 인간에게 불을 훔쳐다준 신이다. 불로 인하여 프로메테우스와 제우스는 협력관계에서 대립 관계로 바뀌게 된다. '앞서 생각하는' 프로메테우스는 티탄의 자식이지만 신들의 전쟁에서 제우스를 돕는다. (중략) 프로메테우스와 막내 에피메테우스는 공을 인정받아 제우스로부터 주요 임무를 부여 받는다. 프로메테우스는 신을 공경할 인간과 짐승들을 창조하고, 에피메테우스는 피조물들에게 살아가는 데 필요한 선물을 배분하기로 한다. 그런데 '뒤늦게 깨닫기'라는 이름의 에피메테우스는 사려 깊게 계획을 세워서 일을 처리하지 않고 아무 생각 없이 손에 잡히는 대로 이것 저것 쥐 버린다. 그래서 새에게는 날개, 사자에게는 날카로운 이빨과 발톱, 거북이에게는 딱딱한 등판 등이 돌아간다. 험악한 세상에서 저마다 살아갈 길이 열린 것이다. 그런데 정신없이 퍼돌리다 보니 인간에게는 줄 것이 없었다. 에피메테우스는 사려 깊은 형에게 난감한 사태를 털어놓는다. 자신이 창조한 어떤 피조물보다 인간을 사랑한 프로메테우스는 궁리 끝에 인간에게 금지된 불을 훔쳐다 주기로 결심한다. 프로메테우스는 속이 빈 회향나무에 불을 숨겨 인간에게 건네준다.19)

인간에게 불을 훔쳐다준 죄로 말미암아 프로메테우스는 코카사스 산정의 바위에 묶여 독수리에게 끊임없이 간을 쪼아 먹힌다. 신들의 입장에서 보면 신의 권위에 도전하려한 불순분자처럼 보였겠지만 인간의 입장에서 보면 "문화적 영웅"20)이다.

신화에 따르면 시지프와 프로메테우스에게 오랜 시간 동안 같은 형벌이 계속되고 있다. 이러한 사실은 신에 대한 시지프와 프로메테우스의 저항이 계속되고 있다는 의미이기도 할 것이다. 만약 그들이 잘못을 뉘우치고 다시는 신의 권위에 도전하지 않겠다는 약속을 했다면 어떻게 되었을까? 아마도 신은 노여움을 풀고 너그럽게 그들을 용서해 주었을지도 모른다.

신화 속의 神을 오늘의 시간대로 가져오면 무엇으로 대체할 수 있을까? 신의 본질은 전지전능이다. 무엇이든지 가능한 존재이다. 그렇다면 현대의 신은 무엇일까? 오늘날 인간 세계에서 무엇이든지 가능케 하는 것은 돈(물질)이 아닐까? 物神, 拜金主義라는 말이 이를 증명한다. 물질은 인간의 삶을 유지시키는 교환가치의 한계를 넘어 어느덧 신의 권능을 가지는 경배의 대상으로까지 격상되었다. 이런 상황 하에서 발생하는 무수한 일들을 우리는 거의 매일 목격하면서 살고 있다. 신의 권위에 도전하는 시지프 반대편에 '거세당한 시지프'가 있다.

> 우리는 모두 거세당한 시지프들. 산정을 향해 바위를 밀어올리는 불굴의 의지를 상실한 시지프들이었다. 신을 향한 멸시를 통해 인간의 운명을 극복하려는 반항적 분투가 사라지고 이제 지상에는 인간에 의한 인간을 위한 인간의 멸시가 범람하고 있을 뿐이었다. 어느 누구도 희망 없는 노동을 투자하여 산정으로 올라가지 않으려하고 어느 누구도 도로(徒勞)의 절망을 숙연하게 받아들이지 않으려 하는 것이었다. 주어진 형벌의 바위도 부정하고, 지상에 안주하기 위해 인간의 숙명까지 부정하는 가련한 시지프들의 지옥.(52~53쪽)

이것은 주희가 떠나버린 다음 '나'의 독백이다. 그리고 '나'는 그 '거세당한 시지프', '가련한 시지프'의 길을 간다. 대기업 홍보실로 직장을 옮기고, 사랑의 감정도 없는 상태에서 형이 근무하고 있는 은행의 여직원과 결혼한다. 언젠가 형이 '나'에게 이런 말을 한 적이 있었다. "....데리고 살아 보면 알겠지만 이 세상에 특별한 여자 있는 거 아니다. 결혼하고 애 낳고 살다 보면 여자란 누구나...." '나'의 형은 영악하게 이 길을 걸어간 사람이다. 부유한 집 딸과 결혼했고 그 대가로 아내가 시집올 때 가지고 온 아파트에서 주눅 들린 채 살아가고 있다. 형은 지상의 주민인 여자를 만나 그들 속으로 편입해 들어갔다고 볼 수 있다. '나'는 형수 아파트에 얹혀 대학을 졸업하고 전공과 상관없는 스포츠 용품 세일즈맨을 하면서 매일 현기증 느끼는 빌딩 속을 오르락 거렸어도 주희가 내 곁을 떠나기 전까지 형의 삶을 혐오했다. 그러나 주희가 떠나고 난 다음 형의 삶의 방식을 충실히 답습하기 시작한다. 다시 말해 '나'는 물질에 투항한 '거세당한 시지프' 바로 그것이다.

그렇다면 이 소설에서 주희는 어떤 존재일까? 주희는 '나'와 정반대로 물질의 울타리 속으로 편입해 들어가고자 했던 인물이다. 그러기 위해서 온전한 지상의 주민이 아닌 '나'와의 만남은 청산해 버려야 하는 걸림돌일 뿐이다. 그녀가 온전한 지상의 주민이 아닌 나를 자신의 옥탑방으로 초대한 이유는 무엇일까? '나'에게서 자신의 모습을 발견한 말하자면 동병상련의 측은함 같은 것이었다. 그러므로 나와 주희의 만남이 오래 지속될 수 없는 것이다. '나'의 곁을 떠나려 작정한 주희의 모습을 보자.

밤 열 시 반경부터 다시 비가 내리기 시작했다. 비닐 우산을 펼쳐 들고 주머니에서 담뱃갑을 꺼내들 때, 한없이 굼뜬 동작으로 그녀가 우산도 없이 비탈진 언덕길을 올라오는 게 보였다. 골목 중간 지점에 세워진 보안등빛을 사선으로 지나친 비가 고스란히 그녀의 정수리로 내려앉고 있었다. 하지만 나는 언덕 위의 어둠 속에 서서 꼼짝 않고 그녀를 내려다보기만 했다. 술을 마신 것인가. 아주 가끔 그녀는 돌로 쌓아 올린 좌측의 축대를 손으로 짚으며 걸음을 멈추기도 했다.

그녀가 언덕 위로 올라왔을 때, 나는 비닐 우산을 받쳐들고 천천히 그녀 앞으로 걸어나갔다. 그러자 그녀가 우뚝 걸음을 멈추고 나를 노려보았다. 주변의 주택가에서 밀려 나온 희미한 불빛으로 길을 가로막은 사람이 누구라는 걸 그녀는 이내 알아차린 것 같았다. 자신이 서 있던 우측 담벼락에다 등을 기대고 하아. 그녀는 소리나게 한숨을 내뿜었다. 술

을 꽤나 많이 마신 모양. 담벼락에다 등을 기댔음에도 불구하고 그녀의
상체는 연신 흔들리고 있었다.(55~56쪽)

십이월로 접어든 뒤부터 그녀의 외박은 더욱 잦아지기 시작했다. 비 내
리던 그날 밤. 그녀와 나 사이에 있었던 뜨거운 재회는 이미 효력을 상실
한 지 오래였다. (57쪽)

그녀가 백화점을 그만두었다는 걸 내가 알게 된 건 다음해 일월. 신정
연휴를 끝내고 첫 출근을 하던 날 오후였다. 백화점 옆문을 통해 매장으
로 올라갔을 때. 매장의 판매 직원 아가씨가 서랍에서 편지 봉투 하나를
꺼내 나에게 내밀며 야릇한 표정으로 물었다.
"안내로 근무하던 아가씨하고 잘 아는 사인가요?"
"그건....왜 묻죠?"
"그 아가씨가 연말에 백화점을 그만두면서 이걸 남기고 갔으니까 하는
말이죠. 보통 사이라면 이런 걸 남기겠어요?"
"보통 사이가 아니라면 직접 만나면 되지 이런 걸 뭐하러 여기다 맡기
겠어요?"
얼결에 그렇게 응대하긴 했지만, 그녀가 백화점을 그만뒀다는 얘기가
나에게는 사뭇 충격적으로 들렸다. 그래서 나는 다시 묻지 않을 수 없
었다.
"혹시 왜 그만뒀는지 아세요?"
"흠, 안내 직원이 백화점의 꽃이니까 어디 좋은 데로 팔려 갔나보죠
뭐. 그런 걸 내가 무슨 수로 알겠어요?"(60~61쪽)

이렇게 주희는 '나'의 곁을 떠나갔다. 그렇다면 그녀는 어디로 갔을까.
그녀의 평소 말대로라면 온전한 지상의 주민이 되는 길을 찾아 떠났을 테

지만 왠지 그녀의 희망대로는 되지 않았을 것 같은 느낌이 든다. 타락의 길로 접어들었을 것 같은 느낌. 그녀의 타락 과 '나'의 타협. 물질의 자장(磁場)은 인간이 그것으로부터 이탈하려해도 또는 편입하려해도 쉽사리 길을 열어주지 않는다. 결정권은 물질에 있다. 인간을 타락시키든 아니면 굴복시키든. 이것은 작가가 보는 현대사회에서의 물질의 본질인지도 모른다.

5. 맺음말

〈감자〉와 〈關係〉는 인간의 삶을 지배하는 물질의 위력을 보여준다고 할 수 있다. 복녀는 분명 왕서방이 휘두른 낫에 의해 죽임을 당했지만 뇌일혈로 죽은 것으로 변질되었다. 한 인간의 죽음까지도 변질시킬 수 있는 위력은 왕서방의 돈으로부터 나온다. 이만복은 자신의 혈육을 장현삼에게 주어 버리고 그 외로움을 억누른 채 장현삼이 넘겨준 저택에서 그를 흉내 낸 채 창밖을 바라보며 소설이 끝난다.

〈내 마음의 옥탑방〉에서 '나'와 주희는 지향점이 다르다. '나'는 속물들의 세계인 지상으로부터 주희가 살고 있는 옥탑방으로 올라오고자 하는 인물이고, 주희는 가난의 공간인 옥탑방으로부터 진정한 지상의 주민이 되어 그들이 살고 있는 곳으로 내려가고자 하는 인물이다. 이 둘의 엇갈린 욕망의 순간적 접점이 옥탑방이다.

이 소설에서 지상은 물질의 공간이다. 그러므로 '나'는 물질로부터 벗어나고자 하는 욕망을, 주희는 물질 속으로 편입되고자 하는 욕망을 가지고 있는 존재이다. 그러나 지상으로 편입되고자 한 주희는 타락의 길을 걷는다. 그렇게 주희가 '나'의 곁을 떠난 뒤 '나'는 경멸해 마지않던 형의 삶의 방식을 그대로 답습함으로써 타협의 길을 걷는다.

'나'와 주희의 짧은 만남을 통해 짐작할 수 있는 사실은 돈(물질)은 그 것으로부터 멀어지려고 해도 마음대로 멀어질 수 없으며, 그것으로 편입해 들어가고자 해도 섣불리 허용하지 않는다는 것이다.

〈감자〉와 〈關係〉 그리고 〈내 마음의 옥탑방〉은 인간의 삶과 돈(물질)의 상관관계라는 공통된 문제에 초점이 맞춰져 있지만 확연히 다른 소설이다. 〈감자〉는 복녀라는 한 여인의 변질된 죽음을 통해, 〈關係〉는 혈육과 물질을 맞바꾼 경제적 약자의 비극을 통해, 그리고 〈내 마음의 옥탑방〉은 인간의 타협과 타락을 통해 주제에 접근해 가고 있다. 이 세 작품을 통해 '주제의 반복성'과 '제재의 교체성'의 단면을 확인 할 수 있다. 🎥

제2부

이상옥
이은상의 삶과 문학
—

이 영
누벨 바그(nouvelle vague), 그 신화의 시작
—

전성희
임춘앵(林春鶯)
—

최광임
밤 서정의 불확정적인 주체들
—

채길순
홍명희의 『임꺽정』과 루쉰의 『아큐정전』 비교하여 보기
—

호승희
조광화의 「남자충동」 다시 읽기
—

이은상의 삶과 문학

이상옥 • 창신대 교수

1. 노산에 대한 상반된 평가

3·15의거 46주년을 맞아 열린사회희망연대가 마산 육호광장 옆에 있는 '은상이샘' 앞에서 기자 회견을 열고 "3·15는 통곡한다. '은상이샘' 철거하라."라는 목소리를 드높였다. 이는 열린사회희망연대가 노산의 삶의 행적은 독재 권력에 부역한 것으로 3·15 정신에 위배된다고 판단하고 있기 때문이다.

경남도민일보 보도에 의하면, 3월 15일 마산에서 일어난 부정선거 항의 시위를 '마산사태'로 표현하면서 이에 대한 당시 문화계 인사들의 의견을 1960년 4월 15일자 조선일보가 실었는데, 이는 경찰의 실탄 발포로 몇 명의 학생들이 숨지고 4월 11일에는 마산상고 입학생 김주열의 시신이 떠올라 2차 마산의거가 진행되던 시점이다. 노산은 "지성을 잃어버린 데모다! 불합리와 불법이 빚어낸 불상사다!"라고 서두를 열면서 "내가 마산 사람이기 때문에 고향의 일을 걱정하는 마음이 더 크다. 분개한 생각이야 더

말할 것이 있으랴마는 무모한 흥분으로 일이 바로 잡히는 법이 아니다. 좀 더 자중하기를 바란다. 정당한 방법에 의하지 않으면 도리어 과오를 범하기가 쉽다."라고 3·15의거를 왜곡했다는 것이다.

또한 같은 신문에서 "이은상은 박정희 정권 아래서는 공화당 창당선언문을 써 유신의 이론적 근거를 제공하고 박정희가 죽자 추모가를 작사하기도 했"고 "이후 장충체육관에서 어거지로 대통령이 된 전두환에게도 재빠르게 대통령임을 인정해 주는 글을 바친 인물" 이라는 점을 들어, 노산이 3·15정신에 위배되는 인물임을 재삼 강조하였다.

이 같은 비판적 여론은 이미 공론화가 이루어졌다. 마산시가 노산문학관 건립을 2000년 밀레니엄 사업 중 하나로 검토하게 되고 그것이 공론화되자 노산이 일제 때 만주에서 발간된 친일신문인 만선일보에 근무한 사실이 있는 친일적 인물이며 광복 후에는 이승만 정권과 박정희 유신 정권, 신군부 독재 정권에 부역한 인물이라는 이유로 마산에 노산문학관을 건립한다는 것은 불가하다고 일부 시민단체를 중심으로 주장했던 것이다. 그 결과 우여곡절을 겪으면서 노산문학관은 무산되고 대신 마산문학관이 건립되기에 이른 것이다.

한편으로는 노산이 한 평생 지시적 삶을 살았다고 평가한다. 노산이 일제시대에는 3·1만세 운동에 참여하였고, 조선어학회 사건으로 옥고를 치렀으며 해방 이후에는 친 권력적이라는 평가와는 달리 유신 정권에 협조하지 않는 등 올곧은 삶을 살았던 것으로 평가하는 것이다.

일례로 황희영의 〈내가 본 노산 선생〉의 한 대목은 퍽 시사적이다.

　　내가 어느 날 노산 선생 댁을 찾아가 뵈었을 때였다. 때마침 유신
　　헌법을 선포한 직후였다. 정부에서는 유신헌법을 반대하는 여론들을
　　무마하기 위해서 저명인사 지도층이라고 할만한 사람들을 불러서 언
　　론보도의 일선에 나가 좌담 또는 개인 연설을 종용하던 때였다. 노산

선생은 저으기 흥분해 있었다. 밖에서 걸려온 전화를 비서에게 말씀하시기를, "이 노산은 평생 제복 제모를 입어보고 써본 일이 없다고 해. 내게 정부에서 주는 모자를 쓰고 다니라는 말은 하지 말아 달라고 해. 노산은 노산 그대로 두는 것이 유익될 것이라고 해. 하시었다.

2. 노산과 조국

과연, 노산은 어떤 인물일까.

노산은 전 삶을 통하여 계몽주의자적 면모를 보인다. 일제 시대, 해방 공간, 독재 정권 시대라는 미몽의 시대를 거치면서 선각자로서 민족들이 개명하기를 바라는 뜻에서 문필가, 사회 활동가로서 정력적인 삶을 살았던 인물이 노산이다.

노산은 1903년에 남하 이승규의 아들로 마산시 상남동 102번지에서 태어났다. 남하는 호주선교사 손안로로부터 전도를 받아 기독교를 받아들이고 마산의 첫 교회인 마산포교회(현 문창교회)를 개척하였고, 또한 1909년 8월 19일 손안로 선교사와 함께 창신학교를 정식 인가 받은 인물이다. 노산이 기독교 지도자요 교육자였던 남하의 아들로 태어난 것은 그의 삶이 계몽주의자로 나아가게 한 단초가 된다.

또한 노산은 창신학교 시절 은사인 환산 이윤재에게 국사와 국어를 배우며 민족 의식을 깨우치게 되었다. 노산이 젊은 시절부터 일제 3·1운동에 참여하고 조선어학회 사건으로 옥고를 치르는 등 올곧은 민족주의자가 된 것도 남하의 영향과 환산 같은 이의 영향을 받았던 것이다.

노산은 어릴 때부터 확고한 민족주의자적 성향을 지니게 되었고, 그 같은 토대 위에서 시인의 감성을 지니게 되었다. 그것은 학창 시절부터 문재를 보여온 노산이 그의 아버지 남하의 죽음과 첫사랑의 실패 같은 실연 등으로 타고난 감성의 자극을 받게 됨으로써 그의 문재가 드러나기 시작한 것이다.

　노산은 창신학교를 졸업하고 1920년부터 2년간 창신학교 교사로 근무했는데, 노산은 창신학교 교사 시절부터 문학에 심취하여 시와 소설을 잡지에 투고했고, 이미 그때 노산이 지은 시에다 곡을 붙여 학생들에게 불려지기도 했다. 이 때 지은 〈순례자〉, 〈제목 미상의 노래〉, 〈미풍〉 등은 현재에도 전해지고 있다. 노산은 약관에 이르기 전에 작품을 발표하였던 것이다. 그러나 노산이 본격적으로 문인으로 활동을 하게 된 것은 1922년 연희전문학교에 진학한 이후 《《연희》》, 《《개벽》》, 《《조선문단》》 등에 시, 소설, 평론 등을 발표하면서부터다.

　노산은 1925년 육당 최남선의 권유와 주변의 도움으로 일본 유학 길에 올라, 와세다 대학 사학부에 수학하며 나도향, 염상섭, 양주동 등과 교유하고 나라 잃은 설움을 달랬던 것이다. 노산은 와세다 대학에서 2년간의 학업을 끝내고 1927년 동경에 있던 동양문고에서 국문학 연구 및 문학에 열중했다. 1928년 귀국하여서는 계명구락부 회원으로 일하며, 스승인 이윤재와 함께 조선어학회 회원으로 조선어 사전을 편찬하는 일에도 종사하였다.

　노산은 조선어학회에서 상당히 중추적 멤버로 활동을 한 것으로 추정된다. 그것은 한글학자 이희승의 다음과 같은 지적에서 알 수 있다.

　　내가 노산을 처음 알게 된 것은 대학 재학 시절이었는데 처음엔 시문학보다 더 많았던 그의 사화집(史話集)을 대하고서부터였다. 사화집이라는 것은 삼국사기나 삼국유사 등에 비치는 신라열전 같은 데서 개인 열전을 찾아 순한문으로 된 그것을 국한문으로 해석하여 엮은 책인 것이다. 노산 역시 그것을 골라 몇편 낸 것으로 기억한다. 이렇게 나는 사화집으로 하여 노산을 처음 알았고 뒷날 함경남도 홍원경찰서 유치장에서 노산과 한 방에 있었다. 나는 1942년 10월 1일 검거되었고 노산은 시골가 있었기 때문에 그해 11월경 검거되었다. 당시 노산이 검거된 것은 조선어학회 사전 편찬위원회의 발기 취지문 때문인데 그것을 노산이 지은 까닭이다.

노산은 일제 시대에 옥고를 치렀다. 그것은 이희승의 지적처럼 조선어학회 사전 편찬위원회의 발기 취지문을 썼을 만큼 일제를 거스르는 지사적 삶을 살았기 때문이다.

1931부터 잠시 이화여자전문학교 교수를 지낸 뒤에 동아일보, 조선일보에서 근무했는데, 교수나 기자 시절에도 그의 조국에 대한 사랑은 남달랐다. 그는 틈틈이 시간을 내어서 국토 순례를 하며 우리 국토, 민족 사랑을 유려한 필치로 표현했다. 이화여전 교수로 재직 중 동아일보에 〈사상(史上) 로맨스〉라는 제목으로 우리 역사 이야기 연재를 하고서, 1931년 〈〈朝鮮史話集〉〉을 발간했는데, 이는 "하나의 피묻은 운동이었다. 일제의 억압과 동화에 항거하려 제 얼, 제 역사, 제 사상, 제 지식을 키우자는 뼈저린 문화 운동이었다"고 노산은 당시를 회고한 바 있다.

노산은 1938년 조선일보를 사직하게 되는데, 여기서 유명한 필총문(筆塚文)의 일화가 전한다. 1831년 만주사변이 일어나고 1937년 중일전쟁이 일어나면서 일본군 전적을 연일 게재하게 되는데, 이 때 조선총독부에서 신문사에 압력을 가해 일본군을 아군(我軍)이나 황군(皇軍)으로 표시하도록 했다. 이 같은 일에 직면한 노산은 일제에 굴복하느니, 차라리 사직하는 것이 낫다고 판단하여 조선일보를 물러나면서 필총문을 썼다. 붓을 묻어버린다는 뜻의 필총문은 일제에 대한 노골적인 반발 글로써 신문에 게재되지 못하고, 당시 조선일보 학예부 기자였던 이원조(李源朝)가 보관하고 있었으나 유실되고 말았다고 한다.

조선일보를 떠난 노산은 은둔 생활을 시작하게 된다. 그는 1938년 9월 서울을 떠나 부산으로 내려와 잠시 여류 문인 김말봉의 집에 기거하다가 전남 광양의 백운산에서 광산 사업을 하는 친구 일을 도우며 은거하게 된다.

　　뒷숲에 우는 부엉이 소리 밤이 얼마나 깊었는고
　　금시 어디로 갔나부다 온 산이 소용도 하이
　　백운암 깊은 산골에 달만 찢어지게 밝고

　　밤과 함께 살아야만 하는 슬픈 운명이기에
　　너는 지금 미친 듯이 허공을 휘둘게다
　　영원히 저주받은 설움이라 밤만되면 울고

　　뒷숲에 우는 부엉이 소리 그렁그렁 새벽인가봐
　　몇 골짝기나 휘매고 자쳐서 돌오왔나
　　부엉아! 구슬픈 네 울음에 숲이 온통 젓나부다

　노산은 은거하면서 시와 함께 살았다고 고백하고 있다. 위의 시는 백운산 밑에 부엉이가 울면 그 울음과 함께 민족혼의 설움이 복받쳐서 쓴 것이다. 이 시는 개인적 슬픔을 넘어서 나라 잃은 백성의 집단 정서를 표출하고 있다. 물론, 이 부엉이는 노산을 표상한다. 낮에는 일제 형사들의 감시 때문에 자유롭지 못했고 밤에야 조국의 비극적인 정황을 시로 토해낸 것이다. 노산은 "일제의 형사들은 내가 어떤 사람인가 알고 싶어 여러 사람에게 염탐을 하더라고 한다. 그럼에도 불구하고 나는 방안에서 시와 함께 살았다."고 당시를 회고하고 있다. 노산은 조선일보를 그만두고 백운산 밑에서 해방될 때까지 8년간 은거 생활을 하면서 두 차례나 일제 구금되었다.

노산이 백운산 밑에서 은거하는 중에 조선어학회 사전이 터졌다. 일제는 우리 민족문화 말살정책으로 창씨 개명, 신사참배 등을 강요하면서 한글 서적 출판 금지와 함께 1940년 8월에는 동아일보 조선일보를 폐간하기에 이르렀다. 조선어학회사건은 일제가 국학연구의 탄압책으로 조선어학회의 관계자를 민족 운동 단체로 죄를 몰아 투옥한 사건이다. 노산은 백운산 밑에 은거하는 중에 스승 환산과 편지를 주고 받게 되는데, 일제가 환산의 가택 수색에서 발견한 서신에서 노산의 운둔지를 알게 되고, 결국 노산은 체포되어 광양결찰서에서 고문을 받고 함경도 홍원경찰서까지 이송되게 되었다.

다음날 함경남도 홍원결찰서에 가니 유치장 뒤쪽에는 여러 감방에 한글학회 동지들이 가득차 우리를 내다보고 있었다. 새로 잡혀간 나는 시멘트 바닥에 깔린 다다미 위에 이은상, 안재홍, 서승효, 장현식과 함께 다섯 사람이 두 개로 쪼개진 길다란 통나무에 다섯 사람이 한쪽다리씩 끼우고 그 통나무에 다섯 양쪽에 자물쇠를 채워 꼼짝 못하게 했다.

이 글은 한글학자 정인섭의 기록이다. 노산은 체포된 지 1년 만인 1943년 9월 18일 기소 유예로 석방되고 다시, 1945년 1월 일제에 의해 광양경찰서에 구금되었다가 광복을 맞아 출옥하게 된다.

이렇듯 노산의 광복 이전의 삶은 오로지 조국과 민족을 위한 삶이었음을 알 수 있다. 일제에 협력하기 않기 위해서 필총문을 쓰고 조선일보를 스스로 사직하고 백운산에 은거하다 조선어학회 사건으로 옥고를 치른 것만 보아도 잘 알 수 있는 일이다.

광복 이후 연보를 보면, 1945년부터 호남신문를 창간하고 사장을 지냈고, 1949년 청구대학(영남대학교) 교수, 그리고 1959년부터 충무공 이순신 장군 기념사업회장, 1962년 안중근 의사숭모회장 등을 맡았으며, 1969년

독립운동사 편찬위원장, 1972년 숙명여자대학교 재단이사장, 세종대왕 기
념사업회장, 1975년 단재 신채호 선생 기념사업회장, 1976년 백범 탄신
100주년 축전 집행위원장, 충민공 임경업 장군 기념사업회이사장, 1976년
한글학회 회관 건립위원장, 1979년 안중근 의사 탄신 100주년 축전 집행
위원장 등 다채로운 이력을 보였다. 광복 이후에도 노산은 오로지 조국과
민족을 위한 일에 헌신했음을 알 수 있다.

3. 노산 문학과 시조

노산은 조국와 민족을 위한 계몽주의자로서 일생을 살았다. 그런 가운
데 계몽주의자 노산은 문학의 효용성을 주목한 듯하다.

나는 가난한 사람

그러나 나는 가멸한 사람

누가 날 가난하다는고

내 가슴속은 보지 못하고

내게는

보배가 있다.

나의 조국

나의 시

〈나의 조국, 나의 시〉, 이 시는 노산의 가슴 속에는 언제나 조국과 문학
(시)이 있었음을 보인다. 문학은 노산의 조국애을 표상하는 그릇이었는지
도 모른다.

노산은 그의 가슴속에 뜨겁게 자리하고 있는 조국애를 시, 시조, 수필,

전기, 평론, 금석문 등 다양한 장르의 문학으로 표출하였다.

그의 주요 저서를 일별해 보면, 조선사화집(삼국시대편)』 한성도서회사
(1931. 3),『(기행)묘향산유기』 동아일보사(1931. 7),『노산시조집』 한성도
서회사(1932. 4),『(수필)노방초』 창문사(1935. 10),『(수필)무상』 정상장학
회(1936. 11),『탐라기행』 조선일보사(1937. 11),『(기행)지리산』 조선일보
사(1938. 10),『노산문선』 영창서관(1942. 2), 『이충무공 일대기』 호남신
문사(1946. 3),『(수필)대도론』 국학도서출판관(1947. 3), 『조선사화집(고려
시대편)』 한성도서회사 (1949. 10),『(수필)민족의 맥박』 민족문화사(1951.
11),『(수필)노변필담』 민족문화사(1953. 8),『삼원당산고』 대구일보사
(1954. 12),『(가집)조국강산』 민족문화사(1955. 6),『낙동강문화사론』 부산
일보사(1955. 11),『금계공노인선생사적』 함평노씨종중(1956. 8),『노산시
조선집』 남향문화사(1958. 5),『노산시문선』 경문사(1960. 2),『국역주해 이
충무공전서(상하)』 충무공기념사업회(1960. 5),『한국사화야담전집』 동국문
화사(1961. 3),『사임당의 생애와 예술』 성문각(1962. 9),『(기행)피어린 육
백리』 햇불사(1962. 11),『쌍충사사적기』 고흥쌍충사(1963. 8), 『노산문학
선』 탐구당(1964. 10),『국역 야은길선생 문집』 고려서적(1965. 8),『국역
주해 일화시문선』 삼학사(1965. 11),『(기행)산찾아 물따라』 박영사(1966.
8) ,『(기행)가을을 안고』 햇불사(1966.12),『사임당과 율곡』 성문각(1966.
12),『국역 주해 난중일기』 현암사(1968. 3),『성웅 이순신』 햇불사(1969.
4),『짧은 일생을 영원한 조국에』 햇불사(1969. 6),『국역 농포선생 문집』
해주정씨종중(1969. 3),『(시조집)푸른하늘의 뜻은』 금강출판사(1970. 8) ,
『주해 안중근의사 자서전』 안의사숭모회(1970. 10),『나의 인생관』 휘문출
판사(1970. 3),『태양이 비치는 기로(상하)』 삼중당(1971. 2),『민족의 향기』
수학사(1973. 10),『조국강산』 햇불사(1973. 3),『구미기행』 한국일보사
(1974. 9),『불타성지순례기』 중앙일보사(1974/ 6),『노산산행기』 한국산악
회(1975. 11),『노산시조선』 삼중당 (1975. 1),『민족운동총서(10책)』 햇불

사(1979. 1), 『(시집)기원』 경희대출판국(1982. 4) 등이다.

그의 저서를 일별해 보는 것만으로 노산의 조국애를 느낄 수 있다. 노산의 조국애의 발로인 국토 기행·수필, 민족 정신을 탐색한 전기, 그리고 금석문 등은 그의 조국애의 발로가 아니면 설명될 수 없는 것들이다.

정력적이고 유려한 필치로 형상화된 노산의 문학 세계는 너무 방대하기 때문에 본고와 같은 짧은 글로서는 담아낼 도리가 없다. 단지, 여기서 잠시 언급하고 싶은 점은 그의 넓고 깊은 문학 세계에서도 그의 시조는 백미에 해당한다는 것이다.

고려말부터 조선조에 이르러 형성된 시조가 오늘날까지 하나의 문학 장르로서 살아 남아 있는 것은 노산을 빼놓고 얘기할 수가 없다. 서구 문명의 거센 물결이 불어닥칠 때 시조는 소실 위기에 직면했다. 이때 〈청상민요소고(青孀民謠小考)〉(동광, 1926. 11), 〈시조창작문제〉(동아일보, 1932. 3. 30-4. 10) 등의 시조 문학 이론을 평론으로 발표하면서 한편으로 『노산시조집』(한성도서회사 1932. 4)를 발간하여 시조 부흥 운동을 주도한 결과 현대 시조가 오늘의 궤도에 이를 수 있게 된 것이다. 여기서 세세하게 기술할 수는 없지만 노산의 시조부흥 운동도 그의 조국애의 발로였음은 주지하는 바이다.

> 너라고 불러보는 조국아 너는 지금 어드메 있나
> 누더기 한폭 걸치고 토막속에 누워있나
> 네 소원 이룰길 없어 네 거리를 헤메나
>
> 오늘 아침도 수없이 떠나가는 봇짐들
> 어론가 살길을 찾아 헤매는 무리들이랑
> 그 속에 너도 섞여서 앞산 마루를 넘어 왔나

너라고 불러보는 조국아 낙조보다 더 쓸쓸한 조국아

긴긴밤 가야고 소리 마냥 가슴을 파고드는 네 이름아

새 봄날 도이화 같이 활짝 한번 피어주렴

〈너라고 불러보는 조국아〉라는 시조이다.

노산은 분명 민족 시인이다. 그는 평생 조국을 가슴에 품고 문학 작품 속에 조국애를 형상화해 내어 자신의 조국애를 일반인들에게도 고취하고자 한 계몽주의자였던 것이다.

4. 역사의 아이러니

민족 시인 노산이 지금 그의 조국에서 홀대받고 있는 것은 역사의 아이러니가 아닐 수 없다. 확실한 근거도 없이 노산이 만선일보에 근무했을 가능성을 제기하며 친일파 운운하며, 해방 이후 친권력 문제를 침소봉대하여 고향 마산에서 노산을 격하시키고 있지 않는가? ✄

:: **참고문헌**

- 김복근, 「이은상 시조 연구」, 창원대 석사 논문, 1998. 8.
- 金鳳千 편저, 『노산 이은상 선생』, 마산창신고등학교, 2002.
- 노산 이은상 홈페이지 http://www.poet.or.kr/les
- 이은상, 『나의 인생관』, 휘문출판사, 1971.
- 기타 경남신문, 경남도민일보, 오마이뉴스 등.

※마산문학관 문학아카데미 강연원고 2006. 4. 12

누벨 바그 (nouvelle vague), 그 신화의 시작

이 영 • 국제대학 영상문예과 교수

1. 누벨바그의 역사

누벨 바그 (nouvelle vague), 1958년에서 60년까지의 사이에 시작된 프랑스의 영화운동으로 "까이에 뒤 시네마"(Cahiers du Cinema)의 비평가들을 중심으로 형성되었던 영화작가들의 작품에 대해 저널리스트인 프랑수아 지로(Fransois Giraud)가 평한데서부터 유래한 명칭이다. 이 운동은 이탈리아의 네오리얼리즘의 영향을 받았지만 네오리얼리즘과는 달리 미학적으로 그리고 스타일에 있어서 일치된 하나의 사조가 아니고 경제적, 사회적, 역사적인 상황에서 뭉쳐진 재능있는 영화작가들의 산물이라고 볼 수 있다. 누벨바그의 주축이었던 인물들은 50년대초부터 "까이에 뒤 시네마"에서 비평을 써오던 프랑수아 트뤼포(Fransois Truffaut), 클로드 샤브롤(Claude Chabrol), 장뤽 고다르(Jean-Luc Godard), 에릭 로메르(Eric Rohmer), 자끄 리뻬뜨(Jacque Rivette) 등이었는데, 이들은 잡지의 편집장이었던 앙드레 바쟁(Andre Bazin)의 영향아래 전통적인 영화제작을 '아버지 세대의 영화(Cinema du Papa)' 라 부르며 거부하고 유연하기는 하지만 전혀 개인적인 특성이 없는 그저 잘 만들어지기만한 영화를 비판하였다. 이들은 개인적인 스타일을 중시하는 작가주의를 주장하며 알프레드 히치콕(Alfred Hitchcock), 장 르노아르(Jean Renoir), 로베르토 로셀리니(Roberto Rossellini), 로베르 브레송(Robert Bresson) 등 자신만의 특색을 가진 영화작가들을 찬양하고 그들의 스타일을 깊이 연구하여 많은 영향을 받았다.

"까이에 뒤 시네마"의 비평가들이 비평에서 작품활동으로 전환할 수 있게 된 계기는 크게 두 가지를 들 수가 있는데, 먼저 당시의 프랑스 영화산업의 위기로 영화제작자들이 돈이 적게드는 소규모 제작으로의 관심의 전환을 들 수가 있으며, 다음은 초기의 몇몇 작품을 찍기 위해 운이 좋게도 제작비를 개인적인 재원에서 조달할 수가 있었던 점이다. 새로운 물결의 작품의 시작은 프랑수아 트뤼포의 〈400번의 구타〉(Les 400 Coups '59)와 장뤽 고다르의 〈네 멋대로 해라〉(A Bout de Souffle '60), 알랑 레네(Alain Resnais)의 〈히로시마 내사랑〉(Hiroshima mon Amour '59)이 각각 그 해의 깐느 영화제에서 감독상과 국제비평상을 타며 크게 성공을 거두자 많은 영화제작자들이 이에 힘을 얻어 1959년에 24명의 신인감독이 첫 작품을 만들었고 이듬해인 60년에는 43명의 신인감독이 등장하게 되었다.

새로운 물결의 작가들에게서는 미학적인 일치는 찾아보기 힘들다. 이들에게서 찾을 수 있는 유일한 공통점은 이들이 모두 개인적이며 규격에 얽매이지 않는 자세로 영화에 접근한다는 것이다. 새로운 물결의 특징으로는, 첫째 전통의 거부, 일반적으로 인물을 비감성적으로 처리. 둘째 사실적이며 느슨하거나 혹은 혁신적인 플롯의 구조. 셋째 가볍고 운반이 용이한 카메라를 이용해서 들고찍는 기법과 자연스러우며 사실적인 카메라 움직임과 음향의 채용, 넷째 다수의 야외촬영 및 실제 배경에서의 촬영. 다섯째 영화적 시간과 공간에 대한 실험성 등을 들 수 있다.

　　대개의 새로운 물결의 작가들은 각자의 스타일대로 작품활동을 해나갔다. 하지만 그들이 세계영화사에 끼친 영화는 어마어마했다. 누벨바그는 미국과 독일을 비롯한 세계영화감독들의 전통과 관습적인 제작에서 벗어나 '작가의 영화' 운동을 일으키는 원동력을 제공한 것이 바로 누벨바그의 영향이라 하겠다. 그리고 지금도 누벨바그의 영향은 세계영화사에 은은히 퍼져나가고 있다.

2. 누벨바그의 대표적 '영화작가' 2인

　　세계 영화사를 뒤엎을 만한 위력을 가졌던 누벨바그는 프랑수아 트뤼포 (Fransois Truffaut)와 　장뤽 고다르 (Jean-Luc Godard)가 가장 대표적인 감독이다.

　① 프랑수아 트뤼포 (Fransois Truffaut)
　"내 손이 카메라에 닿는 순간, 난 인생의 꿈을 깨달았다"고 말한 '프랑소와 트뤼포'. 누벨바그의 선구자인 그는 '과연 영화가 삶을 바꿀 수 있는가'에 매달려 사람들의 감성을 자극하는 다양한 영화형식을 만들어 갔다. '카메라 만년필'로 요약되는 그의 영화는 자기표현과 의사소통의 또 다른 수단으로서 만들어졌다. '장뤽 고다르' 감독의 영화 '네 멋대로 해라'의 시나리오를 쓴 것을 시작으로 자신의 불행했던 유년기를 그린 영화 '400번의 구타'로 데뷔해 '피아니스트를 쏴라', '스무 살의 사랑', '훔친 키스', '가정', '사랑의 도피' 등을 발표하며 세계적인 명성을 떨쳤다.

② 장뤽 고다르 (Jean-Luc Godard)

누벨바그를 논할 때 절대 빠질 수 없는 감독이 바로 '장뤽 고다르'. 〈네 멋대로 해라〉라는 영화사에 길이 남을 파격적인 데뷔작부터 〈알파빌〉, 〈미치광이 삐에로〉 등 파격적인 소재의 영화들을 많이 남겼다. 그의 영화는 영화에 대한 영화, 정치적인 영화, 파격적인 영화로 특징지워진다. 특히 〈네 멋대로 해라〉의 제멋대로 흘러가는 줄거리와 등장인물의 행위들은 매우 당황스럽다. 또한 거친 비약과 생략이 난무하는 대사와 마치 '대충 대충' 한 것 같은 편집은 '영화의 ABC도 모르는 철부지 평론가가 저지른 장난'이라는 비난을 부르기도. 하지만 지금 봐도 파격적인 이 영화는 시대를 앞서간 작품인 것만은 분명한 사실이다.

3. 누벨바그의 대표작

① 400번의 구타 (Les 400 Coups)-(프랑스와 트뤼포 감독/1959년작/흑백/93분/프랑스)

1956년부터 58년까지 로베르토 로셀리니 감독의 조감독으로 활동한 트뤼포는 1950년대 프랑스에서 시작된 '누벨바그' 운동의 대표적 감독이다. 누벨바그란 '새로운 물결'이란 뜻으로 당시까지의 프랑스 영화가 현실과 거리가 먼 상류 사회의 사랑이야기나 구름 위에 떠 있는 듯한 환상 세계를 그리는 데 불만을 품고 영화를 일상생활의 주제로 끌어내리고자 한 운동이었다.

누벨바그 운동은 프랑스의 영화비평가 앙드레 바쟁이 발간하고 있던 영화 비평 잡지 《까이에 뒤 시네마》지가 첫 포문을 열었다. 젊은 영화비평가들은 이 잡지에 대거 참여하여 당시의 프랑스 영화에 비판의 화살 세례를 퍼부었는데 프랑수아 트뤼포도 수많은 논문을 기고하여 누벨바그 운동을 정립하는 데 크게 기여했다. 《까이에 뒤 시네마》 지에서 비평가로 활동하던 시절 트뤼포는 영화에 '작가주의' 라는 용어를 처음으로 도입하면서 영화감독도 문학이나 음악같은 예술 장르처럼 작가의 영혼과 주장이 실린 창작을 해야 한다고 역설했다

트뤼포의 친구이자 동료였던 고다르가 영화 속에 과격한 정치 비평을 도입한 데 반해 트뤼포는 예술과 인생, 영화와 허구, 젊은이와 교육이라는 인생에서 더 근본적이고 엄숙한 주제를 꾸준히 일관성 있게 다루었다. 늘 주장했듯이 그는 "영화는 허구처럼 보이는 현실 세계를 그려야 한다"라는 신념에서 한 발짝도 벗어나지 않았던 것이다.

프랑수아 트뤼포는 1984년에 뇌종양으로 52세라는 아직 너무 이른 나이에 세상을 떠났지만 그가 남긴 업적은 영화사에 영원히 기억될 것이다.

그의 작품으로는 〈400번의 구타〉(59년), 〈피아니스트를 쏴라〉(60년), 〈쥴과 짐〉(61년), 〈화씨 451도〉(67년), 〈도둑맞은 키스〉(68년), 〈두 명의 영국 여인과 유럽 대륙〉(72년), 〈미국의 밤〉(73년), 〈아델 H.의 이야기〉(75년), 〈마지막 지하철〉(80년), 〈이웃집 여인〉(81년), 〈신나는 일요일〉(83년)이 있다.

1) 주제
유년기의 미성숙과 세계에 대한 불안

2) 줄거리
앙뜨완느는 신경질적인 엄마와 자동차 경주에만 관심있는 새아버지 사이에서 사랑 받지 못하고 사는 소년이다. 그는 수업시간 중에 여자 사진을 보다가 선생님께 혼나고, 지각했다고 혼날까봐 아예 수업을 빼먹고 친구 르네와 함께 놀러 다닌다. 다음날 결석계를 준비하지 못한 앙뜨완느는

엄마가 돌아가셨다고 선생님께 말한다. 하지만 금방 들통이 나서 부모님께 호되게 꾸중을 듣고 "더 이상 함께 살 수 없어요. 어른이 되어 돌아오면 그때 이야기하게 되겠죠."라는 편지를 남기고 가출한다. 인쇄소에서 하루를 보낸 앙뜨완느는 다음날 학교로 찾아온 엄마와 화해를 하고 대화를 나눈다. 엄마는 그의 작문이 5등 안에 들면 1000프랑을 주겠다고 약속한다. 책을 읽다가 영감을 받은 앙뜨완느는 발작의 작품을 인용하여 작문을 한다. 그러나 선생님은 그의 작문이 발작의 작품을 표절한 최악의 작품이라고 화를 낸다. 어느 날 앙뜨완느는 아버지 사무실에서 타자기를 훔쳐 팔아넘기려다 들켜 감화원에 보내진다. 그곳에서도 앙뜨완느는 편지를 쓰기 위해 타자기를 가져간 것이라고 천연덕스럽게 거짓말을 한다. 앙뜨완느는 가족 면회 시간에 엄마로부터 그를 소년원에 보낼 거라는 이야기를 듣고 탈출을 결심한다. 감화원을 탈출한 앙뜨완느는 바다를 향해 달려가고 그의 얼굴이 화면에 클로즈업되며 영화는 끝을 맺는다.

3) 분석

이 영화는 불우한 어린 시절을 보낸 트뤼포의 실제 삶과 많은 부분이 흡사하다. 트뤼포는 영화 속에 쓰여진 허구와 영화화된 허구, 인간이 실제 삶과 등장인물의 허구적인 삶 사이의 차이를 조심스럽게 무너뜨리고 있다. 앙뜨완느는 학교와 집, 감화원에서 겪게 되는 지속적인 갈등을 통해, 어린아이들이 자신을 속박하는 감옥 같은 구속에 반대하지만 성장해 가면서 어른들이 아이들이 생각하는 것보다 더 많은 관심과 사랑과 헌신을 가지고 어린아이들을 대하는 것을 깨닫는다. 앙뜨완느와 르네의 악동 같은 행동이나 인형극을 보며 발을 동동 구르는 모습을 통해 평소 아이들을 좋아했던 트뤼포의 천진성을 엿볼 수 있다. 트뤼포는 자신의 소년기의 불행했던 기억과 영화광으로서의 추억을 따뜻하게 회상하고 있는 이 영화를 자신의 정신적 스승인 앙드레 바쟁에게 바치고 있다.

② 네멋대로 해라(A Bout de Souffle '60)-(장 뤽 고다르 감독/1960년/흑백/89분/프랑스)

프랑수아 트뤼포의 원안 시나리오로 만든 장 뤽 고다르 감독 첫 장편 〈네멋대로 해라〉는 점프 컷(jump cut)과 들고 찍기, 야외촬영 등의 영화언어의 쇄신과 브레히트 소외효과의 영화적 응용으로 관습적 서사구조의 파괴, 그리고 그 유명한 누벨바그의 대표적 작품중의 하나로 세계영화사에서 중요한 위치를 차시하고 있다. 흥행과 비평 양면에서 성공을 거둔 이 영화는 개봉 당시에는 '영화의 ABC도 모르는 철부지 평론가가 저지른 장난'이란 비난을 받기도 하였으며, 나중에는 점프 컷(jump cut) 등의 새로운 영화언어의 사용이라는 측면만이 과대포장되어 우리들에게 알려졌다. 하지만, 이 영화가 가지고 있는 또 다른 미덕은 프랑스의 1950년대를 특징지었던 실존적 불안과 권태를 적나라하게 들어내는 현실의식과, 그 이전의 주류영화로부터 소외되었던 헐리우드 B급영화에 경의를 바친 아웃사이더 정신이다. 고다르의 영화중 가장 '관습적인' 이 영화는 그나마 무난하게 이해할 수 있는 줄거리를 가지고 있다. 이 영화에서 밀고자로 잠시 얼굴을 내비치는 이가 바로 장 뤽 고다르이다.

1)주제
미셸의 즉흥적이고 충동적인 행동을 통해 기존의 규칙이나 권위에 반발하며 비판함

2)줄거리
장 뤽 고다르의 영화 네 멋대로 해라 는 주인공인 미셸이 차를 훔쳐 달아나다 경찰에게 총을 쏴 죽이고 쫓기게 된다는 단순하지만 기본적인 이

야기이다. 영화에서 미셸은 패트리샤 라는 여자를 사랑하고 함께 로마로 떠나자고 제안하지만 미셸을 믿을 수 없던 패트리샤는 그를 배신하며 경찰에 신고한다. 결국 미셸은 경찰의 총에 맞아 죽게 된다. 네 멋대로 해라의 남자 주인공인 미셸은 충동적이며 그의 행동엔 이유가 없다 그는 이유 없이 경찰을 쏴 죽이고 돈을 훔치고 차를 훔친다. 즉흥적이고 충동적인 그의 행동을 통해 기존의 규칙이나 권위에 반발하려는 감독의 의도를 엿볼수 있고 미셸이 할리우드의 험프리 보가트의 행동을 모방하는데 그런 그의 모습을 통해 장 뤽 고다르 감독의 느와르에 대한 애정을 알 수 있다.

3)분석

1950년대 이전 형식에 반발한 누벨바그의 대표적 감독인 장 뤽 고다르 감독의 작품답게 이 영화는 내러티브를 갖고 있지 않은 것처럼 산만하게 진행되고 끝은 산뜻하게 마무리 되지 않는다. 또 미셸이 화면을 보며 관객에게 말을 거는 과감한 시도도 드러난다.이 영화에선 점프 컷이 유난히 많이 사용되는 것을 알 수 있는데 이 영화에서 점프 컷은 반항적인 주인공의 모습을 포착하며 기존의 규칙이나 형식에 반발하고 혼돈스런 사회 현실을 보여주기 위해 사용된 것을 알 수 있다.

〈네 멋대로 해라〉의 도입부 장면은 시간적, 공간적, 조형적 연속성에 대한 규범을 파괴하는 점프 커트의 예를 잘 보여준다. 미셸은 마르세유에서 차를 훔쳐 파리로 향한다. 그는 고속으로 시골길을 달리면서 다른 자동차들을 막 추월한다. 노래를 흥얼거리기도 하고 혼잣말을 중얼거리다 느닷없이 관객을 향해 "만일 바다를 싫어한다면, 산도 싫어한다면, 대도시도 싫어한다면, 네 멋대로 해라!"고 말하기도 한다,. 두 여자 히치 하이커들을 발견하고는 잠시 자기 차에 태울까 하는 생각을 하기도 한다. 차 안에서 권총을 발견하고는 태양이 아름답다며 태양을 향해 총을 쏘는 시늉을 한다. 앞차가 속력을 내지 못하자, "여자 운전자들은 배짱이 없어. 왜 추월을 못할까? 아! 공사 중이군. 브레이크를 밟지 마. 차는 달리라고 만든 거지, 서라고 만든 건가?"라고 중얼거린다. 순간 미셸은 두 오토바이 경찰이 쫓아오고 있는 것을 발견하고 속도를 내 길 옆 나무 숲속으로 들어간다. 한 경찰은 그냥 지나치고 다른 경찰도 지나쳤다가 다시 미셸에게 다가온다. 자동차를 고치는 척 하고 있던 미셸은 갑자기 차 안의 권총을 꺼내 그 경찰을 쏴 버린다. 그리고 그는 넓은 초원을 달려 도망친다.

만일 당시 관습적 상업 영화들에서라면, 이 장면은 각 행위들을 충분히 묘사하는 많은 별개의 숏들로 구성되었을 것이다. 그러나 〈네 멋대로 해라〉에서 이 장면은 3분 45초 동안 불과 39개의 짧은 숏들로 이런 행위의 맥락을 전달한다. 자동차를 모는 미셸의 모습은 운전석 옆과 뒤에서 찍은 미디엄 클로즈 숏들, 길 위의 상황은 미디엄 롱 숏들, 그리고 차 앞 유리로 보여지면서 빠르게 스쳐 지나가는 히치하이커들, 백미러로 보이는 오토바이 경찰들, 미셸이 자동차 앞 트렁크를 여는 모습, 권총의 빅 클로즈업, 벌판을 가로질러 달리는 롱 숏, 그리고 그 모습에서 페이드 아웃, 페이드 인, 아웃되면, 차창 밖 거리 모습이 보이고, 미셸이 자동차 뒷좌석에서 내리는 모습을 보여줌으로써 그가 차를 얻어 타고 파리에 도착했음을 말해 준다. 이런식으로 고다르는 기존의 편집 방식과는 다른 새로운 스타일인 점프 커트를 통해 시간과 공간을 과감하게 생략하고 압축하면서 주요 행위만을 간결하게 보여주는 것이다.

이 장면 외에도 〈네 멋대로 해라〉에서 점프 커트는 여러 장면에서 사용되었다. 가령 파트리샤가 신문기자와 레스토랑에서 만나는 장면에서 두 사람의 대화 내용은 계속해서 연결되지만, 커트는 군데군데 툭툭 끊어지듯이 건너뛴다. 대사 내용을 압축하기 위해 점프 커트가 사용된 것이다.

미셸과 파트리샤의 드라이브 장면에서도 카메라는 계속 파트리샤의 뒤통수를 잡고 있지만, 계속 점프 컷 되면서 차창 밖 풍경이 바뀐다. 이것은 두 사람의 관계가 권태롭고 불안함을 나타낸다.

이렇게 대화 상대가 오른쪽에 있든 왼쪽에 있든 상관없이 여러 카메라 각도에서 촬영되어 결합되는 대화 장면에서 180도 이미지 라인(가상선) 위반이나, 자동차를 타고 가는 장면에서 중간 장면을 생략하는 점프 커트는 에이젠슈타인 이후 고전적 할리우드 영화를 지배했던 시공간적 연속성을 중시하는 편집 관습을 파괴하는 것이었다. 이전에는 실수라고 생각했던 것을 연출상의 의도가 명백한 또 하나의 새로운 편집 미학으로 발전시킨 것이다. 오늘날 생략 편집과 점프 커트는 영화는 물론 텔레비젼에서도 흔히 사용될 정도로 관습적인 영화 언어로 자리를 잡았다. ✂

임춘앵(林春鶯, 1924~1975)

전 성 희 • 명지전문대학 문예창작과 교수

임춘앵은 한국의 독특한 무대 예술인 여성 국극의 대표적인 존재이다. 여성 국극은 여자들로만 구성된 국극단이 연희하는 창극의 일종으로 1950년대 대중 예술로 큰 인기를 얻었다가 1960년대에 들어와 급속히 쇠퇴한 장르이다. 전쟁이라는 시대적 배경에서 탄생해 대중들의 고단한 삶에 위로가 되었던 여성국극은 특히 전쟁의 약자이며 피해자였던 여성들의 사회적 욕구를 충족시키며 캄캄한 밤하늘의 별빛처럼 빛나던 예술이었다. 특히 임춘앵은 남장 여자로서 여성들의 환타지를 충족시켰던 당대 최고의 인기 스타였으며 여성국극 흥행사로서의 면모를 유감없이 발휘했던 인물이다.

"세계예술사에서 보면 샛별처럼 나타나서 한 시대를 풍미하다가 사라지는 스타성 예술가들이 적지 않다는 것을 알 수 있다. 우리나라 근대 연극사에도 그런 인물이 몇 명 있는데, 가령 대중성 짙은 여성국극이라는 매우 유니크한 무대 예술로 한 시절 사람들을 현혹시켰던 인물인 임춘앵(林春鶯)"1) 은 명창은 아니었지만 6 · 25 전쟁 동안과 이후 50년대 말까지

약 10년간의 세월 동안 창극계의 선배들을 제치고 최고의 예술가로서 자리매김을 하였다.2)

임춘앵의 생애는 이러한 여성 국극의 부침과 함께 하였는데 임춘앵은 특히 "독보적으로 남자 역만 도맡아 했던 당대 최고의 국악 스타"3)였으며 여성 국극을 1950년대 최고의 무대예술로 정립시켰던 여성 국극의 선구자였다.

임춘앵은 1924년 9월 4일 전라남도 함평4)에서 아버지는 나주 임씨 성태(成泰)와 어머니 김해 김씨 화선(花仙) 사이의 2남 3녀 중 막내로 태어났다.

아버지 임성태는 함평에서 피리와 가야금으로 유명했고 어머니 김화선도 유명하지는 않았지만 소리를 할 줄 알았고 외삼촌 김안식은 함평에서 고수로 이름을 떨쳤으며 특히 장고에 능해서 함평의 삼현 육각을 대표하는 예인이었다. 이처럼 임춘앵의 가계는 전통 음악과 관련이 있는 집안으로 임춘앵의 전통 음악에 대한 예술적 감각은 여기에서부터 비롯된다고 할 수 있을 것이다.

게다가 임춘앵의 친오빠인 임천수(林千壽)는 동경 음대에서 성악을 전공한 음악인이었으며 큰 언니 임유앵(林柳鶯)은 판소리 명창이었다.

이와 같은 임춘앵 일가의 음악에 대한 재능과 대물림은 임춘앵이 여성 국극의 일인자로 자리 잡게 하는 바탕이 될 수 있었던 것이었다.

임춘앵의 이름 춘앵은 본명이 아니고 호적에 종례(終禮)라고 되어 있으

---

1) 유민영, 『한국인물연극사』, 서울:태학사, 2006, 99면.
2) "그때 잊을 수 없는 공연이 하나 있었는디 경상도 마산, 당시엔 구마산과 신마산이 있었어. 구마산에 가서 분명 극장을 빌렸는디 임춘앵이가 오기로 했으니까 비워달라고 하더란 말이여. 우리 국악단에는 김연수, 박초월, 임방울, 강산홍, 최한경 등 당시 최고 일류들이었는데 임춘앵이한테 쫓겨났당께 … 별수 없는 임춘앵한테 쫓겨났다 이거야. 이를 박박 갈고, 굉장히 속상해들 하셨지" 반재식/김은식, 『여성국극왕자 임춘앵 전기』, 서울:백중당, 2002, 258~259면.
3) 심현주, 『임춘앵 여성국극의 양식 연구』, 동국대학교 문화예술대학원, 석사학위논문, 2007, 2면.
4) 임춘앵의 출생지에 대해 여러 설이 있는데 남원이라고도 하고 광주라고도 하고 나주라고도 하지만 함평 문화원의 조사에 따르면 함평군 함평면 함평리 154번지라고 하는데 임춘앵의 호적 등본에 의하면 함평군 함평면 함평리 186번지로 기록되어 있다. 번지가 다른 것은 행정구역의 변화 때문이라고 생각된다. 반재식/김은식, 같은 책, 27면 참조.

며 이매방(李梅芳)에 따르면 효금(孝錦)이라는 이름이 별도로 있었고 국극 단체를 운영할 때 발부 받은 공연허가증에는 애자로 표기되어 있으며 예자(禮子)로 불리기도 했다고 한다. 그렇지만 가장 널리 알려진 이름은 춘앵이다.5)

임춘앵 집안과 명창 임방울 집안은 먼 일가로 임춘앵이 두 살 되던 해 임방울 일가의 주선으로 함평군 나산면으로 이사를 하였으며 7세가 되자 나산초등학교에 입학을 했다.

그리고 임춘앵이 여덟 살이 되던 해 세 살 위인 둘째 오빠 장수가 갑자기 세상을 떠나게 되었는데 평소에 장수를 잘 따르던 임춘앵에게 오빠의 죽음은 "커다란 충격을 주고 인생의 비애를 주면서도 어떤 무형한 힘을 주는 것이"6) 되었다.

임춘앵은 오빠가 세상을 떠나고 1년 쯤 지난 아홉 살부터 함평의 명고수인 외삼촌 김안식의 집에서 광주에서 모셔 온 소리 선생에게 소리를 배우기 시작하였다. 임춘앵의 어머니는 막내딸의 소질을 발견하고 소리부터 가르치기 시작했던 것이다. 당시 임춘앵과 함께 소리를 배웠던 5명의 소녀들 가운데 임춘앵은 재능이 뛰어났을 뿐 아니라 리더십 또한 출중하여 후에 여성 국극계를 이끌어 갈 리더로서의 면모를 유감없이 발휘하였는바 "어린 임춘앵은 시키지도 않았는데 마치 소녀들의 우두머리처럼 행동했"으며 "눈에 거슬리는 일이 있으면 자기보다 나이가 많은데도 서슴없이 나무라기 일쑤였고, 잘못하는 것이 있으면 가르치려 들었다".7)고 한다.

임춘앵이 열두 살 되던 해 임춘앵의 어머니는 소리꾼으로서의 딸 미래에 대한 생각으로 광주권번에 넣으려고 광주로 이사를 했다. 그때 이미 큰 언니 임유앵은 광주 권번에 들어가 광주, 목포 등지에서 활동하고 있었으며 둘째 언니인 임임신은 결혼하여 세 살짜리 딸 김진진이 있었고 오

5) 위의 책, 31면 참조.
6) 1995년 『아리랑』 10월호 방인근의 실명소설 〈임춘앵〉, 위의 책에서 재인용. 35면
7) 앞의 책, 37면.

빠 임천수는 그의 음악적 재능을 높이 산 일본 사람의 도움으로 동경에서 성악을 공부하고 있었기 때문에 당시 임춘앵의 집안에는 그녀와 부모만이 있었다.

그런데도 임춘앵의 어머니는 광주로 이사하는데 남편이 따라 주지 않자 함평에 그대로 두고 임춘앵만 데리고 떠났다. 아버지 임성태는 넉넉지 못한 살림에 술을 좋아하여 가장으로서의 역할을 기대할 수 없다는 판단에 임춘앵의 교육을 위하여 이사를 결심했던 것이다. 이처럼 임춘앵의 어머니는 딸의 재능을 간파하고 그의 앞날을 위해 결행을 한 것이다.

광주로 이사를 가게 되면서 초등학교를 졸업하지 못한 채 남동에 있는 광주 권번에 들어가 정식으로 소리와 춤을 배우기 시작하였다. 임춘앵은 15세까지 당시 권번의 소리 선생이었던 명창 오수암, 전광수, 최막동, 강남중, 임방울 등으로부터 소리를 배웠고 특히 승무와 검무에 재능을 보였다. 심지어 광주에 온 지 1년 만에 광주 지역의 예술제에 이들 춤으로 참가할 만큼 상당한 수준에 이르러 있었으며 시간이 지나면서 소리와 춤, 기악 등에 천부적인 소질을 드러내기 시작했다.

당시의 권번이라는 것이 기생양성소(妓生養成所)였지만 일반 학교 수업 못지않았을 뿐만 아니라 소리와 춤, 기악 등의 전통예술을 학습할 수 있는 곳이었다. 권번에서 기량을 익힌 임춘앵은 언니 임유앵처럼 권번에 속한 채 요릿집에 불려 다니는 기생이 아니라 권번에서 나와 자신의 예술적 재능을 보여주고 그 대가를 받는 독자적 예인으로서의 삶을 시작했다.

특히 자존심이 강했기 때문에 남들에게 무시를 당하거나 요리집에 소속이 되어 기생으로서 자신의 삶을 용납할 수 없었던 것이다.

그리고 임춘앵은 이 권번 시절에 비록 나이가 두 살이나 어리긴 했지만 평생지기인 이매방(李梅芳)을 만나 함께 수학을 하였고 이매방은 그녀의 춤을 최고라고 극찬하였다.

임춘앵이 15세가 되는 해인 1939년 언니 임유앵의 소리가 서울에서 인정을 받아 올라가게 되자 어머니는 임춘앵을 데리고 서울의 기생촌으로 유명한 다동으로 이사를 왔다. 어머니는 임춘앵에게 있어 그녀가 재능을 발휘할 수 있도록 끊임없이 기회를 제공해 준 사람이었다.[8]

그 후 잠시 임유앵을 따라 함경도 함흥으로 갔지만 곧 서울로 돌아 와 17세 되던 무렵부터는 일주일 전에 예약을 해야만 볼 수 있는 유명 예인이 되었다. 특히 그녀는 소리, 기악에도 소질이 있었지만 춤은 정말로 뛰어났다.

드디어 1942년 임춘앵의 나이 18 세 되던 해 부민관(府民館)에서 개인 무용발표회를 갖게 되는데 이것이 그녀의 실제적 데뷔 무대로 임춘앵의 재능이 본격적으로 인정을 받기 시작하게 되었던 계기가 되었다.

> 그녀가 보여준 것은 그동안 익혀 온 춤사위였다. 임춘앵의 특징은 배
> 운 것을 세련되게 보여주기만 하는 것이 아니라 그것에 뭔가 변형이 있
> 고, 시도가 보인다는 데에 있었다. 사람들이 감탄하는 것은 어린 나이에
> 어울리지 않게 세련미에 창의적인 면이 돋보였기 때문이었다.[9]

임춘앵은 무용발표회에 앞서 1941년 조선음악협회(朝鮮音樂協會)[10]의 20명으로 구성된 남도창 단원으로 참여하였는데 이 단체의 참여는 이후에 임춘앵이 여성 국극을 하는데 근거가 된다고 하겠다. 임춘앵은 조선음악협회에서 나중에 여성 국극의 필요한 인맥을 넓히게 되는데 김연수, 박석기, 김아부, 김주전, 박만호, 강장원, 조몽실, 조상선, 정남희, 지영희, 박록주, 박초월, 김소희 등이 그들이다.

그러나 그 때까지만 해도 임춘앵은 소리로서 명창의 대열에 끼지는 못

----

8) "어머니의 상경 실행은 … 여성국극에 발을 디뎌놓게 되는 결정적인 계기가 되었다고 할 수 있다." 앞의 책 , 56면.
9) 위의 책, 51면.
10) 조선음악협회는 조선총독부가 1941년 국악인들을 통제하기 위해 결성한 것이었다.

하고 고향인 남도 지역에서는 조금씩 인정을 받기 시작하는 정도였다. 그리고 서울에서의 첫 무대가 개인 무용 발표회였다는 점이 중앙 무대에서 소리 보다는 춤으로 주목을 받았는 것이다.여기에서 임춘앵이 소리꾼으로서 보다는 춤과 소리를 함께 구현하는 종합 예인의 길을 갈 수밖에 없었던 필연적인 이유를 발견할 수 있을 것이다.

임춘앵은 조선음악협회의 지방순회 공연에도 참여해야 했기 때문에 소리공부에 정진을 하였고 그 결과 소리와 춤이라는 두 마리의 토끼를 잡았다고 평가받는 예인이었다. 게다가 임춘앵의 연기는 '화려하고 멋이 있어서" 관중을 휘어잡는 능력 또한 대단했다고 한다. 바로 이러한 점이 임춘앵을 소리꾼이나 춤꾼으로 남아 있지 않게 하고 창극단체로 이끌 수 있게 하였던 원동력이 되었던 것이다.

마침내 1944년 20세의 임춘앵은 당시에 인기가 있었던 조선창극단(朝鮮唱劇團)에 입단하게 되었는데 창극단의 입단은 '사계에서 현역'으로 인정받는다는 것을 의미하는 것이다. 그러나 창극단에 입단한 임춘앵은 정작 창극 자체에는 별다른 흥미를 느끼지 못했을 뿐만 아니라 박귀희가 남자 장군 역할로 관객이 환호할 때에도 소리꾼이 할 것이 아니라며 냉담한 반응을 보였다.

해방이 되자 임춘앵은 경제적 궁핍 속에서 창극과는 무관하게 춤, 소리, 기악 등으로 생활비를 벌기 위해 명월관(요정), 아서원(중국요리집), 창경원 야외무대에서 공연을 하였는데 그 중에서 창경원 야외무대의 삼고무(三鼓舞)는 대중의 갈채를 받았다11)고 한다.

임춘앵의 이러한 점은 그녀의 생활력이 강한 것도 이유가 되기도 하지

----

11) "당시까지만 해도 북을 여러 개 걸어 놓고 춤을 춘다는 것은 파격적인 일이었다. 임춘앵은 승무복을 입고 나와 홀린 듯이 북을 두들겨댔는데 그것은 전적으로 그녀의 창의적인 재능에서 나온 것이었다. … 임춘앵의 삼고무는 장안에 화제가 되어 현대무용을 하는 사람까지 보러왔다. 고전 무용에 종사하는 사람들은 몇 번이나 임춘앵의 춤을 보고 돌아가서는 그대로 따라 해 보고 제자들에게 가르치기도 했다. 삼고무는 그렇게 퍼져 나가더니 나중에는 북의 숫자가 점점 늘어나 구고무(九鼓舞)로 발전하기 까지 했다." 앞의 책, 71~72면.

만 무엇보다도 홀로 된 노모와 청상 과부였던 언니(임임신, 나중에 여성국극의 스타가 된 김진진, 김경수의 모친)와 언니의 어린 5남매를 부양해야 한다고 생각했던 남다른 가족애 때문이기도 했다.

해방이 되면서 국악인 단체를 조직하는데 남성국악인들이 중심이 되고 여성국악인들이 푸대접을 받자 이에 반발한 여성국악인들이 1948년 9월 여성국악인들만의 단체인 여성국악동호회를 결성하였다. 박녹주를 중심으로 한 이 단체에 임춘앵은 박귀희, 김소희, 정유색, 언니인 임유앵, 김경희 등 30명의 여성국악인들과 함께 참여하였다.12)

이와 같은 여성국악동호회의 창립은 "불평등한 가부장직 가치관에 반기를 든 첫 번째 도전"으로서 여성국극의 도화선이 되었다는 점에서 연극사적 의미를 갖는다고 하겠다.

여성국악동호회의 결성기념대공연으로 그 해 10월 시공관에서 춘향전을 개제한 〈옥중화〉를 올렸는데 임춘앵은 이도령 역을, 상대역인 성춘향의 역할은 김소희, 변사또는 정유색이 맡았다. 이때까지만 해도 여성국극의 정체성이 정립되기 전인지라 단지 남성의 역할을 여성이 맡아서 하는 데 그치는 정도였기 때문에 최초의 여성국극 공연은 실패하고 말았다.. 비록 여성국악동호회의 창립공연은 실패했지만 〈옥중화〉의 공연에 연극계에서 활동하던 김아부가 대본과 연출을, 원우전이 장치를, 김주전이 진행을 맡음으로써 여성국극이 소리 중심의 기존 창극과 변별될 수 있는 공연예술로서의 성격을 갖게 되었고 후에 임춘앵에게 앞으로 이끌어 갈 여성국극의 방향과 성격을 이해할 수 있는 기회가 되었다.

그러나 임춘앵은 처음부터 여성들끼리만 창극을 한다는데 그다지 호의적이지 않았던 터에 더구나 남성인 이몽룡 역할에 대한 제의가 들어오자

••••••••••••••••••
12) 당시 국악계가 남성 중심으로 움직이고 있던 데에 반발을 한 박녹주, 김소희, 박귀희 등이 나와 만든 여성들만의 국극 단체 여성국악동호회를 만들 수 있었던 것은 여류 명창들의 관극 경험, 즉 1940년대 초 일본의 타카라츠카(寶塚) 단체의 내한 공연을 본 것이 한 원인이 되지 않았을까 한다. 유민영, 앞의 책, 107면 참조

여성국악동회의 창립공연에 참여하고 싶지 않았다. 여성국악동호회에서 4, 50대 쟁쟁한 선배들 틈에 국악인으로서 생애 처음 단체 활동에 참여하게 된 임춘앵은 모두가 기피하여 자신에게 주어진 이도령 역할이 못마땅했다. 더구나 1947년부터 신대우와 결혼 생활을 하고 있었기 때문에 남편과 상의 없이 혼자 결정할 수 없었고 남편도 임춘앵이 이도령 역할을 맡는데 대해 반대를 했다. 박녹주의 회고기에 보면 "이도령 역의 임춘앵은 부군이 못나가게 한다고 해서 한동안 실랑이를 했다. 할 수없이 내가 직접 임춘앵의 부군을 만나 설득했다"13)고 한다.

원하지 않았던 남자 배역을 맡은 〈옥중화〉의 공연은 임춘앵에게 '운명적 행운'으로 나중에 여성국극의 스타가 될 수 있는 근거를 제공하게 되는 것이었다. 원하지 않았던 배역 탓인지 임춘앵의 이도령은 주목을 받지 못하고 설상가상으로 공연마저 실패하고 말았다.

그 여파로 임춘앵은 1949년 여성국악동호회의 두 번째 공연인 〈햇님 달님〉에는 발탁되지 못했지만 다행히 〈햇님 달님〉이 성공을 거두고 지방순회공연을 하게 되면서 임춘앵은 〈햇님 달님〉의 지방 공연에 참가하여 멋진 연기로 시선을 한 몸에 받게 되었다.

그러나 임춘앵은 〈햇님 달님〉의 성공에도 불구하고 언니 임유앵과 여성국악동호회를 탈퇴하여 여성국극동지사로 옮기게 되었는데 이것은 그녀가 자신이 추구해야 할 여성국극이 기존의 소리 중심의 국극에서 벗어나 춤과 연기가 가미된 공연예술이어야 한다는 본질을 깨달았기 때문이었다.

"여성의 남성 역할에 대해서 별다른 관심을 보이지 않던 그녀(임춘앵)가 성격이 같은 단체로 거처를 옮겼다는 것은 여성국극에 대한 견해를 달리 했다는 것을 의미하는 것"이고 "성격이 다부진 임춘앵이었던 만큼 여성국극에 대한 나름의 포부와 의지를 품게 되었다는 것"14) 을 의미하는 것이

13) 박녹주, 『나의 履歷書 26』, 한국일보. 1974.2.12.
14) 반재식/김은신, 앞의 책, 115~116면.

다. 바로 임춘앵의 이러한 점이 향후 그녀가 여성국극에서 독보적일 수밖에 없는 이유가 된다고 할 수 있다.

임춘앵의 새로운 여성국극관은 무대에서 그대로 나타났는데 소리뿐만 아니라 연기와 대사도 자연스럽고 뛰어났으며 화려한 무대와 의상, 분장 등으로 관중을 매료시킴으로써 여성국극의 리더 역할을 해낼 수 있었던 것이다.

실제로 그녀는 무대 위에서의 연기와 대사가 대단히 뛰어났으며 무대의 스펙터클을 강조했다고 한다. 즉 웅장한 무대장치는 기본이고 화려한 의상과 아름다운 분장을 누구보다도 강조한 것이다. 그녀는 여성국극이 관객에게 재미있는 볼거리를 제공하려면 소리만 가지고서는 안되고 춤과 연기, 현란한 무대장치와 의상, 분장, 조면 등이 조화를 이루어야 한다고 본 것이다.

이는 곧 오늘날의 뮤지컬의 조건을 그녀가 이미 터득하고 있었음을 보여주는 것이다. 그만큼 그녀는 현대 무대예술의 조건을 직관적으로 느끼고 있었다는 이야기도 되는 것이다. 이러한 그의 여성국극관이 그녀의 극단이 단번에 스타덤에 오르게 하는데 결정적 역할을 한 것이 아닌가 싶다.15)

김주전이 주도하던 여성국극동지사로 옮겨 온 임춘앵은 1949년 11월 9일 국도극장에서 올린 〈황금돼지〉에서 달님공주를 맡은 박초월의 상대역인 남자 주인공 햇님왕자 역을 맡아 마치 "자신이 보여줄 수 있는 것은 여성국극 속에 있다는" 것처럼 열연을 하였다.

1950년 2월 12일부터 19일까지 시공관에서 국악원의 〈춘향전〉이 공연되었는데 당시 여성국극으로 주가를 올리던 임춘앵은 이몽룡을 맡아 여성

15) 유민영, 앞의 책, 108~109면

국극 최초의 공연이었던 〈옥중화〉에서의 부진을 씻을 수 있는 기회가 되었다.

임춘앵은 국극 배우로서 연기도 연기지만 진보적 여성국극관이 그녀를 여성국극의 일인자가 될 수 있게 하였는데 〈황금돼지〉 공연 이후 김주전이 떠난 여성국극동지사를 인수하여 여성국극 단체의 실질적 리더가 되었다.

여성국극 단체 인수 배경에는 임춘앵의 남편 신대우의 영향이 상당 부분 차지하는데 신대우는 유부남이었지만 7살 연상의 국악애호가로 임춘앵과 그녀 나이 23살 때인 1947년부터 실질적인 혼인생활을 하였다. 그러나 신대우는 임춘앵의 재능을 누구보다도 잘 알고 있었으며 그래서 자신이 그녀의 뒤를 봐준다면 재능이 빛을 발할 것이라고 생각했고 여성국극의 가능성을 확신하고 있었다. 이처럼 임춘앵은 신대우의 전폭적인 지원을 받고 여성국극동지사를 통해 자신의 꿈을 실현시킬 수 있었던 것이다.

그러면서도 그녀는 여성국극의 미래에 확신을 갖고 아버지 없이 어렵게 살고 있던 조카 김진진과 김경수를 여성국극 배우로 만들기 위해 여성국극동지사에 입단을 시키는 등 단원의 보강에 나섰다. 당시는 6·25 전쟁 중인 때라 서울을 떠나 자신의 고향인 광주로 내려가 활동하였는데 단원 보강의 문제는 광주가 워낙 예향이었고 전쟁을 피해 광주로 와 있었던 예능인들이 많아 쉽게 해결되었다.

임춘앵은 혹독한 단원의 훈련으로 유명한데 이것이 여성국극이 단박에 인기를 얻을 수 있게 했던 비결이기도 했다. 이것이 특히 자신의 조카인 김진진과 김경수에게는 더했다. 이것은 김진진이나 김경수가 자신의 조카였기 때문에 다른 단원들에게 본보기가 되게 하려고 했던 것이었는데 이후 조카들과의 불화의 한 원인이 되었을 뿐만 아니라 여성국극과 임춘앵 개인의 몰락 배경이 되기도 하였다.

임춘앵은 여성국극동지사를 인수한 후 첫 공연으로 1952년 〈공주국의

비밀〉을 광주에서 올렸다. 임춘앵을 남자 주인공으로 하여 기획된 〈공주
국의 비밀〉은 "소리와 춤, 연기가 잘 풀려져 나갈 수 있는 스토리, 그런
자신과 잘 어울려야 하는 상대역, 그밖에도 무대장치, 조명, 소품 등까지"
16) 철저하게 임춘앵이 중심이 된 여성국극인데 이 작품을 통해 비로소
여성국극이라는 새로운 장르가 탄생하였던 것이다.

> 임춘앵은 여성만으로 조직된 단체에서 자신이 항상 남자 주인공을 맡
> 아 여성국극이라는 새로운 장르를 만들어냈다는 점에서 그 독창성을 널
> 리 인정해주어야 한다. 여성국극은 임춘앵으로부터 시작되고, 임춘앵으
> 로부터 자리를 잡은 것이다. 사람들이 열광했던 이유는 간단하다. 그녀
> 의 카리스마 그 자체가 여지껏 볼 수 없었던 새로운 공연 형태였기 때문
> 이다. 그것이 바로 여성국극이었다.17)

　전쟁 중임에도 불구하고 임춘앵의 〈공주국의 비밀〉은 광주를 넘어 전남
일대의 지역과 피난지 부산에서도 큰 인기를 끌었고 여성국극이 대중의
애호 예술로 자리 잡는 계기가 되었다.
　이러한 여성국극의 대중성은 전쟁이 양산해 낸 약자로서의 여성들이 자
신들을 보호해 줄 수 있는 강한 남자에 대한 갈망과 여성국극의 소재 자
체가 역사나 야사에서 취택하여 이미 관객들에게 익숙하였고 이에 더해
낭만적이고 감상적인 사랑과 권선징악이라는 기존의 가치관에 충실하였
기 때문에 가능했던 것이다.18)
　〈공주국의 비밀〉을 공연하고 있을 때 젊은 왕 임춘앵의 상대역인 젊은
공주 버들아기를 박초월이 맡아서 하고 있었다. 그런데 버들아기를 맡은

· · · · · · · · · · · · · · · · · · · ·
16) 반재식/김은신, 앞의 책, 182면
17) 위의 책, 183면.
18) 졸고, 『한국여성국극연구(1948~1960)-여성국극 번성과 쇠퇴의 원인을 중심으로』, 한국드라마학
　　회 논문집 제29호, 149면 참고

박초월이 그 역을 하기에는 너무 늙었다는 관객들의 항의가 객석에서 터져 나오자 조심스럽게 자신의 조카 김진진을 버들아기로 내세웠다. 아직 어리긴 했지만 김진진의 국극배우로서의 가능성을 알고 있었던 임춘앵으로서도 결단이 필요한 일이었다. 이제 열 아홉 살인 김진진의 소리는 약했지만 연기에 있어 톡톡 튀는 맛이 있었고 "목소리는 판소리 명창처럼 걸쭉하지는 않았지만 맑고 신선해서 대사 전달이 잘 되고, 따라 부를 수 있을 정도로 쉬웠다."19)고 한다.

이 부분에서 임춘앵의 여성국극 흥행사로서의 능력과 결단력을 발견할 수 있는데 그 때까지만 해도 협률사 시절부터 해방 후의 창극들은 배역의 나이와 외모에 상관없이 소리를 잘하는 사람이 여주인공을 맡아야 한다는 창극계의 관행을 무시하고 창극과 다른 여성국극을 만들어 냈던 것이다.

임춘앵의 이러한 점에 대해 유민영은 "일찍이 연극의 기본을 배운 적이 없었음에도 불구하고 본능적으로 연극의 본질을 깨우친 천부적 엔터테이너"이며 "국극에 관한 한 천재성까지 지녔다고 해도 지나친 말이 아닐 것 같다"20)고 지적했다.

게다가 임춘앵은 "말에 위엄이 있고 기품이 있었"기 때문에 그녀 앞에서 거짓이나 부정직 따위는 통하지 않았으며 "쉽게 꺾을 수 없는 기백 같은 것이 몸에 배어 있었"고 "그것은 강렬한 것이기도 했고, 힘찬 것이기도 했다. 결코 억센 것은 아니었다. 함부로 대할 수 없을 만큼 넉넉한 여유가 있으면서도 깐깐한 풍모가 그녀의 몸 전체를 항상 맴돌고 있었다."21)고 한다.

〈공주궁의 비밀〉이 전쟁 중에 대중들에게 전폭적인 지지를 받고 인기를 얻게 되자 임춘앵은 여성국극을 위해 일생을 바치겠다고 생각하면서 조심

---

19) 반재식/김은신, 앞의 책, 196면.
20) 유민영, 앞의 책, 111면.
21) 반재식/김은신, 앞의 책, 209면.

스럽게 여성국극의 해외진출과 여성국극 인력을 전문적으로 훈련시킬 수 있는 인재 양성 교육 기관을 설립22)하려는 의지를 갖게 되었다.

〈공주궁의 비밀〉이 흥행에 성공을 거두자 임춘앵은 후속작으로 〈반달〉을 올렸지만 전작의 유명세에도 불구하고 〈반달〉은 내용이 지나치게 작위적이라는 좋지 못한 평가와 관객의 외면으로 까지 이어졌다.

이에 대해 임춘앵은 〈황금돼지〉, 〈공주궁의 비밀〉, 〈반달〉이 모두 조건의 극본과 연출이었다는 점에서 여성국극에도 새로운 작가가 필요하다는 것을 깨닫고 고려성에게 새로운 대본을 의뢰했다. 고려성 작 한국판 로미오와 줄리엣인 〈청실홍실〉은 임춘앵이 여성국극으로 야심차게 기획하여 무대에 올려 흥행에 있어서도 만족스러운 결과를 얻었고 "여성국극동지사의 위상을 한 단계 높인 것으로 평가"23)받았다.

임춘앵의 뛰어난 점은 시대와 관객의 요구와 변화를 누구보다도 예민하게 감지할 수 있었으며 배우이면서 동시에 패션의 리더로서 장안의 화제가 될 수 있었다는 점에 있다고 하겠다.

당시 임춘앵은 부산의 여성들에게 선풍적인 인기를 끌고 있었다. 그것이 무엇 때문이었느냐고 묻는다면 대답은 단 한 가지였다. 멋이 있었기 때문이었다.

임춘앵이 즐겨 입고 다니던 폭 넓은 바지는 젊은 여성들에게 유행이 되었다. 특히 돛대기 시장에서 장사하는 여인네들에게 임춘앵의 바지는 곧 멋으로 통했다. 그 여인들이 관객이 되었을 때는 임춘앵이 손만 한 번 들어도 탄성이 터져 나왔고, 발걸음을 한 번만 내디뎌도 환호성을 올렸다. 바지 입은 여성 관객은 임춘앵의 국극을 보러 가는 것이 아니라 귀티 나고, 기품 있는 멋진 남성의 소리와 춤, 그리고 연기를 보러 가는

22) 신태양 1952년 10월호. 위의 책. 218~219면 참조.
23) 앞의 책, 227면.

것이었다. … 부산 시민은 물론 피난민들도 임춘앵을 보러 가려면 부산 극장, 여성국극하면 부산극장을 떠올릴 정도로 임시 수도 부산에서 여성 국극은 한 특징적인 면이 되어 있었다.…부산에서 임춘앵이 이끄는 여성 국극동지사는 어느 때보다도 돈을 많이 벌었다. 그 여자가 하는 국극을 보면 뭔가 가슴이 후련하다는 사람이 몰려왔기 때문이었다.24)

1953년 초 임춘앵은 신작으로 고려성 작 〈바우와 진주 목걸이〉를 무대에 올렸다. 당시 부산에는 다른 여성국극 단체인 햇님 창극단의 여성국극 공연도 있었지만 임춘앵의 여성국극은 타의 추종을 불허했다. 관객이 좋아하는 구성법의 대본, 비가 오고 번개가 치는 무대장치, 임춘앵의 지도 아래 부단한 노력으로 다듬어진 배우들의 소리와 연기 그리고 스텝진의 열의로 만들어진 〈바우와 진주 목걸이〉는 성공을 거두었다.

이처럼 임춘앵의 여성국극단은 피난지인 부산에서 전쟁으로 피폐해진 사람들에게 위로가 되어 어떤 명창이나 혼합 창극단보다도 인기가 많았고 25) 흥행의 성공으로 경제적 여유까지 갖출 수 있게 되었다. 임춘앵은 여기에 안주하지 않고 끊임없이 신작을 준비하고 단원들을 훈련시킴으로써 대중들에게 여성국극하면 임춘앵이라는 이름을 각인시켰다.

전쟁이 끝나자 임춘앵은 서울로 이사를 오면서 단체의 이름을 '임춘앵과 그 일행'으로 바꾸고 단원들의 숙소를 겸한 연습 공간으로 사용할 수 있는 큰 집을 구해 단원들의 훈련을 시켰다.

마침내 환도 후 첫 공연으로 1953년 9월 21일 시공관에서 4막 7장의 〈

---

24) 위의 책, 236~238면.
25) "… 잊을 수 없는 공연이 하나 있었는디 경상도 마산, 당시엔 구마산과 신마산이 있었어. 구마산에 가서 분명 극장을 빌렸는디 임춘앵이가 오기로 했으니까 비워 달라고 하더란 말여. 우리 국악 단에는 김연수, 박초월, 임방울, 강산홍, 최한경 등 당시 최고 일류들이었는데 임춘앵이한테 쫓겨났당께. 쫓겨났는디 구마산에서 신마산으로 가서 해야지 어떡하겠어. 신마산은 극장도 작은디… 신마산으로 쫓겨감서 임방울 선생님 쳐다보고, 김연수 선생님 쳐다보며 그렇게 신마산 극장까지 걸어감서 그 양반들이 제기랄. 이거 우리 그럼 처사됐네. 별수 없는 임춘앵한테 쫓겨났다 이거야.…"

산호팔찌〉가 올라 갔다. 이 공연부터 언니 임유앵이 가담하면서 소리 부분이 보강이 되었고 "임춘앵과 김진진이 커다란 꽃송이를 타고 승천하는 마지막 장면은 어느 국극에서 느껴보지 못한 처연하고 아름다운 광경이었다, 그 장면을 잊지 못해 관중은 자리를 떠나지 못했고, 박수와 환호가 끝없이 이어졌다."26)고 한다. 〈산호팔찌〉는 대성공을 거두고 다른 여성국극단을 압도해 가면서 임춘앵은 여성국극의 실력자이며 흥행사로 자리 잡게 되었는데 이것은 그녀가 여성국극이 추구해야 할 세계와 대중의 기호를 정확하게 꿰뚫었고 특히 남장 배우로서의 연기와 소리는 타의 추종을 불허했기 때문에 가능했던 것이다. 게다가 임춘앵은 "단순히 연출가의 꼭두각시 같은 그런 배우가 아니라 그녀 자신이 판소리, 춤, 연기력, 작곡력, 안무력 등에다가 카리스마까지 두루 갖춘 엔터테이너였"27)다.

〈산호팔찌〉의 성공 이후 여성국극계는 변화가 일어나가 시작했다. 여성국극이 인기가 많아지면서 연극계, 창극계의 인물들이 모여들고 이해관계에 의해 여성국극단체들이 새로이 조직되었다. 이러한 상황에서 훈련된 국극배우의 수효가 많지 않자 기존의 여성국극단원들을 빼가기 시작하는데 임춘앵의 단원들에게도 영향을 주어 단원 중에 임춘앵이 아끼던 김경애가 햇님국극단으로 옮겨간 것이다.

임춘앵은 당시 관객의 욕구를 잘 알고 있었고 후진 양성과 레퍼터리 개발에 주력하여 여성국극을 양식화하고 발전시키려는 노력을 하고 있었다. 그러나 1954년에 이르러 여성국극단이 난립하면서 여성국극은 하나의

----

26) 위의 책, 258~259면.
27) 앞의 책, 291면.
28) "연극계의 침체와 전란의 폐해는 다시금 감상적인 쾌락 위주의 흥행물을 범람시켰으니, 이는 일제시대 신파극의 흥행과 연결되고 있다고 하겠다. 창극단이 인기를 끌어서 여성국극이란 별도 장르를 형성하기도 했다. 이는 창극과 신파의 전통에 화려한 의상과 스펙터클을 첨가시킨 연극으로, 종종 전투적인 소재에서 이야기를 구하였으며 멜로 드라마적 결말을 가졌다. 강한용의 '햇님국극단', 임춘앵의 '여성국악동지사', 조금앵의 '신라여성국극단' 등 1955년부터 1958년 가지 3년 동안에만도 문교부에 등록된 여성극단이 15개에 달했다. 여성국극의 지나친 인기는 제한된 인원인 창극인들의 내분을 초래하였고, 결국 공연 질의 저하를 가져와서 창극을 오히려 소멸하게 했던 한 요인이 되었다." 이미원/김방옥, 〈광복 50년의 한국연극사〉, 『광복50주년 기념논문집』(광복50주년기념사업위원편). 275면.

위기를 맞았다.28) 즉, 여성국극 배우의 절대 수가 부족한 가운데 여성국극단이 난립하다 보니 여성국극 전문 배우 외에 판소리가 모태인 여성국극에 창극 경험이 없는 아마추어나 일반 연극배우들도 여성국극 무대에 서게 되었던 것이다. 거개의 여성국극단들이 여배우를 고를 때 소리의 공력 보다는 젊고 예쁜 배우를 내세우면서 들을만한 소리가 없어졌다는 것이 문제가 된 것이다. 게다가 여성국극이 양식화하지 못했기 때문에 새로운 레퍼토리를 개발하지 못하였다. 다시 말해 여성국극 전문 극본가와 연출가가 희소하다는 것 등이 문제였다.29)

여성국극의 질적인 저하는 관객들의 외면으로 이어졌고 그 와중에도 임춘앵은 배우들의 소리와 연기, 춤 등을 훈련시키며 신작들을 무대에 올리려는 준비와 노력을 게을리 하지 않고 있었다. 그러나 임춘앵의 개인적인 노력에도 불구하고 여성국극은 점차 쇠락의 길로 접어들게 되었다.

거기에다가 임춘앵의 남편 사별이라는 개인사는 여성국극의 쇠락을 거들게 된다. 여성국극 흥행사이면서 걸출한 여성국극 배우, 작곡가, 안무가 등 일인다역으로 활약했던 임춘앵이 1955년 남편 신대우의 죽음을 겪으면서 상실감으로 의욕을 잃은 것이다. 신대우는 임춘앵에게 있어 아버지와도 같은 존재였으며 의지처였고 조언자였으며 협력자였기 때문에 그를 떠나보내고 난 후 임춘앵이 신경쇠약에 시달리고 알콜에 의지하게 되면서 건강을 잃자 임춘앵의 여성국극단은 구심점을 잃고 흔들리게 된다. 왜냐하면 임춘앵의 여성국극단이 시스템에 의해 움직이기 보다는 임춘앵 일인체제로 운영되었기 때문이었다.

1956년 임춘앵은 마음을 다잡고 재기를 위해 〈백년초〉를 무대에 올렸다. 〈백년초〉는 '주제가와 함께 성공한 작품으로 평가' 되었지만 관객 동원에 있어서는 그다지 큰 성과를 거두지 못했다. 이어 〈능수버들〉을 발표하고 오빠 임천수와 함께 오페레타 〈춘향전〉을 공연하는데 이도령은 김진

29) 「재건 모색하는 국극」, 『동아일보』, 1960.2.5.

진, 방자는 임춘앵이 하고 KBS에서 중계를 했음에도 불구하고 흥행에는 실패했다.

그런 상태에서 임춘앵은 조카들인 김진진, 김경수, 김혜리가 〈콩쥐 팥쥐〉 순회공연 중인 부산에서 이탈하는 사건이 벌어진다. 김진진의 혼수문제와 임춘앵의 재혼문제가 맞물리자 서로 서운함 감정으로 오해의 골이 깊어져서 야밤에 김진진이 두 동생을 데리고 나가버린 것이다. 이후 김진진은 여성국극단 진경을 만들어 〈사랑탑〉을 공연하는 등 활발한 공연 활동을 벌이며 임춘앵 못지않은 인기를 끌었는데 이것은 여성국극의 세대 교체를 의미한다고 하겠다.

조카들이 떠나간 후 서양 춤선생이었던 연하의 김응조와 재혼을 하지만 김응조 역시 신대우와 마찬가지로 유부남이었고 임춘앵에게 안정감을 주기는커녕 그녀를 불행의 구렁텅이로 밀어넣는데 일조를 하게 되었다.

임춘앵에게 조카들의 이탈은 생각보다 여파가 컸고 불행한 결혼생활은 그녀를 흔들리게 하여 '여성 국악단 임춘앵'에게도 영향을 미쳤다. 임춘앵이 공연에 임박해서 자신의 역할을 대역에게 맡기고 나가 술을 마시는 일이 잦아지자 관객들의 항의가 빗발쳤다.

그러나 임춘앵은 고독함 때문에 술에 절어 있었으면서도 여성국극을 향한 열정만큼은 꺾지 않았다. 그녀에게 여성국극은 삶이며 희망이며 모든 것이었다. 그래서 조카들이 나간 이후 '여성국악단 임춘앵'은 신작 준비를 서둘러 자신들의 건재함을 관객들에게 보이고 싶었다.

1958년 5월 13일 〈춘소몽〉과 〈귀향가〉의 성공으로 힘을 얻은 임춘앵은 라디오 드라마였던 〈열화주〉를 시공관 무대에 올려 성공을 거두고 차범석 작 〈견우와 직녀〉를 일본 순회 공연에 앞서 7월 31일부터 6일간 시공관에서 올렸다. 〈견우와 직녀〉에서 임춘앵은 견우로 출연, 기가 막힌 절창으로 사람들의 얼을 빼놓았다고 한다. 아직도 임춘앵이 여성국극의 일인자로서 건재함을 확인할 수 있는 공연이었다.

그러나 여성국극계는 국극단의 난립상이 정도를 더해 가고 종전이 되면서 급속도로 사회가 안정을 찾아가게 되자 외국영화가 들어오고 한국영화의 제작이 활발해지는 등 여성국극의 외적인 환경변화가 일어났다. 그런데 이를 감지하지 못한 임춘앵은 여성국극의 재건을 위해 애써 보았지만 관객들의 관심은 이미 여성국극을 떠난데다가 1960년대에 들어오면서 T.V. 드라마의 등장과 같은 다양한 볼거리의 제공은 여성국극의 관객을 빼앗아 갔고 임춘앵의 여성국극단은 지방을 떠도는 유랑극단으로 전락하고 말았다. 그래도 '여성국악단 임춘앵'은 임춘앵이 42세 되던 해인 1966년까지 지방공연으로 근근이 명맥을 유지해 오다가 이후 국극활동이 중단되었다.

여성국극의 일인자로 대중의 사랑을 한 몸에 받으면서 사랑과 명예와 돈도 다 얻어 보았다. 그러나 모두 다 잃고 자신의 꿈이었던 후진 양성기관의 설립 대신 생계수단으로 사설학원을 차려 보아도 실패일 뿐이었다. 결국 말년에는 김진진에게 의탁하여 조카가 차려준 무용연구소에 나가보지만 이미 몸도 마음도 망가져버려 의욕을 잃어버린 임춘앵에게는 위안이 되지 못했다. 마침내 1975년 3월 16일 51세에 뇌출혈로 세상을 떠났다.

전시에 꽃피웠던 여성국극은 임춘앵이라는 다재다능한 인물을 통해 당대 최고의 예술적 지위를 획득했다. 그러나 전쟁이 끝나고 난 후 사회가 안정이 되고 다양한 볼거리의 제공은 가뜩이나 영세했던 여성국극계에 치명타를 가했다. 임춘앵은 일찍이 여성국극 전문배우 양성의 중요성을 인식하고 여성국극배우를 양성하는 전문기관이 필요하다고 생각했지만 그것을 실현하지 못했다. 그리고 남편 신대우와 사별 이후 삶의 목적을 상실하면서 관객과 시대의 변화를 감지하지 못했던 것, 그리고 시대의 흥행물로서 여성국극이 인식되면서 여성국극단이 난립한 것 등이 임춘앵의 몰락을 재촉했고 그것은 여성국극의 몰락으로 이어졌다. 그만큼 여성국극에서 임춘앵의 위치는 절대적이라고 할 수 있을 것이다.

여성국극은 임춘앵을 통해 독자적 미학을 성립할 수 있었으며 전시라는 불모의 상황에서 관객에게 위로가 되는 등의 당대성을 확보했고 50년대 최고의 흥행물로서 탄탄한 지위를 점할 수 있었던 것이다. 그러나 앞에서 밝혔듯이 여성국극의 흥망성쇠가 임춘앵의 개인사와 연관이 있었다는 점에서 임춘앵의 예술적 의지에 따라 여성국극의 생명뿐만 아니라 임춘앵의 삶도 찬란했을지 모른다는 아쉬움30)이 남는다. 🎥

---

30) "김진진에 의하면, 그녀는 만년에 거의 술로 살다시피했다고 한다. 그러니가 그녀가 자신을 추스를 만큼의 의지력도 상실했다는 이야기가 된다. 이것도 하나의 가정이지만 만일 그녀가 일찍이 정상적 교육을 받고 정상적으로 성장했다면 스스로 절제의 도를 찾았을 것이고, 그렇게 참담하게 만년의 삶을 보내지는 않았을 것이다. … 자신이 지닌 것보다 훨씬 유명세를 치르고 영광도 누린 것이 그녀를 불행하게 만든 요인도 된 것이 아니었을까." 유민영, 앞의 책, 121면.

:: 참고문헌

1. 기본 자료
- 동아일보, 1960. 2. 5.
- 한국일보, 1974. 2. 12.

2. 단행본
- 광복50주년 기념사업위원회 / 한국학술진흥재단 편, 〈광복50주년 기념논문집〉, 1995.
- 국립중앙극장 편, 『세계화시대의 창극』, 연극과 인간, 서울, 2002.
- 박황, 『창극사 연구』, 백록출판사, 서울, 1976.
- 반재식/김은신, 『여성국극왕자 임춘앵 전기』, 백중당, 서울, 2002.
- 백현미, 『한국창극사 연구』, 태학사, 서울, 1997.
- 유민영, 『우리시대 연극운동사』, 단국대학교 출판부, 서울, 1997.
            『한국근대연극사』, 단국대학교 출판부, 서울, 1996.
            『한국인물연극사』, 태학사, 서울, 2006.
- 한승연, 『꽃이 지기 전에』, 한누리미디어, 서울, 2003.
- 졸고, 『국립창극단사』, 『국립극장 50년』, 태학사, 서울, 2000.

3. 논문
- 김병철, 「한국여성국극사 연구」, 동국대학교 문화예술대학원, 1998.
- 서지영, 「여성연극에 있어서 페미니즘적 경향에 관한 연구」, 서강대학교 언론대학원,
            1997.
- 송송이, 「여성국극 발전을 위한 교육방안」, 서강대학교 언론대학원, 2001.
- 심현주, 「임춘앵 여성국극의 양식 연구」, 동국대학교 문화예술대학원, 2007.
- 윤수연, 「해방 이후의 여성국극 연구」, 이화여자대학교 대학원, 2006.
- 졸고, 「한국여성국극연구(1948~1960)-여성국극 번성과 쇠퇴의 원인을 중심으로」,
            한국 드라마학회 논문집 제29호, 2008.

밤 서정의 불확정적인 주체들
- 김열, 김안. 김성대의 신작시를 중심으로

최광임 • 창신대문창과 겸임교수

빛의 신화는 물질문명이란 욕망의 대상으로 획일화 되면서 인간 사회의 모든 가치척도가 되었으며 궁극적으로 도달하고자 하는 최고의 지향점이 되었다. 이러한 불은 만물을 비추고 따뜻하게 하는 동시에 모든 것을 파괴하기도 한다. 그럼에도 불구하고 인간은 불의 존재를 파괴보다는 완전한 것을 만들 수 있는 변화의 총체로 여겨왔으며 그 믿음은 일정부분 실현되었다. 연금술사들의 연구에 기초해 완전함의 표상인 금을 탄생시킬 수 있었거니와 빛에 상응하는 인간 사회의 문화 또한 거대한 생물로 탈바꿈시켰다 해도 과언이 아니다.

문제는 이제 그러한 인간 사회의 문화가 인간의 통제 하에 움직이는 시스템이 아니라는 데 있다. 문화라는 거대 체제는 인간이 관장하고 통제하는 것보다 훨씬 더 빨리 자체적인 변화양상을 보이거나 좀처럼 변화에 순응하지 않기도 한다. 이렇듯 스스로를 조절하는 생물이 되어버린 문화는 역으로 여러 가지 양상의 사회적 패러다임을 형성하고 인간을 억제하고 관장하는 단계에 이른 것이다. 공간적으로는 물질이 점령하며 그 물질과 교합하지 않는 이에게는 공간을 할애하지 않는다. 그뿐인가. 공간을 할애받았다 할지라도 문화는 영구성을 보장하지 않는다. 그러므로 인간은 끊임없이 어딘가를 향해 움직여야 한다. 보편적인 가치로 이루어져야 할 사회문화에 인간이 안주하거나 적응할 수 없게 만든 탓이다. 이제 모든 문화에 보편적인 가치는 존재하지 않는다. 단지 이정표가 있을 뿐이다. 그러므로 현대의 문화를 구성하는 모든 것은 서로 얽혀서 결코 분리할 수 없다는 들뢰즈의 근경개념과 주체의 불확정성과 그리고 재정립을 의미하는 유목민적 주체들이라 규정지을 수 있다. 이러한 문화의 패러다임 사이에 밤이 있다. 문화의 형성 방향이 빛의 개념으로 통합되는 것들을 향하는 것이라면, 빛이 들지 않는 시공간은 밤이며, 어둠이고 그림자로 통칭할 수 있겠기 때문이다. 따라서 죽음과 생성으로 표상되는 밤, 휴지(休止)로서의 밤, 유목민의 슬픔을 안위하는 밤으로 말할 수 있다.

여기 불확정적인 주체들이 밤을 매재로 노래하고 있다. 김열, 김안, 김성대가 그들이다. 그들의 신작시를 보면서 나는 슬픈 사회의 부유하는 밤 서정을 읽는다.

먼저 김열의 시는 길 위에 있다. 그것도 이정표가 없으며 목적지가 없다. 따라서 안주하고 싶지만 안주하지 못하는 길 위의 유랑의식은 어둠으로 통합되는 죽음의식으로까지 귀결된다.

　　기찻길 지나가고 지붕들 낮아 나무는 높아지는 마을,
　　호수를 떠올리다 이정표를 잃고 길과 자동차가 짐이 되는 참이었네

　　쿨렁쿨렁 건널목 넘어 마을 어귀로 들어가다가 골목에서 부드럽고 즐
　　거운 바람을 몰고 오듯 곡선으로 돌아나오는 은륜을 만나고 말았네

　　끼이익, 깜짝 놀랐다는 표정을 짓던 소녀는 유리 속 안색을 살펴더니

금방 싱긋이 웃음을 달아주었네 페달을 천천히 밟으며 백미러 빛 속 한
점으로 사라져갔네

길과 백미러를 세워놓고 파란 호수를 내려다보고 있었네

빛을 감아 쥔 은륜이 미루나무 물 오른 잎사귀들에게 빛을 뿌리며 호
수로 달려오고 있었네

새 부리가 찍어놓고 가는 둥근 파문에서 얼굴이 둥둥 떠오르고 있었네

얼굴을 지우며 가라앉고 있었네 얼굴을 바꾸는 얼굴이 연이어 올라오
고 있었네

등 뒤 빛무리 속에서 웃음을 매달고 은륜이 달려오고 있었네

호수가 비망록을 하늘에게 읽혀주고 있었네

-「호수」 전문

그는 늘 길 위에 있다. 우리 삶의 여정이 길 위의 과정이라 하지만 특히
그의 시는 종착지를 목적으로 하지 않는다는데 일반적 삶의 여정과 다른
변별점을 갖는다. 그러므로 더욱 쓸쓸하며 세상 한 켠으로 물러나 앉은
은자의 모습으로, 또는 요즘 젊은 시인들에게서는 보기 드문 낭만적 여정
으로까지 여겨지기도 한다. 그것은 그의 문체가 담백하면서도 길, 기차,
이정표, 새, 빛, 꽃, 밤, 구름, 항구 같은 유동적인 성질의 낱말에 시적 의
미를 부여하고 운용하는 능력을 보이기 때문이다. 이러한 특성은 「여수의
잠」「투명한 집」 등에서 보여주던 목적점이 없는 유랑의식으로 대변될 수
있으며 이번 세 편의 시 또한 같은 선상에 있다.

다시 말해 김열의 시는 어디에 닿고자 하는 종착지가 없다. 그렇게 부
유하는 화자의 행위로 미루어 짐작해 본다면 화자가 떠나기 전 머물렀던
곳은 빛의 공간이 아니었음을 알 수 있다. 빛으로 표상되는 공간을 할애

받지 못했으므로 또 다른 빛을 찾아 떠나야 하는 것이다. 이때 그는 냉정한 세상에 대해 어떤 욕심을 부리거나 거친 숨소리를 내지 않는다. 오히려 유유자적한 은자의 모습으로 떠남을 준비한다. 그의 시가 쓸쓸한 객창감과 때로는 죽음의식을 담보하고 있으면서도 낭만적일 만큼 따뜻한 이유가 여기에 있다. 시 「호수」도 그러한 범주에서 크게 벗어나지 않는다.

화자는 여정 중 또 다른 목적지를 떠올리다 그만 "이정표를 잃고" 낯선 마을의 골목으로 들어선다. 어찌보면 처음부터 목적지 따윈 없이 출발한 듯도 싶다. 그곳에서 만난 소녀의 행위는 화자에게 빛으로 각인된다. "깜짝 놀랐다는 표정을 짓던 소녀는 유리 속 안색을 살피더니 금방 싱긋이 웃음을 달아주었"기 때문이다. 이기적인 사회는 남을 배려하는 일에 인색하다는 것을 아는 화자에게 소녀의 웃음은 남다른 것이 된다. 그것은 '세상엔 아직도 아름다운 것이 더 많다' 라고 믿는 그의 세계인식과도 맞닿아 있다. 그러므로 화자는 호수에 잠겨가면서도 '길' 과 '백미러' 는 세워놓았다. 길과 백미러는 빛에 상응하는 것을 매개할 화자의 또 다른 희망이라고 생각하는 까닭이다. "얼굴을 지우며 가라앉고 있었네 얼굴을 바꾸는 얼굴이 연이어 올라오고", "호수가 비망록을 하늘에게 읽혀주고 있었네" 라는 상황묘사를 통해 화자의 죽음은 더욱 환상적으로 처리된다. 이러한 환상적 죽음은 앞서 세워놓았던 '길' 과 '백미러' 를 통해 또 다른 길을 모색하고자 하는 생성의 밤과 등가를 이룬다. 여기서 주목할 것은 시인이 상정한 호수의 의미인데 호수의 중심은 밤 즉 어둠의 세계와 상통한다. 자궁, 동굴, 호수 등으로 표상되는 은밀한 어둠은 새로운 생명을 탄생시키기 위한 휴지(休止)로서의 기능을 하는 까닭이다.

> 병아리 떼 종종종 산수유 꽃 피어나더니 가슴에 품고 온 증표를 하얀
> 손수건 열어 펼쳐 보이듯 목련꽃 망울 잇달아 열리더군요 벚꽃 잎들 팔
> 랑팔랑 흩날리고 뻣뻣해진 허리 굽혀야 잔바람결에 피어나는 꽃들 봄은

어김없지요, 웃고 인사하는 이웃들에게 몇 걸음 지나 미안했습니다 밤을
타는 빗줄기는 활자(活字)들을 닦아내고 산에서 내려와 버스 시간을 묻곤
하던 은자들은 한동안 돌아오지 않더군요 물살 치는 강가 버드나무 가지
는 머리 큰 아이가 맞는 회초리 같았습니다 때리는 가지가 먼저 우는 편
모의 회초리 같았습니다 염려했듯이 그 긴 가지 따라 꽃들이 지고는 피
더군요

「배웅」 전문

레일이 젖고 있는 밀양역에 열차가 멈춘다
배들은 술렁여 항구로 몸을 밀어 넣고 불혹을 훌쩍 넘긴 사내의 애긴
밤 열두 시를 넘기고 있었다

**사내는 짜장면집 배달꾼 박씨였다가 찬바람이 인적을 쓸고가는 어느 골
목 붕어빵 장수 최씨였다가 그리고 어느 숯불갈비집 불맨 성실한 홍씨였다.**

사내의 얘기는 끊기고 차창 빗방울 하나에 수줍게 맺혀 있는 세상, 정
차했던 열차가 미끄러져 간다
방 얻어 살림 차리고 싶은 여자가 생겼다고 했다

「밀양」 전문

이 두 편의 시에서 볼 수 있는 것 또한 목적지가 정해져 있지 않은 길
위의 유랑의식이다. 시 「호수」에서처럼 불확정적인 주체의 모습을 드러내
고 있다. 그에게 빛으로 표상되는 희망은 가끔씩 "잔바람결에 피어나는
꽃들 봄은 어김없"이 온다는 것을 믿는 것이거나 "방 얻어 살림 차리고

싶은 여자가 생겼다"는 정도이다. 그러나 이내 밤을 타고 다시 어딘가로 향한다. 이는 지독한 소외의식으로 귀결될 수 있으며 여러 패러다임의 문화적 빛과는 대별되는 화자의 현실적 삶을 담보한 탓일 수도 있다. 그러한 이유는 사내가 '자장면집 배달꾼 박씨', '붕어빵장수 최씨', '숯불갈비집 불맨'으로 삶의 기반이 불확정적인 주체이기 때문이다. 「호수」에서 "얼굴을 바꾸는 여러 얼굴이 연이어 올라"왔다는 대목과도 같은 선상에 있다. 이처럼 김열의 시에 있어 밤은 불확정적인 주체의 유랑의식 속에 잠시 여정을 풀거나 다시 빛과 조우하고자 하는 생성의지로 존재한다.

한편 김안의 시는 특정 사회의 산물에 의해 생성되는 불완전한 주체를 환상적으로 처리한다. 김열의 시가 공간적인 인접성에 의해 유지되는 환유적인 관계를 유지하고 있다면 김안의 시는 그것을 전복시키고 도치시킴으로써 초현실적이고 비일상적인 이미지를 제시한다. 즉 이미지들의 불협화음과 극단적 결합을 통해 내면의 고독과 세계에 대한 공포를 잔혹하게 표현하고자 한다. 또한 빛이 거느리고 있는 그림자를 전경화 하는데 그 요소들은 괴기함과 잔혹함 그리고 장황하게 서술하는 방식으로 특정화되어 있다. 특히 신체해부와 관련된 잔혹한 이미지들, 그리고 성과 관련된 시어들이 남용되고 있는 점도 요즘 환상적 시를 쓰는 일군의 틀에 속한다. 성기, 배, 항문, 입술, 피, 비틀다, 뜯다, 분지르다, 짓찢다 등 비속적이고 가학적인 명사와 동사가 새, 어머니, 처녀, 성모, 하나님, 물고기, 두더지 등 신성한 것 그리고 동물성 언어와 그로테스크하게 결합한다. 이러한 냉소적이고 가학적인 표현방식은 거대해진 문화가 생물화 되면서 파편화되고 왜곡된 불합리한 세계로부터 탈주하고자 하는 욕망에 기인한 것이라 할 수 있다.

장님이 눈을 뜨는 밤입니다. 우리가 죽어가야 할 밤입니다. 당신은 살아있는 사람처럼 누워 있습니다. 나는 순한 개처럼 당신의 둥근 배 위에

눕습니다. 멀리 당신의 방에서 웃음이 터집니다. 까르륵, 까르륵. 당신이
나를 껴안습니다. 당신의 품속에서 내 성기는 날개없는 새가 됩니다. 당
신은 작고 하얀 손으로 내 날개 없는 새를 뽑아 듭니다.

새의 항문에 작은 입술에 대고 뿌우뿌우 바람을 붑니다. 입술 없는 노
래가 터집니다.

탐탐북을 울리는 밤의 악대가 태어납니다. 당신의 손에서 날개 없는
새가 노래하며 날아오릅니다. 당신의 몸은 수만 갈래의 어두운 골목길
이 됩니다. 새가 노래하며 그 골목을 납니다. 나는 탐탐북을 칩니다. 빙
글빙글 돕니다. 나는 하나이고 둘입니다. 딩신의 하얀 허빅지 사이에서
날개 없는 새들이 쏟아집니다.

―「성모송」 전문

앞서 말한 김열의 자아도 하나가 아니고 불확정성의 다수로 형상화되었
듯 김안의 시 역시 분열된 주체의 모습을 보이고 있다. '나'는 '개처럼'
되기도 하고 새가 되기도 했다가 악대가 되기도 한다. '나'는 "하나이고
둘"이다. 또한 '성모'의 몸이 "수만 갈래의 어두운 골목"이 되기도 한다.
이러한 주체의 분열은 죽음과 생성으로 표상되는 밤을 매재로 하여 형상
화 된다. 아울러 "나는 순한 개처럼 당신의 둥근 배 위에 눕습니다. 멀리
당신의 방에서 웃음이 터집니다"처럼 시공간을 탈각시킴으로써 시에 대한
해석이 불가능하게 된다는 점도 특성 중 하나라 할 수 있다. 비연속적이
고 비논리적인 사건들을 재현함으로써 다만 지시적인 의미 이외에는 다른
의미를 찾아낼 수 없기 때문이다.

이렇듯 김안의 시가 말하고자 하는 지시적인 의미를 짚어보자면 신성함
과 순결함의 표상인 '성모'를 비틀고 엽기적으로 왜곡함으로써 순수 가치
를 잃어버린 세계에 대한 비아냥거림이라 할 수 있겠다. 그렇게 함으로써
보편적 가치가 부재한 문화 속에서 소외되고 고립된 자아를 스스로 치유

하거나 위안하고자 하는 불확정적인 주체들의 밤 서정과 등가를 이룬다. 슬픈 시대의 슬픈 자아가 아닐 수 없다.

　백당나무 가지 위로 두 마리 새가 음란하게 앉습니다. 우리는 서로를 바라보며 묻습니다. 우리는 몇 명일까요. 우리는 왜 서로의 손잡이를 비틀기만 할까요. 새의 얼굴을 하고 새의 목소리를 내도 우리의 날개는 호박오가리에 불과합니다. 우리의 침통하고 헐벗은 굴뚝이 하나님의 입김을 뿜어낼 때면 우리는 서로에게 이르는 구멍을 달라고 기도합니다. 한마리 새 위에 한 마리 새가 올라타 퍼드덕거립니다. 바짝 모가지를 빼고 힘껏주둥아리를 벌립니다. 우리는 새의 다리를 분지르고 새의 날개를 짓찢습니다. 쏟아지는 햇빛 속에서 새가 노래하고, 우리는 백당나무 가지 아래에서 서로의 손잡이를 비틉니다.
　호박오가리 같은 날개를 퍼득이며.

-「佛頭花들」 전문

　우리는 우리가 없어질 때까지 서로를 물어뜯는다. 우리는 입이 없다. 손발이 없다. 발기할 성기가 없다. 우리는 두 다리로 걷는가. 짐승의 기억이 우리를 뒤덮는다. 우리는 울부짖으며 땅 속으로 들어간다. 우리는 환상을 버렸는데 우리는 다시 흙 속에서 태어나는가. 우리의 허기진 이빨은 날로 날카로워지는데 우리의 사념은 너를 넘어뜨리는가. 너의 목덜미를 움켜쥐는가. 준마의 거친 성기마저 물어 뜯는가. 우리의 손에 묻은 아들이 피. 우리의 입에 묻은 하나님의 계절. 우리가 너의 몸을 만지면 하나님의 성기가 발기한다. 쭈뼛쭈뼛 우리의 머리칼을 자라난다. 바람이 우리를 털복숭이로 만든다. 우리의 두개골을 뚫고 자라는 라일락. 우리의 상박골에 쌓인 고양이똥. 킬킬거리며 우리 밤의 성가대가 무덤에서 일어난다.

김안의 고립된 자아는 절규나 광기로도 표출된다. "새의 얼굴을 하고 새의 목소리를 내어도 우리의 날개는 호박오가리에 불과"한 것처럼 스펙트럼 같은 다양한 빛의 문화는 좀처럼 화자에게 가치를 부여하지 않는다. 빛의 크기와 속도 그리고 명도를 시시각각 달리해가며 일반성을 거부하고 있기 때문이다. 이는 부처님의 곱슬머리를 닮은 '불두화'가 부처님께 기도하는 것이 아니라 하나님께 기도하는 의식부재와 문화혼종 상태를 만들어 낸다. 즉 파편화되어 있는 그 조각들이 하나로 통합되어 꽃이 피고 질지라도 열매를 맺지 못하는, 무성생식일 뿐이라는 자각과 연결된다. 그것은 시인만이 갖는 시의식의 세계라기보다는 현대문화의 리얼리티를 언어화하기 위한 하나의 방식으로 여겨진다. 이러한 세계가 갖는 파편성, 폭력성, 잔인성 그리고 광기는 「홀로코스트」에서도 잘 보여주고 있다.

한편 김성대는 현대 문명사회에 대한 폐해 현상을 구체적으로 가시화함으로써 시적 의미의 객관성을 띠고 있다. 즉 문명사회의 오만이 곧 인류의 멸망을 가져올 지도 모른다는 경고메시지를 섬세한 서정적 필치로 담아낸다. 현재 인간은 지구 온난화 현상, 인접국들 간의 월경대기오염의 피해, 집중 폭우 · 폭설, 지구의 사막화 등으로 현대문명 사회가 위험 수위에 와 있다는 경고를 시시각각으로 받고 있다. 그동안 부싯돌 부비기로부터 시작한 불의 진화는 핵폭탄 몇 개로 세상을 불살라 버릴 수 있는 위력을 갖게 되었고 그만큼 빛과 대비되는 어둠의 폐해 또한 위험수위를 넘게 되었다. 김성대는 그 어둠을 구체적인 시각으로 바라보고 있다. 각종 문화의 패러다임 체제에 지친 육체, 그리고 핵전쟁으로 인해 암흑이 된 가상의 지구를 형상화함으로써 어두운 미래를 암시하고 있다.

　　가차없는 빛 아래 소리 없이 미끄러져 간다 // 발목 잘린 성에는 찍,

부르짖지도 않고/ 벽을 긁는 손톱들이 나를 다듬는다/ 낙진, 낙진/ 방사능이 떠내려가는 걸 보면서/ 내가 떠 있는 곳은 어디일까/ 정수리로 북극점이 옮겨 와/ 붉은 눈이 내리고/ 깊은 곳에서 결정으로 쌓이는 소리// 우리가 헤매다닌 지하는 기둥만 남아/ 묻힐 곳도 없었는데/ 차렷 자세로 목숨을 운반하는 건 습관이라서/ 무릎으로 폐곡선을 그린다/ 뼈와 뼈의 마찰음/ 방사능에 묻힌 뼈들이 울고 있다/ 빈 소매로 내리는/ 하역, 하역/ 우리는 운반하는 시간마다 공포가 서려/ 말을 더듬지 않을 수 없다/ 탁 한 혀를 마, 말지 아, 않을 수 없다// 동공을 지나 두개골에 박히는 빛 조각/ 가차없는 메아리는 빛을 타고 다시 돌아와/ 증발된 나를 만나게 한다/ 오염된 날짜선 너머 바지선이 내려온다/ 가스와 먼지를 뚫고/ 천천히 움직이는 바지선은 붉은 깃발을 달고 있다/ 냉면이라 쓰인 깃발/ 갑판의 나이테   로 식초라는 묽은 고체가 흐른다// 황사가 너무 깊어 너를 퍼올릴 수 없을 것 같다/ 방사능을 떠다니면서/ 방사능에 묻힌 너를 간직할 게/ 너를 운반할 게/ 나를 보내고 네가 도착하기까지/ 음속으로 남아있을 게

「핵겨울의 바지선」 전문

미국의 천문학자 K. 세건 박사에 의하면 핵전쟁이 일어난 뒤에는 어둡고 긴 겨울의 상태가 계속된다고 하는데 그것을 핵겨울이라고 한다. -45℃의 한대가 되어 인류는 멸종 위기에 직면하게 되고 정상으로 돌아가려면 1년 이상이 걸린다. 지금의 시적 상황은 이러한 핵겨울에 접어든 상태이다. 죽음의 재인 방사능이 떠다니고 "내가 있는 곳은 어디"인지 가늠할 수 없는 지하 어둠의 세계이다. 거기다 북극점의 오염된 눈은 내려쌓이고 모든 것들은 꽁꽁 얼어있다. 이러한 어둠 속에서 '나' 즉 '우리'는 "묻힐 곳도 없"이 부유하다 바지선에 의해 옮겨지곤 하는데 그때마다 제대로 옮겨질 수 있는 것도 아니다. "우리를 운반하는 시간마다 공포가 서려" "말

을 더듬지 않을 수 없"을 만큼 위험천만한 일이기 때문이다. 게다가 낙진 때문에 제대로 퍼 올려지지도 않는 상태가 되곤 한다. 이러한 상황에서의 희망이란 "네가 도착하기까지/ 음속으로 남아"있는 것뿐이다. 마치 스탠리 크레이머 감독의 영화 「그날이 오면on the beach」이란 핵전쟁 영화의 한 장면을 보는 듯 공포스럽기 그지없다.

다음 시에서 김성대는 핵 위기의 상황까지는 아니더라도 현재의 사회 체제 속에 지친 인간의 모습을 그려낸다.

> 바이타민을 잘게 부수어 국을 끓인다/ 기나릴 게 릴케를 읽고 있으니까/ 쌀눈이 눈을 흘기며 우주먼지인 양 떠내려가고/ 밥에 아지랑이가 핀다/ 바이타민을 뜰 때 이마에 미열이 난다/ 뜨겁지는 않지만 깊은 맛으로 위장한/ 바이타민이 혀를 침범할 때/ 목을 섭렵할 때/ 손바닥이 가렵다/ 곧 이명이 울어/ 알람처럼 이명이 울어/ 머리에 은박을 입힌다/ 입술이 바삭해 지붕 위에 널어도 될 것 같다// 구름도 화음이 될 수 있을까/ 손에 힘이 없어 된소리를 못 적겠다/ 기꺼이 두 손을 주고 싶지만/ 저리도록 맡길 데가 없다/ 실에 꿰어 날리기도 하고/ 끊었다 붙였다 커튼에 숨기기도 한다/ 은닉/ 너의 이름은 은닉이다/ 기역으로 끝나는 말들은 단호해서 좋다/ 이물질 없이/ 지문을 남기지 않는/ 은박 // 척추를 다듬는다/ 종아리와 종아리가 닿을 만큼/ 작은 미라로 다듬는다/ 미러로 사그라드는/ 은빛 자막을 놓치더라도/ 소독하고 싶은 마음뿐이다//유리컵에 바이타민을 놓는다/ 바이타민이 유리에 스며드는 소리는/ 꼭 봄눈 오는 소리 같아서/ 호수 밑바닥처럼 가물거리는 응어리를/ 녹여주고/ 섬겨주고
>
> 「바이타민」 전문

팔약근을 조였다 풀며 망설이게 하는 것은/ 슬픈 교육이다/ 기계적으

로 똥을 당겼다 밀었다 연습하는 것은/ 슬픈 놀이다/ 괄약근의 극한을
시험하다가/ 공공화장실 문턱에서 발을 삐긋하여/ 우주가 쏟아지는 느낌
/ 꽉 묶어두지 못하고 상상을 부풀리는 건/ 괄약근의 낙제라고/ 기계적
인 몽상가는 말한다/ 괄약근의 기술이 넘쳐나는 시대/ 그들은 실험을 멈
추지 않는다 // 뱃속에 똥이 남지 않아야 한다는 강박으로/ 똥이 뼈처럼
뉘어지는 건/ 슬픈 교육의 산물이다/ 괄약근을 풀었다 조이며 우주를 싸
는 외로움/ 메두사의 머리 같은 똥다발이 물결에 떨린다/ 쌀 때는 누구
나 혼자지만/ 변기 위에 뜬 별들로 연못을 만들 수는 없을까/ 괄약근 아
래 사타구니까지/ 동백을 피울 수는 없을까 // 동공을 오므렸다 펼치며/
입을 열었다 닫으며/ 흩어진 표정들이 얼굴을 찾고 있다

「괄약근의 교육」 전문

　이 사회의 문화적 특성인 유동성은 무작위적인 움직임의 표현이 아니라
교환의 가치로 존재한다는 것을 이 두 편의 시는 말하고 있다. 「바이타민」
에서 "이마에 미열이 난다" "손바닥이 가렵다" "입술이 바삭해 지붕 어디
에 널어도 될 것 같다" "손에 힘이 없어 된소리를 못적겠다" 등 화자의
심신은 지쳐있다. 이는 "기술이 넘쳐나는 시대"(「괄약근의 교육」)에 상품
이나 사상 등과의 원활한 교환을 위한 교육을 받아야 하기 때문이다. 이
러한 사회의 유지여부는 지속적인 교육에 의해서만 가능한 것이다. 결국
인간을 위한 문화는 인간을 구속하는 또 하나의 억압 기제로 작용하며 동
시에 교환 가치로서 유동하는 체재이다. 이에 인간에게 교육은 기계적으
로 연습해야 하는 "슬픈 놀이"가 된다. 그러므로 불완전하고 지친 육체를
가진 주체들에게 "응어리를/ 녹여주고/ 섬겨"주는 바이타민은 위로의 대
상임과 동시에 슬픔의 대상이기도 하다. 더욱이 "슬픈 교육의 산물"을 만
들어낸 이 사회체제의 현상을 인체에 비유해 희화함으로써 교환가치의 위
력이 정점에 도달한 자본주의 사회의 특정 국면을 서글프고 어두운 모습

으로 구체화한다. 또한 문명사회의 오만이 인류의 멸망을 초래할지 모른다는 죽음으로서의 밤을 이야기하고 있다.

결과적으로 우리는 서글픈 시대를 살고 있다. 김열, 김안, 김성대의 시 또한 이러한 사회문화의 패러다임에 위치한다. 김열의 시는 풍경에, 김안의 시는 몸에 그리고 김성대의 시는 학대받는 육체와 사물에 고정되어 있다. 또한 이들의 자아는 파편화된 사회구조처럼 불확정적이며 분열하는 주체들로 형상화된다. 나임과 동시에 타자가 되고, 풍경이 되고, 사물이 되거나 하나이면서 둘이 된다. 이는 시적 대상화는 각기 다르지만 커다란 맥락으로는 밤을 모태로 불확정적인 유목민의 주체를 형상화하는 것과 상품사회 속을 살아가는 현대인의 정신적 공허와 자기 소외적 삶을 위로하며 치유하고자 하는 방식으로 귀결된다. 그러한 방식으로서 환상이 현실과 관계를 맺고 현실을 재구성 하는 시작법은 앞으로도 더 활발히 활용될 방법 중의 하나이다. 그러므로 이제 이들 시의 근간을 이루고 있는 '환상성'은 특별한 것이 아니라 현대문화의 보편적인 양상이라 할 수 있다.

다만 김열, 김안, 김성대의 시에 바라는 점이 있다면 상상력의 계열화를 통해 독자와 소통할 수 있는 여지를 좀 더 열어두었으면 하는 것이다. 시가 아니라 극을 중심으로 한 이야기이지만 "청중에게 감동을 주지 못했다면 그 작품이 성공했다고 볼 수 없다"라고 한 드라든의 말처럼 보편적 계열성을 뛰어넘어 지나치게 극단적이고 주관적인 환상성은 결코 독자와 함께 할 수 없겠기 때문이다. ✿

홍명희의 『임꺽정』과 루쉰의 『아큐정전』 비교하여 보기[1)]
– 현실 대응 방식과 집필 동기를 중심으로

채길순 • 명지전문대학 교수

1. 들어가며

한국문학에서 홍명희[2)]의 『임꺽정』과 중국문학 루쉰[3)]의 『아큐정전』은 일본제국주의와 개화기의 산물이라는 공통점이 있다. 게다가 두 소설은 양국의 민족 정서를 대변하고 있는 대표적인 소설이며, 일본 제국주의 치하에서 항일과 동시에 진행된 개화기에 민중을 잠 깨울 목적으로 집필되었고, 민족 민중적인 조건에 충실한 소설 등 공통점이 많다.

홍명희와 루쉰은 선각자로, 일본 유학을 통해 서구의 신문명을 접했으며, 조국의 무지한 인민이 '봉건적인 사고에서 깨어야할 당위성'을 절실하게 인식한 작가, 그리고 이를 문학으로 실천한 작가였다. 특히 홍명희와 루쉰은 장편소설 『임꺽정』과 중편소설 『아큐정전』을 통해 민중을 일깨우고 보듬었다.

소설에서, 작품 세계를 형성하는 요소 중 작가의 현실 인식 및 작가의 환경에 따른 집필 동기가 차지하는 비중은 크다. 이 같은 두 선각자의 소설에 대한 비교 고찰은 두 소설이 양국 민중에게 끼친 영향에 대한 이해를 넘어 양국의 문학적 지평을 넓히는 계기가 될 것이다.

그동안 홍명희의 『임꺽정』이 한국의 민족 정서를 잘 반영한 소설로 평가 받아왔고, 중국 루쉰이 여러 글을 통해 중국의 오랜 인습을 가혹하게 비판하는 동시에, 이에 대한 대안으로 서구화 내지 문명 개방 문제를 강한 톤의 어조로 피력했다.

홍명희와 루쉰은 일본 유학 생활을 통해 현대문명을 호흡하는 동시에 자국 사회에 대해 냉철한 관찰자가 되었고, 민중의 병을 진단하고 문예운동을 통해 치료함으로써 민중에 대해 따뜻한 지식인이 되었다.

오늘날 중국문학은 서구화 과정, 특히 소설에서는 '전통적인 문체'를 성공적으로 계승한 것으로 평가하고 있다. 이는 루쉰과 같은 선각 선구적인 작가가 있었기 때문인데, 문체를 성공적으로 계승한 작가로 우리나라에도 널리 알려진 위화4)를 예로 든다.

그러나 우리 문학에서 『임꺽정』은 분단과 이념의 문제로, 오랜 군부독재와 민주화 투쟁으로 얼룩진 사회 문학적 토양에서 제대로 된 평가를 받지 못했다. 홍명희의 『임꺽정』이 작가의 사회주의 이념 때문에 널리 읽혀질 기회를 지니지 못했기 때문이다. 아이러니하게도 한국 독자들은 홍명희의 『임꺽정』이 루쉰의 문학작품만큼도 독자들에게 어필되지 못 했다. 루쉰의 『아큐정전』은 당시로부터 지금까지 중국 민중 한가운데로 침투되었고, 세계의 많은 독자에게 알려졌다.

여기서 홍명희의 『임꺽정』이 재해석 재평가 되어 새로운 독자를 만나야

----

1) 이 글은 안식 연구과제로 씌어졌다.
2) 홍명희(洪命熹, 1888~1968, 벽초) 소설가, 문학평론가, 교육자, 정치가
3) 루쉰(魯迅,, 1881~1936. 본명 저우수런(周樹人) 소설가, 문학평론가, 시사평론가, 금석학연구가, 서
   구문학 번역가, 서구사상 소개자, 목판화가, 교육자, 사상가
4) 위화(余華, 1960~) 중국 항저우에서 태어난 소설가. 1984년 처녀작 『18세에 집을 나가 먼길을 가
   다』를 발표하기 전까지 치과의사로 일했다. 이후 『세상사는 연기와 같다』, 『활착(活着), 인생)』, 『사
   랑이야기』, 『가랑비 속의 외침』등의 창작활동을 통해 그는 여화 현상을 일으킬 만큼 영향력이 있는
   작가로 인정받고 있으며, '중국 3세대 문학을 대표하는 작가', '세기말 의식을 구체적으로 형상화
   한 작가'로 평가받고 있다.

한다는 당위성을 만날 수 있으며, 이에 대한 고찰이 이 글의 목적이다. 이는 우리의 잃어버린 전통적인 문체 복원의 문제와 근접해 있고, 문예창작에서 작가의 세계에 대한 인식이나 집필 동기가 차지하는 비중을 이해하는 계기가 될 것이다.

지금까지 두 작가와 작품에 대한 연구는 물론 비교 연구도 많았지만 두 작가의 전기적인 행적을 바탕에 둔 집필 동기에 대한 고찰은 없었다. 두 작가에 대한 분석적인 이해는 우리 문학에서 소외 되었던 『임꺽정』의 문학적 가치 재평가 작업과 함께 우리가 잃고 있었던 전통적인 문체 복원의 필요성을 이해하는 계기가 될 것이다.

2. 한국과 중국의 근대화 이행 과정과 문학적 풍토

2. 1. 한국과 중국의 근대화 이행 과정

우리문학은 개화기로부터 지금까지 서구문학의 화려한 불꽃만을 뒤쫓지 않았을까. 우리문학이 서구의 불빛에 취해 있는 동안 일본문학 중국문학이 각기 세계화에 성공했다고 본다면 이는 우리 문학에 대한 지나친 열등감일까. 어쨌거나 우리 문학, 우리 소설이 세계문학 환경에서 아직 평가를 받지 못하고 있다는 자성이 필요하다. 중국과 일본은 우리와 거의 비슷한 시기에 서구화가 진행되었지만 두 나라는 고유 문체를 형성한데 비해 우리 소설은 우리 고유의 전통 문체를 잇지 못했다.

일찍이 우리의 고전소설은 전통적으로 중국소설과 직 간접적인 영향 관계에 놓여있었지만 서구화에 밀려 그 궤도를 벗어난 지 오래다. 지금도 삼국지 수호지와 같은 중국소설을 가까이 두고 있으면서 정작 소설을 창작할 때는 서구소설의 창작 법을 따른다. 그렇지만 개화기에 중국소설과 서구 및 러시아 소설의 영향을 충실하게 반영한 소설이 홍명희의 『임꺽정』이고, 우리소설의 전통적인 정서와 맥을 이은 소설로 평가되고 있다. 그 뒤로 우리 문학은 오직 서구화의 길을 따랐다. 언제부터 어떻게 어긋나게 되었을까.

먼저 두 작가의 신문학 이행과정에 대한 이해가 필요하다. 중국에서는 근대문학의 선구자로 루쉰을 꼽는데, 공교롭게도 홍명희와 루쉰은 거의 비슷한 시기에 일본 유학을 통해 서양의 신학문을 접하고 귀국하여 각각 자국의 신문학운동에 뛰어들었다. 홍명희가 『임꺽정』을, 루쉰이 『아큐정전』으로 각기 '근대 소설의 탑'을 세운다.

중국 사회 역시 20세기의 변혁 속에서 많은 어려움을 겪었으며, 중국 문화 자체의 근대화 과정 역시 험난했다. 중국의 지식인은 발전된 서구의 정신과 봉건의 딜레마에 빠져 지옥과 같이 기나긴 어려움을 겪어왔다. 이 모든 아픔이 중국 현대 문학사에 온전하게 보존되어 있다. 따라서 순수한 미적 정신으로만 중국 현대문학을 판단하려 한다면 이전의 우수하고 풍부한 고전문학과의 영향 관계를 파악할 수 없을 것이다. 중국 현대화의 변혁과정에서 함께 요구된 그들의 민족정신을 아울러 파악해야 하기 때문이다.

중국은 일본과 한국처럼 서구화로 근대화의 길을 택했지만, 얼마쯤 지나자 서양문화는 더 이상 기괴하고 진귀한 정취로 받아들이지 않게 되었고, 중국 지식인들에게 서양문화는 단지 문화의 변혁을 위한 참고서만으로 선택되었다. 즉 중국 신문화의 확립은 전통문화의 폐쇄성을 깨뜨림으로써 자기 체계를 이루고, 자신을 세계문화의 전체적인 국면으로 유입시키는 형태가 되었다. 당시 중국문화의 사조(新潮)는 '신소설' '신문화' '신민(新民)' 등의 용어에서 보듯이 우리처럼 서구 문물이 '새로운 사조'로 대접받은 것도 어느 정도 사실이다. 여기서 '새롭다'라는 말에는 역시 서구의 문명을 우위로 놓고 받아들였다는 의미도 내포되어 있다.

1915년 〈신청년(新靑年)〉의 창간과 민주와 과학의 제창은 바로 이러한

'새로운 문화' 변혁의 결과였다. 이 과정 역시 한국문예 사조와 어느 정도 맥을 같이 한다. 즉, 중국과 한국의 현대문학의 주역이었던 당시의 지식인들은 서구 문화와 전통 문화의 애매한 접점에 놓여 있었던 것이다. 그 어정쩡한 문화적 가치가 당시 지식인의 미적 정서에 투사되어 흔들리는 가치 속에서 차츰 고유한 목소리를 찾아갔던 것이다.

2. 2. 중국 문학의 근대화 이행 과정

대체로 중국 현대문학의 토대는 신문학의 선구자 루쉰에 의해 형성되었다. 루쉰은, 유학파답게 설사 그것이 중국 고유의 것이 아니라 할지라도 장점이 있다면 배워야 한다고 주장했다. 게다가 루쉰은 바로 '교화(敎化)'의 관점에서 이루어진 고전에 대한 기존 평가를 뒤집어 '진실의 표현'과 미학적 관점을 중시하고 사회 문화적 배경을 중시하는 새로운 평가를 제시했다. 루쉰은 사마천이 〈사기(史記)〉에서 말한 "사가(史家)'의 법칙에 구속되지 않고 자구(字句)에 얽매이지 않고 감매대로 표현하고 마음에서 나오는 대로 글을 지었다'는 말에 대해 "비록 〈춘추(春秋)〉의 뜻에 배치되지만 진실로 사가의 절창이요, 운율이 없는 〈이소(離騷)〉라 할 것이다"라고 극찬했다.

결국 루쉰은 결손 되고 흩어진 고전의 원형을 온전하게 복원하여 "옛 책에 혼을 되돌려주고(歸魂故書)", "옛것을 잊지 않기(不忘于故)" 위해 고전을 수집 교감 집록 및 그에 대한 연구를 병행하였으며, 이를 토대로 고전에 대한 재평가를 시도하는 문학사 기술을 바탕에 두었다.

루쉰의 중국고전 연구가 중시된 문학사 기술은 그가 끊임없이 추구했던 전통의 해체작업과 병행하여 진행된 또 다른 측면의 전통의 재구성 작업과 관련되어 있다. 루쉰의 소설 및 집문 창작은 그 목표가 전통의 해체에 있었다고 한다면, 고전 연구와 문학사 기술은 '학술연구'로서 그 목표가 전통의 재구성에 있었다고 볼 수 있다. 따라서 고전의 정리와 재창조가 중요한 과제로 떠오르고 있는 오늘날 루쉰의 연구 방향은 우리 문학에도 전통복원 방안에 대해 시사해주는 바가 있다.

이 같은 신문학으로의 이행 도정에서, 루쉰의 개혁이나 민중문학에 대한 정의는 매우 엄격할 수밖에 없다.

"중국사회는 개혁이 없기에 과거를 그리워하는 애가(哀歌)도, 참신한 행진곡도 없다. 소련에는 이 두 가지 문학이 이미 나타났다. 구 문학가들은 모두 외국으로 망명하여 잃어버린 과거를 추도하는 애가를 짓고 있고, 신문학은 바야흐로 힘차게 전진하고 있는 중이다. 아직 위대한 작품은 없지만 새로운 작품이 쏟아져 나오고 있다. 그들은 분노의 단계를 지나 찬가의 단계로 들어섰다. 새로운 사회의 건설에 대한 찬미는, 혁명의 진전에 따라 생겨난 것인데, 정세가 보다 더 진전되면 그 때는 또 어떻게 될는지는 모르겠다. 아마 민중문학으로 진행될 것이다. 민중의 세상이야말로 혁명의 결실이다"

위의 관점에서 루쉰은 "중국은 물론 세계적으로도 아직 민중문학은 없다"고 진단했다. 진정한 개혁은 민중의 의식변화가 뒷받침되어야 실질적인 변혁이 가능하다고 보았다. 이에 비해 우리 문학에서는 민중문학의 목소리가 예나 지금이나 흔하게 넘쳐나고 있다.

민중문학이 없다는 루쉰의 겸허한 바탕에서 비롯된 그의 예언은 중국의 대표적인 신세대 작가 여화의 『살아간다는 것』5)에서 그 맥을 정확하게 찾을 수 있다. 여화의 『살아간다는 것』은 중국 현대장편소설의 대표적인 작품으로 우리나라에도 널리 알려져 있다. 이 소설은 참혹하고 야만적인 전란과 문화대혁명의 시대를 살아낸 중국 민중 서사시이다. 아울러 중국

••••••••••••••••••••
5) 원제 『활착(活着)』, 우리나라에는 『살아간다는 것』이라는 제목으로 소개되었고, 영화로는 '인생' (1994)으로 소개되었다. 이 소설은 1940년대부터 1960년대까지 중국의 격동기 시대를 살아온 굴곡진 한 가정사의 모습을 담고 있다.

의 선 굵은 서사적 전통과 정서를 이어낸 작품으로 평가되고 있다. 『살아
간다는 것』은 가차 없는 현실과 운명에 맞설 수 있게 하는 사랑과 우정의
힘과, 인간의 본성과 생명에 대한 근원적 믿음을 보여주고 있다. 그 어떤
파란 속에서도 살아간다는 것 자체의 중요성만을 부여잡고 역사의 물줄기
와 함께 굽이쳐온 생생한 삶의 기록인 이 소설은 중국인만의 것이 아니라
오늘을 살아가는 인간들의 보편적인 자화상이다. 중국의 폭풍과 같은 역
사적 도정에서 흔히 혁명가들이 내세우는 '민중'의 모습은 어디에서도 찾
을 수 없지만, 여화의 『살아간다는 것』에는 '민중'이 건강하게 살아있다.
이는 루쉰의 예언에 대한 실증이고, 중국인의 건강하고 진정한 민족 민중
문학의 참모습이다. 여기서 우리문학에서 내세우는 민중문학에 대한 자성
적 측면이 엿보인다.

3. 두 작가의 사회적 배경과 사상적 토대

3. 1. 두 작가의 집안 배경과 우울한 유년

홍명희는 세 살 되던 해 어머니를 상실했고, 1910년 그의 아버지 홍범
식(1871~1910)은 경술국치에 치욕을 느껴 자결한다. 홍명희는 당시 일본
에서 유학하던 시절이었는데, 학업을 포기하고 조선으로 돌아온다. 그는
아버지가 남긴 '일본 제국주의에 협력하지 말고 저항하라'는 유언을 실천
하여 1919년 3.1운동 시기에 괴산에서 만세운동에 참여한다. 이처럼 우울
한 유소년기와 청년기를 보내게 된다.

루쉰의 나이 13세 때에 가정의 중심이던 할아버지가 갑자기 체포되어
투옥되는 사건이 일어났다. 친지가 관리시험을 치를 때 평소 알고 지내던
시험관에게 뇌물을 건네주었다는 혐의 때문이었다. 현 지사(縣 知事)와 중
앙정부 관리까지 지냈던 할아버지가 감옥에 갇히자 그의 일가는 커다란

타격을 입었고, 생활은 갑자기 곤궁해졌다. 그의 아버지는 본래 병약하여 폐결핵으로 오랫동안 병상에 누워 있었다. 루쉰은 거의 매일 어머니의 장신구 등을 전당포에 맡기고 받은 돈으로 약을 사왔지만 아버지는 결국 그가 16세 때 사망함으로써 아버지 상실의 아픔을 겪게 된다.

이 두 사람은 아버지 상실로 귀결되는 고통의 유소년기와 청년기를 보내게 된다. 동시에 사회도 이들이 꿈을 품거나 펼치기에 별 도움이 되지 못한 암흑의 시대였다. 이런 우울한 유소년기와 청년기는 그들의 문학 세계를 이루는 중요 환경이 되었다.

3. 2. 홍명희의 신문화에 대한 동경과 유학 생활

홍명희는 1906년 도쿄 다이세이중학(大成中學)에 입학하여 이광수 최남선 등과 사귀었는데, 이들을 두고 '조선 3재(三才)'로 불렸다. 그러나 홍명희는 아버지가 자결한 뒤 귀국하여 민족 문제에 눈뜨기 시작했다. 1913년 만주, 베이징 등지를 방랑하게 된다.

이에 비해 루쉰은 1902년 22세 때 노광학당을 졸업하자 일본에 유학하여 8년에 걸쳐 도쿄와 센다이(仙台)에 체류했다. 그는 처음 2년간 중국 유학생을 위하여 특별히 설치한 도쿄의 홍문학원(弘文學院)에서 일본어와 교양과정을 배웠고. 24세 때 센다이 의학전문학교에 입학했지만 2년째 되던 해 그만두고 도쿄로 돌아와 문학 활동을 시작한다. 의학교를 그만두게 된 동기는 영화의 한 장면에서 비롯되었다. 러시아를 위해 스파이 노릇을 했다는 이유로 일본군에 체포되어 참수당하는 동포와 그것을 에워싸고 구경하는 많은 동포들이었다. 모두 당당한 체격을 가지고 있었지만 무덤덤한 얼굴로 구경만 하고 있었다. 그때 루쉰은 '대체로 무지한 국민은 체격이 아무리 훌륭하고 건강해도 바보 같은 구경꾼밖에 되지 않는다'는 각성을 하게 된다. 우선 시급한 것이 그들의 정신을 변화시키는 것이며, 그렇게 하는 데에는 문예가 가장 적당한 수단이라고 판단했기 때문에 의학 공부를 그만두고 도쿄로 왔던 것이다.

두 사람은 개인의 출세를 위해 일본 유학을 떠났지만 유학 생활을 통해 민족의식을 깨치고, 지식인으로 민중을 위해 할 일을 절실하게 깨달은 것이다.

3. 3. 두 작가의 '결핍 시대'에 대한 지식인의 대응 방식

두 사람은 '아버지 부재'라는, 또는 자신이 몸담고 있는 '국가라는 정신적 아버지 부재'의 불안과 결핍으로 깊은 고뇌에 빠지게 된다. 이런 암흑기에 지식인의 대응 방식은 대략 세 가지로 나타나는데, 지배 세력에 순응하거나 저항하거나 무기력하게 도피한다. 홍명희와 루쉰은 민중 편에 서서 결연히 저항의 길을 택하게 된다. 그것은 문예운동을 통해서 민중의 의식을 바꿀 수 있다는 신념이 있었고, 마땅히 지식인의 소명으로 알았기 때문이다.

3. 3. 1. 홍명희의 신문명 수용과 문학적 토양 고찰

홍명희는 동양상업학교 예과 2학년에 편입한 뒤, 1907년 다시 대성중학교 3학년에 편입하여 1909년까지 공부했다. 독서를 하느라 학교 공부는 게을리 했지만 성적은 좋았다. 특히 문학서적을 탐독했고, 우연히 고서점에 들러 책을 구매하기 시작한 뒤부터 밤을 새워 독서했다. 그의 독서는 처음에는 톨스토이 작품에 관심을 갖다가, 나중에 도스토예프스키의 『죄와 벌』『백치』 등에 매료되어 뒷날 도스토예프스키의 예찬론자가 된다. 그는 영국의 낭만파 시인 바이런의 작품들을 애독했다. 자신의 호를 바이런의 작품 '카인'에서 따와 가인(假人)이라 했으나, 성경의 카인이 아벨을 죽였다는 성경 사실을 알고 나서 '괴산의 나무꾼(벽초 · 碧樵)'이라는 호로 바꿔 사용하기도 했다. 또 백옥석(白玉石)이라는 호를 사용하기도 했지만 1920년 이후부터 벽초(碧初)라는 호를 사용했다.

1910년 대한제국이 일본의 식민지로 전락한 경술국치 때 홍명희의 부친 홍범식은 스스로 목숨을 끊게 되자 일본 유학생활을 청산하고 돌아온다. 홍명희는 부친의 유언을 평생의 좌우명으로 삼았다. 부친의 순국 이후 한동안 은둔하다시피 하며 지내던 홍명희는 1912년 가을 중국으로 건너가 '동제사'에 가입해 활동한다. 이 시절 홍명희는 새로운 서양 문물을 접했을 뿐 아니라 민족운동가로서나 문학인으로서 내면적으로 크게 성장한다. 해외에서의 방랑 생활을 청산하고 귀국한 홍명희는 만세 시위를 주도한 혐의로 검거되어 1년 간 옥고를 치르게 된다.

줄옥한 뒤 홍명희는 정인보와 함께 대둔산 및 내장산 일대를 여행했다. 그 무렵 최남선과 정인보 등과 어울리면서 최남선이 창간한 〈동명〉지에 글을 발표하기도 한다. 그러나 이후 건강이 악화되고 경제적으로도 몰락되어 갔다. 선산이 있던 괴산군 괴산면 제월리 주변 대부분의 땅이 그들 소유였다고 하지만, 서울로 올라와 셋집을 전전했다. 괴산의 대지주가 갑자기 서울에 올라와 셋집을 살았기 때문에, 소작인들에게 무상으로 토지를 분배했다는 설이 있다.

출옥한 뒤 홍명희는 주로 교육계와 언론계에 근무하면서 사회활동을 했다. 1920년대 초에 그는 한때 휘문고보와 경신고보 교사를 지냈으며, 그 뒤 중앙 불교전문학교와 연희전문학교에 출강하기도 했다. 시대일보사장이 되었다가 폐간 된 뒤 정주의 오산학교 교장으로 부임했다. 오산학교는 3.1운동 당시 남강 이승훈이 1908년에 설립한 민족교육의 명문으로, 많은 독립운동의 인재들을 양성한 학교였다.

신간회 창립의 핵심 역할을 담당하고 있던 홍명희는 1927년 오산학교 교장을 사임하고, 1928년 11월부터 조선일보에 장편소설 『임꺽정』을 연재함으로 작가의 길로 접어들게 되어 대중에게 알려지게 된다. 1929년 12월 신간회 민중대회 사건으로 인해 검거되어 옥살이를 하게 된다. 옥중에서 집필했던 『임꺽정』은 당시 우리 민족의 지식인들이 가장 많이 읽게 되는 소설이 되었다. 홍명희는 1932년 1월 가출옥으로 석방되었다.

일제 말 홍명희는 일제의 협박과 회유를 피하기 위해 창작을 포함한 모든 사회활동을 그만두고 은둔 생활에 들어간다.

1945년 58세 되던 8월15일 해방의 감격 속에서 시 '눈물 섞인 노래'를 짓는다. 괴산군의 치안 유지회 회장에 추대되고, 조선문학가 동맹 중앙집행위원장 및 대한민국 임시정부 개선 전국환영대회 부회장으로서 환영대회에서 환영사를 한다. 1947년 장남 홍기문의 '조선문법연구'에 서문을 쓰고 이듬해 『임꺽정』 6권이 간행된다. 1948년(6.5~7.5) 남북 제 정당 사회단체 지도자 협의회에 참가하며 부수상에 임명되었고, 서울에 있던 가족들이 38선을 넘어 평양에 도착했다.

북에 남은 홍명희는 1948년 9월 9일 조선민주주의인민공화국 수립과 함께 부수상에 임명되는 등 팔순의 나이로 북에서 사망할 때까지 고위직에 남아 있었다. 홍명희는 평양 교외 애국열사릉에 그의 부인 민순영과 함께 안장돼 있다.

3. 3. 2. 루쉰의 신문명 수용과 문학적 토양 고찰

의사가 되기 위해 일본 유학길에 올랐던 루쉰이 그 결심을 포기했다. 이유는 민중에게 당장 필요한 것이 그들의 육체적인 건강보다 정신을 변화시키는 것이며, 이를 위해서는 문예가 가장 적당한 수단이라고 판단했기 때문이었다. 루쉰은 센다이 의학전문학교에서 독일어를 배웠는데, 도쿄로 돌아와서도 '독일협회학교'에 다니면서 독일어 공부를 계속했고, 레크럼 문고의 세계문학을 읽었다. 특히 유럽이나 동유럽의 문학, 그 중에서도 폴란드 헝가리 체코슬로바키아 그리스 등 당시의 약소국 혹은 피정복 민족 문학 작품을 즐겨 읽었다. 그것은 자신의 조국 중국과 마찬가지로 약소하고 압박받는 민족이 어떻게 살아야 하고 무엇을 추구해야 하는가 '길찾기'를 위해서였다. 즉 다른 약소민족의 문학을 통하여 중국민족이 어떻게 살아야 하고 무엇을 추구해야 하는가 계시를 얻고자 했던 것이다.

베이징 시절 초기, 루쉰은 공적으로는 교육부 일을 보면서 틈이 나면 개인적으로 오래된 탁본을 모아 그것을 베껴 쓰거나 오래된 소설집을 교정하면서 시간을 보냈다. 루쉰은 이러한 행동들을 두고 "적막감에 사로잡힌 영혼의 고통을 마취시키는 방법이었다"고 스스로 밝힌 바 있다. 즉 혁명 뒤에 도사리고 있는 정치 불안과 공포 분위기를 잊기 위한 행동이었던 것이다. 외형적으로야 어떻든 실질적으로는 중국이 변하지 않았을 뿐만 아니라 도리어 혼란과 불안만 가중된 현실이 지식인을 절망에 빠지게 한 것이다.

여기서 당시 중국 사회를 더 고찰할 필요가 있겠다. 혁명 후 실권자가 된 인물은 청조를 배반한 위안스카이(袁世凱)였다. 그는 중화민국 대총통이 되고 나서도 이에 만족하지 않고 오히려 제정(帝政)을 부활시켜 스스로 황제가 되려 했고, 심복을 부려 제정 부활 여론을 만들어내기 위해 수단과 방법을 가리지 않았을 뿐 아니라 반대자의 입을 막기 위해 암살을 자행했다. 정부 관리가 잡담 중에라도 반대 의견을 흘리기라도 하면 어느 사이에 모습을 보이지 않게 될 정도였다. 그때 루쉰이 탁본을 모으고 그것을 베껴 쓰면서 세월을 보낸 것은 암살을 면하기 위해서였다. 역시 그의 작품 속에 어두운 그림자가 깃들어 있는 것처럼 보이는 것도 당시 그가 받았던 마음의 충격이 마치 후유증처럼 작용했던 것이다. 그러나 이후에 계속된 그의 문필 활동을 볼 때 그러한 사건들이 그의 인간적인 민족애를 한층 확고하게 해주고 나아가 다음 단계의 싸움을 자극했던 것이다. 루쉰은 1932년에 출간한 〈자선집(自選集)〉의 서문에서 "절망이 허망하기는 희망과 마찬가지이다"라는 헝가리 시인 베트피산더의 시구를 인용하고 있는데, 당시 그의 심정을 정확하게 표현한 셈이다.

루쉰이 상하이에 도착했을 때 문학계에서는 '혁명문학'이 널리 제기되는 중이었고, 이것이 프롤레타리아문학의 주장으로 발전하여, 일부 청년문학가들은 소련의 좌익문학론을 받아들여 활발한 논의를 벌이던 중이었다. 또한 국민당 정부의 파쇼정치 강화와 함께 문학계는 대부분 좌익화의 경향으로 치달아 1930년에 '중국좌익작가연맹(약칭 左聯)'이 출범했는데 루쉰은 그 발기인이 되었다. 그러나 1931년 1월에 좌련에 속한 청년작가 6명이 체포되어 비밀리에 살해되었고, 루쉰 또한 그들과 교류했다고 하여 위험에 처하자 루쉰은 일본인이 경영하는 아파트에 일시적으로 피신했다. 그리고 1932년 말 국민당 정치의 민중탄압 격화에 항의하여 '민권보장동맹'(民權保障同盟)이 성립되자 루쉰은 집행위원의 한 사람으로 참가했다. 1933년 6월 동맹의 간사장(幹事長)이 대낮에 저격당하여 죽고, 루쉰 또한 암살 대상자 명단에 올라 있다는 소문이 도는 가운데 그는 아파트 방에 틀어박혀 예전과 마찬가지로 집필 활동을 계속하다가 마침내 폐병에 걸리게 된다.

결국 루쉰은 1936년 10월 19일 56세의 나이로 병사했으며, 이때 학생과 시민 조문객은 1만 명에 이르렀다고 한다. 루쉰은 만국공묘'(萬國公墓)의 한 구석에 안치되었다.

3. 4. 두 작가의 삶의 중심에 두었던 민족 민중적 문예운동

홍명희와 루쉰은 문예운동을 통해 민중에 가까이 접근하고 있다. 정확하게 말해서 '민중 계몽운동'인데, 이는 위에서 아래를 내려다보는 관념적 계몽이 아니라 수평적인 계몽운동이라는 점에서 이광수의 관념적인 계몽주의와 차별화된 것이다.

각 작가들의 작품 활동을 통해 민중 계몽운동의 면면을 살펴보기로 한다.

3. 4. 1. 홍명희의 장편소설 『임꺽정』과 평론들

장편소설 『임꺽정』과 은 1928년 11월21일 조선일보에 연재를 시작하여

1939년 7월4일 연재를 중단한 미완의 작품이다.

『임꺽정』은 명종 조(明宗朝)에 당대 사회의 국기를 흔들 만큼 큰 사건이었던 "임꺽정 사건"을 문학적으로 형상화 한 소설이다. 연산군의 갑자사화로부터 명종 때까지 50년간의 시대상황을 광범위하게 다루었다. 연산군 때의 홍문관 교리 이장곤의 신분하락과 복권의 과정을 다룬 〈봉단 편〉, 중종 조에서 명종 조까지의 사화(士禍)로 얼룩진 시대상과 사대부 계층의 생활상을 다룬 〈피장 편〉 〈양반 편〉이다. 임꺽정을 비롯한 청석골 두령들이 청석골로 입산하는 과정을 다룬 〈의형제 편〉, 청석골패의 활동상황과 관군의 토포(討捕) 및 그에 따른 몰락의 과정을 묘사한 〈화적 편〉 등으로 이루어져 있다.

역사는 사실을 토대로 이루어진다는 점에서 허구를 바탕으로 하는 소설과 구별된다. 그러나 역사소설은 사실을 중시하는 역사와 허구를 근본성질로 하는 문학이 서로 결합되는 독특한 장르이다. 1930년대 중반부터 일제는 침략전쟁기에 들어서면서 우리의 언어와 문자, 이름과 성까지도 말살하게 된다. 우리나라에서 역사소설이 쓰이기 시작한 것이 이때부터였다.

『임꺽정』은 조선 시대 중기의 봉건적 모순 속에서 노비, 평민 등 각 계층의 삶과 갈등을 생동감 있게 묘사하면서, 천민 백정의 아들 임꺽정을 통하여 민중들의 애환과 분노를 살아있는 문체로 기술했다. 먼저, 작가의 집필에 대한 목표 설정에서 잘 나타나 있다.

> "나는 이 소설을 처음 시작할 때에 『임꺽정』만은 사건, 인물, 묘사, 정조로나 모두 남에게는 옷 한 벌 빌려 입지 않고 순 조선 것으로 만들려고 하였습니다. 조선 정조에 일관된 작품 이것이 나의 목표였습니다."

이극로 선생은 『임꺽정』은 깨끗한 조선말 어휘의 노다지가 쏟아지는 것을 종종 발견할 수 있다'고 했다. 월탄 박종화 선생도 『임꺽정』에 관해

'『임꺽정』에는 조선 사람이라면 잊어버릴 수 없는 구수한 조선 냄새가 배어 있다'고 했듯이, 조선 하층 민중의 삶을 중심으로 하면서도 민족공동체의 아름다운 전통을 적극 재현함으로써 민족 문학적 색채가 짙은 역사소설이 되었다.

이밖에 홍명희의 평론으로는 〈신흥문예의 운동〉(문예운동, 1926. 1)·〈대(大)톨스토이의 인물과 작품〉(조선일보, 1935. 11. 23~12. 4)·〈언문소설과 명청소설(明淸小說)의 관계〉(조선일보, 1939. 1. 1) 등을 발표했다. 수필집으로 〈학창산화 學窓散華〉(1926)가 있다.

3. 4. 2. 루쉰의 소설 『아큐정전』 집필 활동

1918년, 친구 첸셴퉁(錢玄同)이 루쉰을 방문하여 잡지 〈신청년(新靑年)〉에 글을 기고할 것을 권했는데, 이 잡지 5월호에 루쉰은 단편소설 〈광인일기 狂人日記〉를 실었다. 이것이 루쉰의 첫 번째 작품이다. 먼저, 〈광인일기〉가 실린 잡지가 가진 시대적 의미를 짚어볼 필요가 있겠다. 〈신청년〉은 본래 〈청년잡지 靑年雜誌〉라는 이름으로 1915년 9월에 창간되었다가 1916년부터 〈신청년〉으로 이름을 바꾸어 베이징대학의 문과학장 천두슈(陳獨秀 : 1879~1942)가 주재하고 베이징대학 교수 몇 명이 동인으로 편집에 참여했던 종합적 계몽잡지로서, '문학혁명'을 주장하고 있었다. 그때까지만 해도 중국에서는 정식 문장에는 문어체가 사용되었고 정통 문학용어 또한 문어였다. 그러나 문어는 고어(古語)로서 현대인의 사상과 감정을 표현하는데 한계가 있었다. 1917년 1월 미국 유학중에 있던 후스(胡適)는 〈신청년〉에 기고한 〈문학개량추의 文學改良芻議〉라는 글에서 구어(口語)가 아니면 오늘날의 문학은 성립할 수 없다는 주장을 폈다. 다음 해 같은 잡지에 천두슈는 후스의 주장을 전면적으로 받아들이는 동시에, 용어는 물론 내용의 측면에서도 옛 문학의 무사상성(無思想性)을 통렬하게 공격하고 앞으로의 문학은 평이한 표현을 사용하여 사회성을 가져야 한다는 주장을 담은 〈문학혁명론(文學革命論)〉을 발표했다. 그 후로 〈신청년〉은 '문학혁명'의 본산이 되어 다른 동인들도 구어문학의 역사적 정통성을 강조하는 논문을 이 잡지에 속속 발표했다. 일반적으로 〈신청년〉의 주요 주제는 봉건적 국민의식의 변혁을 지향하는 것으로, 중국에서 막 성립된 민주공화제를 다시 군주제로 되돌리자는 낙오된 의식의 비근대성을 비판 시정하고자 하는 것이었다. 천두슈는 문학혁명을 이끄는 것은 '민주'와 '과학'의 양대 지주였다고 말하고 있다.

어쨌거나 루쉰의 〈광인일기〉는 후스와 천두슈의 구어문학이나 '문학혁명' 주장을 최초로 실천한 작품이라는 점에서 의미가 있다. 구어적인 표현을 채택한 이 작품은 유교의 억압적인 도덕이 '사람이 사람을 먹도록' 만드는 것이라고 암시하고 이것을 미친 사람의 입을 통해 대담하게 말한 내용으로, 결말은 "어린이를 구하라"는 말로 맺고 있다. 중국의 장래를 위해 이제부터 새로운 사람은 '사람이 사람을 먹는' 유교로부터 해방되어야 한다고 주장한 것이다.

루쉰은 〈광인일기〉에 이어 〈공을기(孔乙己)〉·〈약(藥)〉·〈풍파(風波)〉·〈고향(故鄉)〉 등의 단편소설을 〈신청년〉에 계속 발표하여 '문학혁명'이 제창하는 작품의 가능성을 가늠했다.

『아큐정전』은 1921년에 루쉰이 발표한 대표적 중편소설로, 베이징 신문 〈진보부간(晨報副刊)〉에 연재되었다. 최하층의 한 날품팔이인 '아큐(阿Q)'를 주인공으로 중국 구 사회와 민중이 지닌 문제를 유머와 풍자적인 문체로 파헤치고 있다. 작품의 전반에 그려진 '정신승리법(精神勝利法)'은 민중 자신 속에 지니고 있는 노예근성 타파이며, 작가의 붓은 아큐를 집중적인 존재로 그리고 있다. 작품의 전개에 따라서 아큐는 차츰 피압박자로서의 양상을 깊이 하여 작자는 아큐의 운명에 대한 동정과 접근을 더해 간다. 아큐는 최후에 신해혁명 뒤에 지방정부의 손에 총살당하게 되는데, 그것은 동시에 구 사회에서 가장 학대받던 존재인 아큐들의 입장이 어떤 형태로든 근본적으로 변하지 않는 한 어떠한 혁명도 무력하며, 오히려 민중은 그 피해자가 되어 버린다는 사실에 대한 폭로이자 경고이다.

『아큐정전』은 신문학의 승리를 확인하는 동시에 작가 루쉰의 지위를 확립시키는 계기가 되었다. 이 소설은 '아Q'라는 날품팔이 노동자를 주인공으로 하여 봉건적인 중국사회가 만들어낸 비극을 풍자하여 전형화한 것인데, 당시 독자들은 자기 자신 속에 숨어 있는 '아Q' 기질에 충격을 받았고, 이 작품을 통해 곧바로 전국적인 명성을 얻게 만들었다.

루쉰은 수필 〈나는 왜 소설을 쓰게 되었는가〉(1933)에서 "나는 병든 사회의 수많은 불행한 사람들로부터 소재를 찾았다. 그 의도는 질병과 고통을 거론하여 치료의 필요성을 환기하는 데 있었다"고 말하고 있는데, 이는 루쉰 소설의 특징을 스스로 기술한 셈이다.

루쉰은 소설과 병행하여 평론 성격을 가진 짧은 수필을 계속 집필했다. 그 중에는 날카로운 풍자와 격렬한 공격을 통해 전근대적인 병든 사회의 여러 가지 측면을 파헤친 것이 많았다. "지상에는 본래 길이 없고 그곳을 걷는 사람이 많으면 길이 된다"는 사고방식에 입각하여 새로운 길을 찾아 현실의 보수적 습속을 통렬하게 비판 공격한 것이다. 이러한 평론 성격을 띤 수필을 그는 '비수' 혹은 '투창'에 비유하고 있다.

1926년 3월 18일, 외교문제에 관해 정부에 청원하려는 학생들의 시위행진이 있었는데, 호위병이 이 행렬에 발포하고 다수의 사상자를 내는 사건이 발생했다. 루쉰은 그 날을 '민국 이래의 가장 어두운 날'이라 하여 사망자에 대한 애도와 학살자에 대한 분노를 글로 표현했다. 그러나 이 사건을 계기로 군벌정부는 사상탄압을 강화하고 많은 진보적 예술인을 체포하려 했다. 루쉰은 베이징을 탈출하여 남쪽으로 피신하여 샤먼대학(廈門大學)에서 교편을 잡아 그곳에 4개월 간 머물다가 이듬해 1월에는 광저우(廣州)의 중산대학(中山大學)으로 옮겼다. 이곳에 부임하여 얼마 되지 않아 국민당의 숙청이 시작되었다. 그때까지 국민당과 합작하고 있던 공산당원을 체포하고 그 동조자에 탄압을 가했는데, 그가 가르치던 학생도 다수 체포되었을 뿐 아니라 진보파라고 간주되던 그도 감시를 받아 연금 상태에 놓이게 되었다. 그는 그해 10월 비밀리에 상하이로 탈출하여 그곳에 머물면서 신문과 잡지 등에 발표했던 자신의 수필집을 교정 편집하기도 하고 신문과 잡지에 익명으로 반정부 투쟁의 단평(短評)을 써나갔다.

루쉰은 본래 단편작가로서 그의 단편은 제1소설집 〈눌함〉(15편 수록, 1923 초판)과 제2소설집 〈방황 彷徨〉(11편 수록, 1926 초판)에 담겨 있다. 그러나 그는 소설 집필 활동과 동시에 평론 성격이 짙은 수필을 발표 했으며, 소설 창작 활동을 그만둔 뒤 죽기 직전까지 단평 수필 집필을 계속했다. 루쉰에게는 양적으로 보면 수필이 소설보다 훨씬 많다.

세상 사람들이 루쉰에게 부여한 평은 소설가, 문학평론가, 시사평론가, 금석학연구가, 서구문학 번역가, 서구사상 소개자, 목판화가, 교육자, 사상가, 현실개혁 실천가 등 다양했다.

4. 두 작가의 현실 결핍과 극복 과정

4.1 '아버지 상실'에 대한 대응 방식

루쉰의 사상 형성은 '아버지 상실'로 비롯되었다. 루쉰은 아버지가 세상을 뜨자 그 원인이 미개한 한의학(漢醫學) 때문이라 생각하고 양의학(洋醫學)을 공부하기 위해 일본 유학길에 오른다. 당시 중국의 사회 통념으로는 경서(經書)를 배워서 과거시험을 치르는 것이 정도(正道)였고, 양학(洋學)을 배운다는 것은 궁지에 몰린 사람이 서양 오랑캐에게 영혼을 팔아넘기는 짓이라 해서 사람들로부터 손가락질을 받던 시대였다. 루쉰이 서양의 다양한 학문 중에 의학을 선택하게 된 동기는 한방 의술이 미개한 속임수라고 보았으며, 일본의 명치유신(明治維新)이야말로 일본을 강대국의 반열에 올려놓은 계기라고 보았기 때문이다. 그래서 루쉰은 시골의 의학 전문학교에 적을 두었고, 장차 의사가 되어 귀국하면 아버지처럼 잘못된 치료를 받고 있는 환자의 고통을 덜어 주리라, 전쟁이 일어나면 군의(軍醫)가 되고, 한편으로는 국민들에게 유신의 신앙을 촉진시켜 주어 국가를 반석 위에 올려놓으리라, 이런 꿈에 부풀어 있었다. 당시 루쉰 개인에게는 다만 '아버지 상실'이었지만 국제 정세에 따라 일본이나 서구 열강의 중국의 국권에 대한 위협은 점차 또 다른 '아버지(국가) 상실'로 다가오게 된다.

일본 유학시절, 루쉰은 환등기 화면에서 오래 전에 헤어진 동포 중국인들을 보게 되었다. 가운데에 한 사람이 묶여있고, 주위에는 많은 사람들이 둘러 서 있는 장면이었다. 모두 건강한 체격이긴 했지만, 넋이 빠진 듯 멍한 표정들이었다. 묶여있는 중국 사람은 러시아 스파이로, 일본군의 기밀을 정탐했기 때문에 본때를 보이기 위해 목을 자르려한다는 것이었다. 주위를 에워 싼 사람들은, 본보기가 될 이 처형 장면을 보기 위해 나온 구경꾼들이라고 했다.

이 충격적인 장면이 루쉰의 생애를 바꿔 놓았다. 무릇 어리석고 약한 국민은 체격이 제 아무리 건강하고 튼튼해도 하잘 것없는 본보기의 재료나 구경꾼이 될 뿐이다. 이 이미지는 그의 소설 『아큐정전』의 마지막 장면에 나타난다. 육체보다 정신을 개혁하는 일이 더 중요하다. 짐을 싸 귀국길에 오른 루쉰은 "'성인군자'라는 사람들이 싫어하고 미워할 글" 대중을 위한 글쓰기에 나서게 된다.

홍명희에게 '아버지 상실'은 루쉰과 달리 '나라 상실'이 더 먼저였다. 홍명희는 19세 때 동경으로 유학을 하면서 서양문학을 비롯한 다양한 독서로 울분을 달랜다. 『소년』지에 번역시 〈사랑〉 등을 발표하여 신문학운동을 벌이던 중 부친 홍범식이 경술국치에 항의하여 순국함으로써 귀국, 또 다른 '아버지 상실'을 당한다. 23세에 해외 독립운동에 투신하고자 중국으로 건너갔으며, 귀국하여 32세에 괴산만세시위를 주도한 혐의로 투옥되었다가 이듬해 출옥하여 사회주의 사상단체인 신사상연구회를 창립한다. 41세에 『임꺽정』을 연재하기 시작하고 이듬에 신간회 민중대회사건으로 다시 투옥된다. 45세에 출옥하여 연재를 계속하다가 병으로 연재를 중단했다가 다시 잇기를 거듭한 끝에 53세에 〈조광〉 10월호에 마지막 회를 싣는 것으로 연재가 영구 중단된다.

위에서 보는 것처럼, 두 선각자의 '아버지 상실'은 글쓰기를 통해 구원을 얻게 된다. 두 작가에게 있어서 민중에 대한 동정은 미래의 행복을 보장해 주지 못한다. 특히 루쉰은 억눌린 민중의 못남을 가혹하리만치 비참하게 드러내 보이면서 그들과 함께 울고 웃고 몸부림쳤다. 민중에 대한 사랑은 두 선각자에게 '임꺽정이란 천민과 주위의 무리들', '아큐'라는 어리석은 민중과 그 둘레의 구경꾼과 같은 방관자들'의 구체적인 삶을 통해 보여준다. 이런 작가의 민중에 대한 비정하리만큼 가혹하고, 따뜻한 사랑의 노래는 민중 민족적인 '전통적 문체' 형성의 밑바탕이 되었던 것이다.

4.2 민중과 함께한 고난의 길

두 아버지를 상실 한 루쉰의 면모는 글쓰기를 통해 나타난다. 루쉰의 다양한 활동 중에서 특히 암울하고 어지러웠던 1910~1930년대 중국 사회에서의 『아큐정전』이나 『광인일기』와 같은 그의 소설은 뒷날 중국 민중이 낡은 오랜 유교사상에의 속박과 지배자들의 압박을 뿌리치는 사상적 계기를 마련해주었다. 루쉰의 평론(문장)의 주제는 그만큼 광범위하고 다양했다. 그러나 어느 것 하나 억눌린 민중에 대한 사랑 아닌 것이 없다고 해도 과언이 아니다. 당시 암흑 속에서 광명을 찾아 헤매는 중국 민중에게 그토록 큰 감동을 준 것은 민중과 운명을 함께 하며 괴로움을 함께 한 루쉰 자신의 삶 때문이었다.

즉, 루쉰은 중국 민중의 병폐를 가차 없이 진단하고 비판했다. 루쉰의 예지적인 진단에 따르면 "중국인들은 싸움에 앞장서지 않으려하고, 재난을 먼저 당하지 않으려할 뿐만 아니라, 심지어 복도 먼저 받으려하지 않는다. 그래서 개혁하기가 쉽지 않다. 모두가 선구자나 기수가 되길 꺼려한다"고 비판의 칼날을 세웠다.

그렇다고 루쉰은 결코 민중을 절망적이거나 비관적으로, 또 무가치하게 보지 않았다. 루쉰은 "천재가 나오기를 요구하기 전에 천재를 기를 수 있는 민중이 있기를 요구해야한다. 튼튼한 나무를 얻거나 고운 꽃을 보려면 반드시 좋은 흙이 있어야 한다. 흙이 없으면 꽃도 나무도 있을 수 없다. 그러기에 꽃이나 나무보다 흙이 더 중요하다" 역시 민중을 향한 그의 따뜻한 시각을 엿볼 수 있는 대목이다. 루쉰은 광명 속에 앉아서 저 너머의 암흑을 시비하는 것이 아니라 암흑 속에 뛰어들어 암흑을 대상화하여 눈높이에 맞춰서 보았던 것이다.

홍명희의 삶 역시 실천적이었다. 58세에 해방을 맞게 되고, 61세에 평양에서 열린 남북연석회의에 참가했다가 북에 잔류한다. 그의 행적에 대한 평가는 뒷날 역사가의 몫이겠지만, 분명한 것은 홍명희가 "민중 속으로" 몸을 던진 것이다.

루쉰이 비록 혁명의 중심에 서 있었지만 그의 문학론이 이념에 투철하거나 요란스럽지 않다. "혁명문학의 근본 문제는 작가가 한 사람의 '혁명가이냐 아니냐'에 달려있을 뿐이다. 작가가 혁명가라면 어떤 사건을 쓰던, 어떤 소재를 사용하든 모두 혁명문학이다. 분수에서 나오는 것은 모두 물이요, 혈관에서 나오는 것은 모두 피다. 구호만 요란하고 속이 텅 빈 작품으로는 눈먼 장님이나 속일 수 있을 뿐이다"고 했다. 곧, 작가 의식에 따라 작품이 달라진다고 보았던 것이다.

홍명희의 월북 후의 혁명 문학론이 어떻게 실천되었는지는 확인할 길이 없다. 홍명희는 북한 정부에서 부수상에 올랐다가 81세의 노환으로 별세했다. 그러나 이 부분은 그가 문학적인 삶을 살았다는 증거가 없기 때문에 논외로 두기로 한다.

　홍명희의 문학론에 대해서는 다음과 같이 정리한다. 『임꺽정』은 "'살아 있는 최고의 우리말사전'이란 일컬어질 정도로 토속어 구사가 뛰어나며, 근대 서구 소설적 문체가 아닌 이야기 식 문체를 통해 박람강기(博覽强記)의 재사인 작가가 구연하는 한 판의 길고 긴 판소리이다. 18?9세기에 융성했던 야담(野談)과 민간풍속 · 전래설화 · 민간속담 등을 풍부하게 되살렸다" 이는 홍명희의 '전통적 문체'의 특성을 단적으로 일컫는 말이다.

　요컨대, 두 선각자의 문체적 특성은 민중에 대한 사랑이 지극하지만 냉철한 이성을 바탕으로 진단하고 치료한다. 루쉰에 따르면 "중국에서는 도사의 도론(道論)이든 비평가의 문학론이든, 모든 사람들의 몰골이 송연하게 만들기에 나오려던 땀도 들어가 버린다. 그러나 이것이야 말로 중국의 영구불변의 인성일지도 모른다"고 했다. 두말할 나위 없이 앞에 말은 민중에 대한 부정적 시각이고, 이런 부정적인 시각에 대한 각성을 위한 말이다.

　루쉰은 신세대에 대해 희망과 절망을 동시에 걸었다. 루쉰은 "청년은 내일의 희망"으로 보는 동시에 "청년을 죽이는 것도 청년이라는 사실"을 두고 괴로워했다.

　시대의 암흑과의 전투로 일관했던 루쉰이 타계한 것이 1936년 10월 19일 새벽이었다. 그의 표현대로 "밤은 아직 끝나지 않으며, 새벽이 너머에서 한창 달려오고 있을 무렵"이었다. 그의 관은 하얀 천으로 덮였는데, 거기에는 살아생전에 쓰기에 인색했던 용어 '民族魂(민족혼)'이 씌어 있었다. 그의 삶에 대한 진단은 자신이 아닌 민중이 대신 했던 것이다.

5. 나오는 말

루쉰은 소설집의 서문에 친구와 나눴던 이야기를 적고 있다. 즉, 창문도 없는 철로 된 방안에 여러 사람들이 자고 있다. 곧 산소가 떨어져 모든 사람이 죽게 될 것이다. 그들은 의식을 잃어 혼수상태에 있는데 곧 조용히 다 죽게 될 것이다 (…) 내가 그들을 굳이 깨워서 그런 고통을 겪게 하는 것은 미안한 일이 아닌가? 그런 질문에 어떤 친구가 이렇게 답했다 한다. "그럴 수도 있지. 하지만 몇몇 사람이 깨어나면 그들은 철로 된 방을 부술 수도 있지 않은가?"

홍명희와 루쉰이 산 세상은 마치 출구가 없는 폐쇄된 철 방과 같았다. 그들은 지식인으로 암담한 상황 속에서도 "철로 된 방을 부술 수 있는 민중"을 일깨우기 위해 문예 운동을 했다.

홍명희의 『임꺽정』과 루쉰의 『아큐정전』은 일본제국주의와 개화기의 산물이다. 두 소설은 제국주의 시대에 민중을 계도할 의도로 씌어졌다.

『아큐정전』은 세계 각국어로 번역되어 가장 중국적인 소설로 자리매김되었다. 이에 대한 중국인의 반응은 중국인을 가장 특징적으로 그렸다는 반응과 중국인의 수치심을 폭로한 매국적 소설이라는 극단적인 반응이다. 그럼에도 불구하고 루쉰의 『아큐정전』은 중국 근대문학의 선구적인 작품, 중국의 전통적 문체를 계승한 작가로 한국에도 널리 소개되었다.

이에 비해 홍명희의 『임꺽정』은 한국문학의 전통적인 문체를 찾을 수 있는 작품이지만 이에 대한 평가는 저하되어 있거나 소극적이다. 홍명희의 『임꺽정』은 재해석되어 새로운 독자를 만날 수 있어야 한다. 한국문학은 『임꺽정』을 통해 전통적인 문체를 찾아 계승할 수 있어야 한다. 🦋

:: 참고문헌

- 강영주, 『벽초 홍명희 연구』, 서울 : 창작과 비평사, 1999.
- 강영주, 『한국 역사소설의 재인식』, 서울 : 창작과 비평사, 1991.
- 임형택 · 강영주 편, 『벽초 홍명희와 「임꺽정」의 연구 자료』, 사계절출판사, 1996.
- 정승모, 「조선풍속과 民의 존재방식」, 역사민속학회 편, 『역사속의 민중과 민속』, 서울 : 이론과 실천, 1990.
- 정철수, 『한국 민속학의 체계적 접근』, 서울 : 민속원, 2000.
- 한희숙, 「16세기 임꺽정 난의 성격」, 『한국사 연구』 89호, 한국사연구회, 1995.
- 홍기문, 「고원기행」, 『홍기문 선집』.
- 홍명희, 「『임꺽정전』을 쓰면서」, 『삼천리』, 1933년 9월호(『벽초자료』)
- 홍명희, 「대 톨스토이의 인물과 작품」, 『조선일보』, 1935년 11월23일~12월4일자(『벽초 자료』)
- 홍명희, 「서」, 홍기문, 『조선문법연구』, 서울신문사, 1947.
- 홍명희, 임꺽정 전10권, 제3판, 사계절출판사, 1995.
- 루쉰, 루쉰의 편지, 이룸, 2004.
- 엄영욱 嚴英旭 역, 『정신계의 전사』, 루쉰, 국학자료원, 2003/
- 루쉰, 『한문학사강요 고적서발집』, 선학사, 2003.
- 루쉰, 『아Q정전』, 청목사, 2001
- Lu, Hsuin, 『들풀』, 솔, 1996.
- 루쉰, 『阿 Q 正傳』, 학문사, 1995.
- 루쉰, 「아침 꽃을 저녁에 줍다」: 노신 산문집, 窓, 1991
- 루쉰, 『(語文閣)世界文學文庫』, 語文閣, 1990.
- 루쉰, 『三省版)世界文學全集 12』: 대북인, 반하류사회, 아Q정전, 三省出版社, 1988
- 루쉰, 『(컬러판)世界의 文學大全集-v.7』, 同和出版社, 1973.
- 위화(余華), 이보경 옮김, 『내게는 이름이 없다』(위화 단편소설집), 파주 : 푸른숲, 2007.
- 위화(余華), 최용만 옮김, 『허삼관 매혈기』, 서울 : 푸른숲, 1999.

조광화의 「남자충동」 다시 읽기

호 승 희 • 국제대학 영상문예과 교수

1. 조폭영화의 단초

1990년대 후반에서 2000년대 전반에 걸쳐 한국영화의 가장 큰 특징의 하나는 조폭영화의 강세이다. 「가문의 영광」을 비롯하여 「조폭마누라」, 「두사부일체」, 「죽거나 살거나」 나아가 영화미학적 완성도를 보여준다는 「주유소습격사건」과 같이 폭력을 중심축으로 하는 조폭영화가 한국영화계의 단골메뉴가 되던 시기이다.

이 조폭영화의 원조이면서 교본이라 불리는 희곡이 있는데 바로 조광화의 「남자충동」이다. 「남자충동」은 1997년에 발표된 조직폭력배의 중간보스를 주인공으로 한 연극이다. 이 당시만 해도 연극에서 조직폭력배가 주인공이 되어 무대에 올라온 적이 한 번도 없었기 때문에 많은 화제를 불러일으켰으며 관객들의 열렬한 호응 속에서 그해 여러 상들을 휩쓸기도 했다. 조광화의 「남자충동」은 곧바로 충무로 영화의 조폭영화로 자기 복제되기 시작하여 하나의 시대적 트렌드를 만들었다. 그래서 2004년 첫 공연에서 배역을 맡았던 연극배우들이 다시 뭉쳐 재공연했을 때 조광화 스스로 "조폭영화가 유행한 직후라서 시대에 뒤떨어져 보이지 않을까 염려된다."고 말할 정도였다. 그래도 "남자의 가부장적 자의식과 폭력의 만남이라는 주제는 여전히 첨예하므로 작품 완성도와 배우들의 노련한 연기로 극복할 수 있을 것"1)이라고 덧붙였다.

「남자충동」은 작가의 말처럼 가부장적 자의식과 폭력을 주제로 한 작품이다. 연극에서 폭력을 테마로 무대에 올린다는 것은 그만큼 충격적이면서 신선한 일이었던 것만큼 이 작품에 대한 논의도 꾸준히 진행되어 왔다. 1999년 정우숙은 한국현대희곡에 나타난 남성성의 두 양상에 대한 논의에서 천승세의 「만선」과 조광화의 「남자충동」을 예로 들었다.2) 여기서 정우숙은 「남자충동」의 주인공 장정을 통해 남성성을 논의하였다. 장정의 남성성은 가족을 부양하려는 책임과 책임을 지기 위한 구체적인 방법으로 힘을 선택하고, 그 힘을 열렬히 추구해야 하는 현실에 두고 있다. 장정은 가정을 돌보지 않고 노름으로 날을 지새우는 아버지를 거부하고 인위적인 폭력조직을 이끄는 보스 역할을 하는데 그 모습은 이른바 왜곡된 형태의 가부장제 논리로서 다분히 희화적으로 그려지고 있다.

같은 해 백현미는 남성성 논의에서 한 걸음 더 나아가 가부장제 신화를 기반으로 「남자충동」을 분석하였다. 논자는 이 작품이 가부장제에서 작동하는 권력의 한 방식으로 파악하고 그 속에 내재된 신화들이 전형성을 드러내고자 했다.3) 가부장제 신화란 남성들 사이의 위계적 질서와 여성 지배를 기반으로 이루어진 신화이다. 「남자충동」에서는 깡패조직을 패밀리로 둠으로써 가부장제 신화와 유비관계를 두고, 가부장제 신화가 가족뿐아니라 사회 전반을 지배한다고 보았다. 「남자충동」은 가부장제 신화를

----

1) 「원조 조폭드라마가 다시 뜬다」, 경향신문, 2004년 3월3일.
2) 정우숙, 「한국현대희곡에 나타난 남성성의 두 양상 – 천승세의 「만선」과 조광화의 「남자충동」을 중심으로」, 『이화어문논집』, 17집, 이화여자대학교 이화어문학회, 1999년.
3) 백현미, 「가부장제 신화의 구축과 해체 – 조광화의 「가마」와 「남자충동」을 중심으로」, 『한국연극학』 Vol.12, 한국연극학회.

보여주면서 이 신화를 해체하고자 근친상간과 근친살해라는 모티프를 사용하고 있다고 했다. 곧 "근친상간과 근친살해는 가부장제 체제가 근본적으로 근친상간적 욕망과 근친살해적 욕망에 의해 유지되는 체계이며, 그러면서 또한 근친상간과 근친살해를 금기하는 위기의 체제임을 보여준다."는 것이다. 또한 가부장제 질서를 유지하는데 집착하는 남주인공 장정이 아이러니컬하게 가부장제 자체의 작동원리에 의해 제거됨으로써 가부장제가 근본적으로 억압의 질서이고 이 억압의 질서는 해체될 수밖에 없다는, 가부장제의 모순을 폭로한다.

2002년 이신정은 자끄 라깡의 욕망이론을 차용하여 「남자충동」의 중심 인물인 장정의 욕망과 폭력적 행동을 분석했다. 여기서 장정은 결코 채워지지 않는 욕망과 오인된 자아와의 동일시로 인해 폭력 충동에 사로잡히는 인물로 파악하고 이를 통해 욕망과 폭력의 구조가 작품의 의미 생산에 기여하는 방식에 대해 고찰하고 있다.4)

이러한 여성연구자들의 논의에 대해 2007 안석환은 주인공 장정의 폭력성에 초점을 두어 논의하고 있다. 안석환은 1997년 「남자충동」이 초연되었을 때 주인공 장정의 역을 맡았다. 그리고 2004년 재연되었을 때에도 역시 장정 역을 맡았다. 연극배우가 자신이 연기한 배역에 대해 직접 논문을 쓴 것이다. 여기서 안석환은 앞서의 여성연구자들의 「남자충동」에 대한 논의 가운데 폭력성이 배제되었음을 지적하면서 남주인공 장정의 폭력성에 초점을 맞추어 이야기했다. 장정이 보여주는 폭력성에 대한 구분과 함께 장정의 폭력성은 어디에서 비롯되며 폭력을 다루는 방식은 어떻게 구분되는가 그리고 이러한 구분이 가지는 목적과 효과는 어디에 있는가를 다루고 있다.5)

4) 이신정, 「조광화 희곡 「남자충동」에 나타난 욕망과 폭력의 구조」, 『이화어문논집』 20호, 이화여자대학교 이화어문학회, 2002년.
5) 안석환, 「조광화의 「남자충동」에 나타난 폭력성 연구」, 성균관대학교 석사학위논문, 2007년.

작품의 주체에 해당하는 폭력성에 대한 문학적 의의가 희곡(연극)이라는 특수성 가운데 어떤 방식으로 전달되는지 검토하여 장정의 폭력을 의식적 폭력과 무의식적 폭력으로 구분하여 냉혹하고 이기적인 사회 현실에 한 인물이 선택한 삶의 방식으로 보고 이러한 사고방식이 마키아벨리의 정치이론과 맞닿아 있다고 논자는 주장하고 있다. 또한 장정의 무의식적인 폭력은 어린 시절 자폐아 동생인 달래를 놀림과 조롱에서 보호하고자 했던 보호 본능적인 욕구에서 비롯되었음을 지적하고, 이에 따라 장정은 자신의 이상적 자아를 알 파치노와 같은 강력한 힘을 가진 인물로 설정하고 자신의 가정과 조직의 갈등을 폭력행위로 해결하고자 한다. 그러나 상정의 자아 이상인 누이동생 달래는 장정의 이러한 폭력행위에 공포와 혐오가 커지며 결과적으로 장정을 심판하는 역할을 한다.

안석환의 논의에서 폭력은 공개와 은폐의 두 범주에서 다루어진다. 장정이 폭력을 행사하는 사건들은 무대상에서 공개적으로 진행되지만, 반대로 장정이 폭행을 다하는 사건들은 언어적 보고를 통해 전달된다. 이러한 전달방식을 통해 관객은 장정을 폭력의 가해자로서 파악하게 되고, 불의한 폭력의 가해자로서 장정이 죽음을 맞이한다. 이것은 인과응보적인 심판이며 이를 통해 가부장제 및 보수적 남성성에 대한 문제를 제기하는 작품의 주제가 명확하게 전달되는 효과를 얻는다고 하였다.

조광화는 「남자충동」을 비극적인 작품으로 창작하였다. 작가는 '폭력성과 성의 문제'를 다루어 보고자 이 작품을 썼다고 스스로 밝힌다. 폭력과 성의 문제는 가부장적인 남성성의 문제로서 이것은 하나의 권력이며 이 권력은 근친상간에 의해 유지된다. 장정의 남성적 폭력과 권력 유지를 위해서는 주변의 다른 인물들이 필요하다. 원래 폭력에는 대상이 있는 법이다. 그 대상이 때로는 아버지가 되기도 하고 남동생이 되기도 하며 패밀리의 부하가 되기도 하고 동성애자가 되기도 한다.6)

6) 김미희, 「작가 조광화와의 대화」, 『한국희곡』 통권제18호, 2005년 6월.

작품에서 치러진 수많은 폭력은 어느 한쪽으로 그치지 않고 무차별적이다. 다시 말하면 지금까지 「남자충동」 연구는 주로 주인공 장정과 장정의 폭력에만 초점이 맞춰져 있었을 뿐, 폭력을 일으키는 대상인 작품의 다른 주요인물에 대한 이야기가 충분하지 못했다고 볼 수 있다.

이에 따라 본 논의에서는 「남자충동」의 각 인물에 대한 본격적인 분석을 하고자 한다. 「남자충동」의 등장인물을 장정과 아버지 이씨, 그리고 장정이 거느리고 있는 패밀리의 식구들인 조폭들을 한 그룹으로 묶고, 그 덩어리의 정반대에 서 있는 여성들 즉 어머니 박씨와 달래를 인물의 또 다른 그룹으로 묶어 보았다. 그 중간에 남성이면서 동시에 여성인 동성애자 단단과 남성적이고 싶어 하지만 성격 자체가 우유부단하여 지극히 여성적인 장정의 남동생 유정을 장정과 달래 사이의 중간적 역할로 묶었다.

본 논의는 문학작품으로서 희곡 텍스트에 접근하여 인물을 중심으로 한 자세한 작품 읽기를 통해 각 인물들의 구체적인 모습과 인물들의 관계 속에서 드러나는 여러 가지 행위와 그 의미들을 파악하는 데 주력하고자 한다. 이렇게 하면 장정의 폭력은 단순한 가부장제 남성성으로서의 폭력뿐 아니라 또 다른 문학적 재해석을 보여줄 것이라고 생각하기 때문이다.

「남자충동」의 줄거리와 구성적 특징

작가 조광화가 스스로도 영화 「대부」를 좋아한다고 밝힐 정도로 폭력에 대해 많은 관심을 갖고 쓴 「남자충동」은 주인공 장정을 중심으로 전개되는 가족 이야기이다. 장정의 가족은 혈연관계에 놓여 있는 진정한 의미의 가족과 조직폭력배의 중간보스로서 폭력으로 맺어진 조직 즉 패밀리이다. 작품의 줄거리는 이 혈연적 가족과 인위적 가족 이야기가 서로 교차되면서 전개된다.

장정의 가족은 아버지 이씨와 어머니 박씨 그리고 남동생 유정과 여동생 달래가 있다. 맏아들인 장정은 목포에서 활동하는 작은 폭력조직의 보스이다. 장정은 언제나 영화 「대부」에서 알 파치노가 역할을 한 마이클 꼴레오네를 우상으로 여긴다. 알 파치노는 그의 삶의 기준이자 목적이다. 그런데 장정의 아버지 이씨는 경제적인 능력도 없을 뿐더러 오히려 가족들에게 짐만 되는 존재이다. 평생 노름만 하여 집안의 재산을 다 말아먹고 그것을 대신하여 어머니 박씨가 가족의 생계를 꾸리기 위해 장사를 한다. 말하자면 장정의 가족은 어머니가 가부장이 된 왜곡된 가족관계에 놓여 있다.

사건의 발단은 이씨가 친구들과 노름판을 벌이는 데서 일어난다. 박씨는 이씨가 노름으로 그나마 애써 마련한 집을 담보로 잡혔다는 사실을 알고 부엌칼을 들고 와 이씨를 추궁하면서 이혼하고 집을 나가겠다고 한다. 장정은 실질적인 아버지 노릇을 해오던 박씨의 반란에 당황한다. 보다 못한 장정은 밤에 복면을 쓰고 집에 들어가 아버지의 두 손을 자른다. 유정은 형의 행위를 눈치 채고 형에 대해 회의를 느낀다. 그리고 박씨는 자기 인생을 살겠다면서 집을 나간다. 장정은 이런 어머니를 비난하며 앞으로 직접 집안을 꾸려나가겠다고 다짐한다.

한편 장정은 이웃 조직인 양동파가 자기 조직원을 구타했다는 사실을 알고 양동파 두목인 팔득의 집에 잠입한다. 거기서 일본도로 팔득의 두 손을 찔러 불구자로 만들고 조직의 큰 성님으로 올라선다. 그러나 아버지 이씨가 장정이 자기 손을 잘랐다면서 경찰에 신고하고 장정은 경찰에 연행된다.

2년 후 감옥에서 나온 장정은 집으로 돌아가는 길에 마스크를 쓴 사내한테 공격을 당한다. 장정은 자기가 감옥에서 나오는 사실을 아무도 모르는데 이런 사건이 벌어진 것에 대해 의아해한다. 집으로 들어선 장정은 변해 버린 집안의 상황에 놀란다. 어렸던 달래는 완전히 성숙한 여자가 되고, 아버지는 집을 나갔다. 그 자리에 동생 유정이 애인 단단이와 함께 메꾸고 있는 사실을 알고 특히 자신이 존경하는 알 파치노 사진이 단단의 옷에 가려졌다는 것에 매우 불쾌해한다. 집안에서 자기 자리를 빼앗긴 장정은 이성과 통제력을 잃기 시작하면서 단단을 힐책하며 강간하려 든다. 그런데 단단이 여장남자임을 알고 기겁하면서 무자비하게 폭행한다. 이것을 목격한 달래는 비명을 지르고 달아나고 장정은 달래를 달래 보지만 달래는 다락에 숨는다. 단단의 일로 분노한 유정이 손에 칼을 쥐고 뛰어들어오고 장정은 유정의 칼을 피하면서 주먹으로 위협한다. 이때 다락에 숨어 있던 달래가 장정의 일본도를 집어들어 장정을 찌른다. 장정은 칼에 맞은 채 죽는다.

이 작품은 1997년 서울연극제에서 공연된 뒤 그해의 연극상을 받으면서 수많은 긍정적인 평가를 받았다. 최준호는 "작품이 표면적으로 드러낸 의미, 즉 남자다운 삶에 대해 여러 가지 성찰을 가능하게 해준다"고 했으며,7) "현실을 자신에 대한 과대망상적 환상으로 처부수려 하는 한국의 평균적 남자에 대한 연구보고서",8) "남자로서 자신의 정체성을 찾아가는 과정과 함께, 그러한 자신을 다시 해체하고 반성하는 시각을 견지하고 있다."9)는 평가가 나왔다.

2004년 다시 재연을 할 때에는 "강한 남자가 되어야 한다는 소위 알파치노 콤플렉스의 비극적인 결말을 보여"주면서 "폭력으로 대변되는 남성성과 가부장적 사고방식이 현실에서 어떤 결과를 초래하는지 생생하게 보여줌으로써 폭력에 대한 허상을 발가벗긴다."10) 또 「남자충동」은 "수컷들은 왜 둘만 모이면 서열을 따져 명령·복종관계를 만들고, 힘센 수컷은 왜 나머지 무리들을 정신적·물질적으로 책임지려 할까. 「남자충동」은 그 충동에 대한 해부도"11)임을 지적하고 있다.

이렇듯 「남자충동」에 대한 대부분의 평론을 살펴보면 거의 대부분이 남

7) 최준호, 「젊은 연극인들의 무대가 돋보인 4월」, 『한국연극』, 1997년 5월.
8) 이혜경, 「이 화사한 봄에 절망과 희망이 엇갈리는 이유」, 『한국연극』, 1997년 5월.
9) 신아영, 「연극의 새로운 세대, 30대 연극을 주목한다」, 『공연과 리뷰』, 1997년 5~6월.
10) 「남성충동신화」, 문화일보, 2004년 3월2일.
11) 「남자충동-'수컷=열등'을 증명하는 수작」, 경향신문, 2004년 3월20일.

성들의 폭력에 대해 집중조명하고 있다. 특히 그 폭력이 가져다주는 비극성은 작품의 구성을 통해서 면밀하게 장치되어 있다. 「남자충동」은 일반적인 희곡작품의 구성과는 달리 2막과 중간의 막간 보드빌로 구성되어 있다. 그리고 작품의 앞뒤로 주인공 장정의 독백으로 이루어진 에필로그와 프롤로그가 붙어 있다. 이런 작품 구성은 작품의 주제와 긴밀하게 연결된다. 일단 막과 장으로 구성된 구조를 정리해 보자.

프롤로그
제1막 아버지와의 싸움
　자막1 — 아버지
　자막2 — 이혼
　자막3 — 패밀리
막간 보드빌
제2막 형제와의 싸움
　자막4 — 관능 vs 폭력
　자막5 — 강간
　자막6 — 살인
에필로그

　이 작품은 일반적으로 희곡의 구성단위인 막(Act)와 장(Scene)으로 구성되지 않고 두 개의 막에 총 여섯 개의 자막으로 장면으로 구성된다. 막(Act)이란 극의 길이를 구분하고 극적 행위를 분할하는 단위이다. 전체 구조를 의미 있고 통일성 있는 부분으로 잘라낸 이야기 단위이며 일반적으로 사건의 진행과정에서 극의 전체 구조와 하나의 상대적인 전체성을 맺고 있는 사건들의 의미단락이라 할 수 있으며, 전체 구조의 필연적인 분

----

12) 민병욱, 『현대희곡론』제3판, 삼영사, 2006년, 119쪽.

할단위로써 주제적 단위라고 할 수 있는데,12) 이 작품의 막 구분은 이러한 정의에 잘 부합된다.

즉 작가가 작품에서 설정한 1막에는 아버지와의 싸움을, 2막에는 형제와의 싸움이라는 부제목이 달려 있다. 이를 통해 1막의 하위 장에서 각각 다루고 있는 것은, 장정의 문제아 아버지 이씨를 관객에게 소개하고 이 아버지로 인해 발생하는 첨예한 가정의 문제인 이혼을 막아보고자 장정이 아버지의 손목을 자르고 아버지를 무력하게 만들어 버리는 것, 곧 아버지의 자리에 등극하기까지를 다룸으로써 제목에서 밝힌 것처럼 아버지와 싸우고 있다.

2막에서도 소제목에 충실한 구성을 보여준다. 장정은 2막에 들어서자마자 부하를 폭행하고 동생의 애인을 강간하려다가 결국 여동생에게 살해된다는 그야말로 형제와 싸운다. 1막이 가정과 조직의 보스로 등극하는 과정을 다루었다면, 2막은 그의 몰락을 다루고 있어 이 작품의 막 구분은 작품의 내용과 부합된다.13)

다음 프롤로그와 에필로그의 사용이다. 여기서는 장정의 독백에 의존되고 있다. 프롤로그에서 장정은 사건을 관객들에게 알려주며, 에필로그에서는 죽은 후 자기의 삶을 되돌아봄으로써 관객으로 하여금 장정을 통한 현대의 남성상에 대한 부조화를 느끼게 해준다. 프롤로그와 에필로그는 작품의 줄거리를 관객들이 장정의 입장에서 관찰할 수 있게 해주는 하나의 틀(frame)인 셈이다.

끝으로 막간 보드빌의 도입이다. 1막과 2막 사이에 끼어 있는 막간 보드빌은 원래 여러 종류의 연희 가운데 다른 행사의 막간에 공연되던 것을 가리킨다.14) 이것은 특정한 형식에 구애받지 않고 오락을 목적으로 하는 연극양식이다. 그리고 보드빌은 풍자적인 노래를 말한다. 잘 알려진 노래

13) 안석환, 49쪽.
14) 오스카 G. 브로켓 외, 『연극의 역사 I 』, 전준택 역, 연극과 인간, 2005년, 184쪽.
15) 오스카 G. 브로켓, 『연극개론』, 한신문화사, 1992년, 502쪽.

가락에 가사를 끼워 맞춘 노래가 들어 있는 다양한 오락성을 제공하는 희곡을 말한다.15)

그런데 이 작품에서의 막간 보드빌은 단순히 오락을 위한 것이 아니라 막과 막 사이를 연결시키는 중간다리로 사용된다. 여기서 달래가 부르는 '목포의 눈물'은 2막의 사건 전개를 암시하는 역할을 한다. 그것은 달래의 여성으로의 성장을 의미하며, 1막과 2막 사이에 시간이 흘렀음을 간접적으로 보여주는 기능을 한다. 달수가 달래의 성숙한 모습을 보고 성적인 욕망을 일으키고 있다는 점에서 2막에 어떤 갈등들이 일어날 것인가 알려주는 역할을 한다.

이처럼 「남자충동」의 작품구성은 작품의 내용전개와 밀접하게 관계되어 작품성을 한층 더 높인다. 그리고 이 작품의 구성상 주목할 부분이 독백과 방백의 사용이다. 「남자충동」에서 대사 특징은 독백과 방백의 과다한 사용이다. 독백은 화자의 생각, 의도, 감정을 다시 말해 화자의 내면세계를 폭로하는 기능을 한다. 또한 관객과 대화를 하여 직접 의사소통을 하기도 한다. 방백은 대화가 진행되는 도중에 문득 대화하는 무리에서 빠져나오거나 한 걸음 물러서서 혼자 말하는 대사 혹은 관객을 상대로 말하는 대사를 말한다. 독백이 의도적이고 조직적인 데 비해 방백은 비의도적이며 관객에게 포착된 대사와 같은 인상을 준다.16)

「남자충동」에서의 독백은 에필로그와 프롤로그에 집중된다. 특히 이야기에서 죽는 장정이 에필로그 장면에서 살아나 독백을 하는데, 이 독백은 자기 삶에 대한, 그리고 자기를 통해 구현된 가부장적 권력 질서 전체에 대한 해설이 나온다. 이 해설을 통해 관객들은 장정의 죽음에 대해 슬픔의 감정이 생겨나는 것을 막으며, 장정의 인생 전체를 통찰하게 만든다.17)

16) 신현숙, 『희곡의 구조』, 문학과 지성사, 1990년, 92~98쪽.
17) 백현미, 280쪽.

이러한 효과는 방백의 현란한 사용에 의해 더욱 강화된다. 1장 1자막에서 박씨와 이씨의 대화에서 두 인물은 대화 도중에 서로 방백을 한다. 이씨는 노름꾼 친구들 앞에서 위신이 엉망이 되었다고 분해하며 자기의 심사를 이야기하고, 박씨는 이씨에게 한바탕 반란을 일으키면서 갖게 된 행복을 이야기한다. 여기서 이씨는 안타까운 불안을, 박씨는 자유의 희열을 보인다.

이렇게 방백은 작품 곳곳에서 나타난다. 2장에서 남편과 이혼하겠다고 말하는 박씨와 그 말을 듣는 장정 사이의 대화 틈틈이 그 대화의 심층 심정들을 드러내며, 3장에서는 장정이 아버지 손을 잘랐다는 것을 눈치 챈 유정이 장정에 대한 반감을 키우고 발산하는 통로로서, 4장에서는 단단과의 만남을 형에게 저지당하자 형에게 반역하는 논리를 키우는 통로로 사용된다. 이렇게 독백과 방백은 관객으로 하여금 극 몰입에 대한 심리적 거리감을 키우면서 가부장제 남성성의 억압이라는 주제에 대해 비판적인 거리감을 갖게 해주는 역할을 하고 있다.18)

끝으로 「남자충동」의 구성적 요소에서 빼놓을 수 없는 것이 바로 음향효과이다. 베이스기타의 연주음은 극의 진행에 있어 시종일관 관객들의 감정이입을 거부하고 거리두기를 유도한다. 달래의 노래 또한 이와 유사한 효과를 지닌다. 말하자면 폭력으로 점철되어 긴장감으로 폭발되기 쉬운 극적 정서가 그와는 반대되는 부드러운 기타의 연주음으로 인해 긴장감을 이완시키고 작품에 대한 관객들의 감정적 몰입을 차단하는 효과를 가져다주는 것이다.

폭력의 모습들

「남자충동」의 부제목은 '주먹 쥔 아들들의 폭력충동' 이다. 즉 폭력이 이 작품의 주된 소재이다. 특히 주인공 자정은 폭력의 구심점이 되어 폭력을

---

18) 백현미, 282쪽.

일으키는 대상이면서 폭력을 당하는 대상이 된다. 여기서는 칼이 언제나 매개체가 되어 움직인다. 이 작품에서는 그야말로 다양한 종류의 폭력이 나오는데 아버지의 손을 자르는 가정폭력에서부터, 조직폭력배들 사이의 폭력, 성폭행, 그리고 최후에는 살인이라는 극단적인 폭력에 이르기까지 작품 전체가 폭력으로 점철되어 있다.

여기서 주인공 장정이 보여주는 폭력의 실상은 두 가지 측면으로 나누어 볼 수 있다. 첫째, 스스로 의식하여 저지른 목적 있는 폭력이다. 이것은 아버지 이씨에 대한 폭력과 팔득에 대한 징계적 성격의 폭력이다. 장정이 이들에게 저지르는 폭력의 이면에는 상한 책임의식이 도사리고 있다. 우선 아버지 이씨는 어머니 박씨가 평생 가족들을 먹여 살리고자 자식들을 돌보지도 못한 채 고생하여 마련한 집을 노름으로 날린다. 박씨는 분개하여 이혼을 요구하고 집을 가출하겠다고 하자 장정은 그런 어머니를 말리기 위해 아버지를 응징한다. 여기서 장정의 폭력은 어머니의 가부장적 지위를 지키고 가족을 지키기 위한 목적 있는 폭력의 성격을 지닌다. 그리고 팔득에 대한 폭력은 장정의 부하에게 폭력을 가하고 자신의 조직을 위험에 빠트리는 것에 대한 응징이면서 동시에 세력을 키우기 위한 한의 사회적 수단으로서 저질러진다. 장정은 이 폭력을 자행하면서 끊임없이 자기 자신을 정당화한다. 즉 이씨와 팔득에 대한 폭력은 이성에 의해 지배를 받는 계획적이고 계산된 폭력이다. 일반적인 도덕규범에 따라 행동하는 사람들의 경우 폭력을 행사하여 자신의 목적을 달성하는 것은 비윤리적이고 지양되어야 할 것으로 생각하지만, 장정에게 있어 폭력의 사용은 불가피한 것이며, 자신의 목적을 달성하기 위해 꼭 필요한 사업으로 여겨지고 있다.19)

둘째, 장정의 우발적인 폭력으로 장정의 비극적인 결말은 이 우발적인 즉 충동적인 폭력에서 비롯된다. 그 폭력은 다분히 성폭력과 결부되어 있

19) 안석환, 17쪽.

기 때문에 더욱더 처참한 몰락의 길을 걸을 수밖에 없다. 폭력을 저질러도 장정은 오로지 어떻게 폭력을 사용해야만 자기에게 유리한지 검토하던 인물이다. 그러나 2년간의 수감생활을 마치고 감옥을 나왔을 때 장정의 냉정한 계산력은 이미 사라지고 남은 것은 충동 즉 남성적 본능에 휘둘리는 인물로 바뀌고 만다. 폭력을 저지르는 주체의 변화는 곧바로 폭력의 성격도 변질시킨다.

"눈은 평정을 잃고 신경질적으로" 반응하는 장정은 가족의 장남으로서 그리고 조직의 보스로서는 타락된 모습이다. 2막에서 장정은 조직의 부하를 지켜줘야 하는 보스의 책무를 잊은 채 부하들을 가혹하게 대한다. 이것은 부하들의 배신을 유도하는 태도이다. 달래를 탐하는 달수에게 폭력을 가할 때 거기에는 제어되지 않는 야수성으로 날뛰는 폭력만 있을 뿐, 1막에서 장정이 보여주던 제어된 폭력은 아니다. 폭력은 또 다른 폭력을 불러일으켜 점점 고조되어 갈 뿐이다. 의식적으로 제어된 충동은 2막에 들어서 무의식적인 충동으로 변질되어 폭력을 더욱더 야만스럽게 만든다.

이 작품에서 폭력의 최고조를 달하는 부분은 단단에 대한 장정의 폭력 장면이다. 단단에 대한 폭력은 다른 대상에 대한 폭력과는 양상이 아주 다르다. 그것은 장정이 처음 저지르는 여성에 대한 성폭력이며 동시에 여성화된 남성에 대한 응징적인 폭력이다. 이씨나 팔득, 달수, 유정은 어디까지나 폭력의 대상이 남성으로 한정되어 있지만 단단의 경우는 보다 복합적으로 나타난다. 장정을 몰락시키려는 달수와 같은 부하들의 배신보다 가장 먼저 장정을 응징하는 직접적인 원인 또는 바로 단단에 대한 폭력이라고 할 수 있다.20)

단단은 작품의 첫 부분부터 이야기를 이끌어나가는 중요한 코드이다. 단단은 장정의 여동생 달래에게 끊임없이 노래를 배워주고, 점을 쳐서 장정의 불길한 미래에 대해 예언을 내놓기도 한다. 남성성과 여성성 사이에

20) 안석환, 25쪽.

서 갈등하는 유정에게 남성성의 왜곡에 대해 수시로 지적하는 인물이다. 어떻게 보면 단단은 장정에게 있어 가장 강력한 안티고니스트이며 적대적 인물이다. 그것은 성의 역할이 분리되지 않은 또 다른 세계, 장정에게 있어서 절대로 인정하고 싶지 않은 중간적 세계인 동성애 코드의 인물인 것이다.

이 단단에 대해 작가 스스로 "「남자충동」은 동성애 코드도 나오는데, 단단이는 가부장적 요소를 가지고 있을 때 남성이 두려워하는 한 요소에요. 여자처럼 될까 봐 약한 모습 안 보이려고 애쓰고 약한 모습 보여지면 끝장이라고 생각하는 거죠. 거세 공포하고 똑같은 거거든요."21)라고 밝히듯이 장정의 폭력을 이해하려면 바로 작품 속의 단단에게 보다 더 많은 주목을 해야 한다.

장정과 이씨

「남자충동」에 대한 기존의 연구를 살펴보면 대략 남주인공 장정에 초점이 맞추어지고 있는 것을 보게 된다. 그리고 남주인공의 폭력성과 그것에 대한 의미 파악 등으로 이야기가 몰려 있다. 조광화 작가 스스로도 가부장제 남성성이라는 것을 염두에 두고 쓴 작품이기 때문에, 그리고 제목 자체에서 알 수 있듯이 남자들의 폭력적 충동에 대한 이야기이기 때문에 이러한 논의는 자연스럽다. 그러나 이 작품이 일인 모노극이 아닌 이상에 남주인공 장정의 폭력에는 그 폭력을 불러일으키고 의미를 갖게 해주는 상대적 등장인물이 주인공 이상으로 중요하게 생각될 수 있다. 우선 장정과 이씨의 관계를 들여다보자.

장정은 목포에서 활동하는 조직폭력배 중간 보스이다. 탄력 있는 근육이 잘 발달된 사내로서 공격적인 눈빛을 가지고 있다. 이장정이란 이름은 그의 할아버지가 "튼튼하고 기운좋은 으른 되라"(프롤로그)고 붙여준 이름

••••••••••••••••••
21) 김미희, 34쪽.

이다. 장정은 남자어른의 장정과 같은 뜻을 가지는데, 이것은 이미 장정이 란 이름에 남성적 힘이 담겨져 있다는 뜻이다. 게다가 장정이 살고 있는 집은 일본식 가옥으로 원래 일본 야쿠자의 첩이 살던 집이다. 집 자체가 이미 폭력이 깃들여져 있는 것이다. 게다가 장정이 이 집에서 우연히 발견한 일본도는 앞으로 칼을 통해 어떠한 폭력이 자행되는가를 말해 준다.

장정은 프롤로그에서 자신이 아버지 이씨에게 어릴 적부터 맞고 살았다고 말한다. 이씨는 약하고 어린 아들을 때리는 폭력적인 아버지이다. 강자에게는 강하고 약자에게는 약한, 전형적인 약육강식의 남성이다. 이러한 이씨는 장정에게 있어 분노의 대상이다.

> "장정 : 아버지만 생각허믄 분통이 터진게. 긍게 분노여. 벌교서는 지
> 게 작대기로 패고 논두럭이다 떼밀드만, 목포 온게 벽장으로다 가두고
> 허리띠로 후려치고 쌍욕을 해불드만, 인자, 나가 살이 근육이 땅땅하게
> 여문게, 나 눈치 빌빌 본게로 말여. 참말 비굴스러버서! 인자, 아버지야
> 한 주먹에 때려눕힐만치 나가 장사지만 그라진 않으요. 워쩠그나 나 아
> 버지니께."(프롤로그)

위의 독백에서처럼 장정에 얼마든지 이씨에게 응징할 수 있지만 아버지니까, 그래도 이름뿐이라도 가부장이니까 참는다. 왜냐하면 아직까지 장정에게는 알 파치노를 모델로 하는 부자지간의 사회적 윤리라는 것이 남아 있기 때문이다. 그러나 이 윤리도 가족의 파괴 앞에서는 의미 없는 것이 된다.

사건의 발단은 이씨의 노름이다. 장정의 가족은 실제로 남녀의 역할이 뒤집어진 여성가부장제로 꾸려져 왔다. 이씨는 이제껏 제대로 가장의 역할을 해본 적이 없다. 평생 노름으로 어머니 박씨가 벌어온 재산을 말아 먹기 일쑤이다. 사건의 시작은 노름판을 벌이고 있는 장소가 박씨가 부엌

칼을 들고 들이닥치는 데서 시작된다. 박씨는 이씨에 대한 응징을 하고자 부엌칼을 들이밀지만 결국은 실패한다. 그리고 스스로 짊어져 온 여성가부장 역할을 내던지고 가출을 결심한다. 장정은 가족이 파괴되는 것을 막고자 이름뿐인 남성가부장 이씨를 어머니 대신 응징한다. 장정이 이씨의 두 손을 자르기 전에 다음의 말을 한다.

> "장정 : (방백) 해내야 허는디. 이자 뒤로 물러설 수는 없는개비다. 눈
> 딱 감고 저질른다. 흥분허지 말고 상황판단 잘 허자. 후회는 없다. 냉전
> 허니 상악헌다."(1막 자막1)

이 장면은 팔득을 공격하기 전에 한 말이다. 그러나 이 말은 동시에 이씨를 응징하는 말이다. 왜냐하면 바로 장정의 그 다음 행동이 벽장의 마루를 뜯어 일본도를 확인하는 일이었기 때문이다. 이 일본도는 팔득의 손을 찢는 동시에 이씨의 두 손을 자르는 도구가 된다.

> "장정 : 사내가 되야각고 가족 하나 못챙기믄 동생들이 월매나 우습게
> 볼거여. 그럴수야 없제. '알 파치노, 알 파치노, 알 파치노.' 패밀리, 조
> 직, 가족에 해가 되믄 누구든 제거헌다. 그려 다 사업잉게. 희생도 으쩔
> 수 없제. (사이) 세상일이란 참 이상혀. 머든 한꺼번에 터진당게. 좋은 일
> 도 글코, 나쁜 일도 글코. 선택해야 헐 일, 결단해야 헐 일이 많어. 주사
> 위 한번 더 던져볼어." (1막 자막1)

1장에서 장정은 이씨와 팔득을 동시에 응징하는데, 여기서의 의미는 똑같다. 하나는 어머니 박씨의 이혼과 가출을 유발하는 아버지 이씨에 대한 가족내에서의 응징이요, 다른 하나는 사회적 가족인 자기 패밀리를 흔드는 팔득에 대한 응징이다. 두 개의 응징은 대내적/대외적인 입장만 다를

뿐 내용은 똑같다. 즉 장정에게 있어 가족은 절대로 파괴되어서는 안 되는 보루라는 점이다. 그것을 지키기 위해서는 폭력의 수단이라도 정당화된다. 그것은 냉정함과 후회 없음을 요구하는 일이다. 이씨는 결국 장정에게 두 손을 잘림으로써 가부장임에도 가부장이지 못한 것에 대한 응징을 당한다. 팔득도 마찬가지이다. 남의 가족을 침범한 것 없이 이씨의 행위와 다름없다.

그러나 이러한 가정적 혹은 사회적 강한 책임의식을 갖고 행한 폭력은 이씨와 팔득의 경찰 고발로 대가를 치르게 된다. 장정은 그래도 감옥에 끌려가는 자신에 대해 "시련은 큰 인물을 만드는 거시여"(1막 자막3)라면서 스스로를 위로한다. 그리고 동생 유정에게 집을 잘 지키라고 당부한다. "이 새끼, 집이 잘못되믄 너 죽을 중 알어!"(1막 자막3)라고 못을 박으면서 만약 그렇지 못할 경우에는 다분히 응징한다는 복선을 깔아놓는다.

2막에 들어서 장정과 이씨는 서로 다른 길을 간다. 우선 이씨는 가출한 박씨를 찾아 나서고 그 자리를 이씨 대신에 단단이 들어서고 있다. 이씨는 산사의 절에 있는 박씨를 찾아간다. 산사에서 박씨는 절의 중과 동거하면서 유랑을 한다. 그런데 그곳에서의 박씨의 말투와 움직임에는 평화와 여유가 있다. 이씨는 박씨에게 집으로 되돌아가자고 하지만 박씨는 거절한다. 억지로 끌고 가려 하자 "아직도 심자랑이여라?"하는 박씨의 말만 듣게 된다. 하는 수없이 집으로 돌아온 이씨는 출옥한 장정과 마주하면서 이런 말을 한다.

"장정 : (생략) 집이 아버지가 있어야지라. 안그요. 오셨웅게 됐어라. 이자부터 가장맹키 기운 차리시랑게요.
  이씨 : 니가 애비 엄씨 없는 놈인디 나더러 워째 아버지라 허냐. 즈이 애비 손모가지 짤라불더만 아버진 머시고 가장은 머다냐."(2막 자막6)

더 이상은 가장 노릇을 할 수 없다고 장정에게 밝힌다. 이씨는 장정이 없는 집에서 실질적으로 가부장 노릇을 해야 하건만 철저하게 그것을 거부한다. 아버지임에도 아버지 노릇을 하지 못하는 이씨의 존재는 장정에게 비극을 가져다주는 가장 큰 원인이다. 어쩌면 아버지 이씨는 장정에게 있는 숨길 수 없는 야누스와 같은 뒷면일지도 모른다. 장정이 감옥에 있을 동안 정상적이라면 어머니 박씨 대신에 이씨가 가족을 이끌어 가야 하건만 이씨는 표면적으로는 장정에게 두 손을 잘렸다는 이유로, 내면적으로는 그 자신의 능력 없음으로 가부장 되기를 포기한다. 이 가부장으로서의 능력 없음은 결국 장정에게 가부장 되기를 강요하고 장정은 그것에 대한 집착으로 그야말로 힘에 대한 절대적인 믿음을 갖게 된다.

> "장정 : 사내는 말여 자고로 심이여! 사내로 세상에 태어나 성공혀야 허는디, 두길이여. 하나는 합법적으루다 나라 대통령이나 회사 오너 되는 거이고, 둘로는 조직의 보스가 되는 거인디, 긍게 불법이여 그기.⋯⋯ 나가 패밀리를 지키는 일이라믄 워떤 적이든 가차없이 공격해부러. 나가 강한께로 존경받는 가장인게! 사내라믄 그려야 안쓰겄소."(프롤로그)

이렇듯 이씨와 장정은 극단적으로 대비되는 인물들이다. 한쪽은 가부장 되기를 거부한 자이고 한쪽은 가부장 되기를 갈망하는 자이다. 이 작품에서의 가부장이란 철저하게 자기 가족을 보호하고 그 안에서 왕으로 군림하는 체제이다. 이 체제를 파괴하는 무엇이 있다면 그것은 일차적으로 제거해야 할 장정의 적이 될 뿐이다. 장정의 폭력은 철저하게 이것을 중심으로 움직이고 있다.

단단과 유정

장정은 어머니 박씨의 이혼과 가출을 막기 위해 아버지 이씨에 대해 양

손 자르기라는 폭력을 휘두른다. 즉 가족 내에서의 폭력이다. 그 폭력은 어디까지나 가족이란 울타리를 파괴하지 않기 위한 장정 나름대로의 행위이다. 작품을 꼼꼼히 읽어보면 장정은 가부장제 가족 지키기를 병적인 신념으로 갖고 있으면서 이것을 지키고자 철저하게 힘의 원리를 이용한다. 가족을 지키는 사람은 장정에게 있어 긍정적인 인물이요, 가족을 파괴하는 사람은 제거해야 할 부정적인 인물이다. 그것은 동생 유정에게 있어 예외는 아니다.

유정은 아주 심약한 여성적인 성향이 강한 남자이다. 극의 처음부터 유정은 자신이 장정처럼 힘이 세지 못하고 겁이 많아서 자신이 남자답지 못하다고 생각한다. 그래서 형인 장정에게 자신도 깡패조직에 끼어달라고 부탁한다.

> "유정 : 서, 성아. 거시기, 성님! 나, 나도 말여라, 성허고 일하믄 안될까라? 그, 궁게, 여그 성들허고, 말고, 시키믄 머든 헐팅게라. 그, 궁게, 성 조직서 일헐 수없을까라?"(제1막 자막1)

장정은 이런 유정을 조롱만 한다. 그런데 장정이 조직패 싸움에서 알리바이를 만들기 위해 유정에게 부탁하자, 유정은 자기도 남자다운 일을 할수 있게 되었다고 기뻐한다. 그러나 자기가 하는 일이 아버지의 손을 자르는데 협조했다는 사실을 알고 장정의 '힘'의 논리를 부정하게 된다. 힘이 없고 심약한 인물이지만, 부드러운 성격의 유정은 힘과 위계의 폭력적질서에서 벗어나 정이 많은 인간인 것이다. 그런데 이 유정의 성격은 제2막에 들어서 장정에게 있어 또 다른 아버지 이씨로 인식하게끔 만든다.

유정은 제1막에서 감옥에 끌려가면서 가족을 잘 보살피라는 장정의 간곡한 부탁을 제대로 지키지 못한다. 오히려 아버지 이씨의 부재를 핑계로 단단을 집안으로 끌어들여 장정의 영역을 지저분하게 만든다. 힘으로 만

들어진 장정의 가부장적 영역을 지저분하게 만드는 장면은 제2막 처음에
나타난다.

> "전막으로부터 2년여의 세월이 흘렀다. 방으로 단단의 화장대가 놓였
> 다. '알 파치노'의 브로마이드는 단단의 옷들이 걸린 행거로 가려져있다.
> 방은 단단의 자질구레한 물건들로 너저분하다."(제2막 자막4)

알 파치노는 장정의 이상적 인물이다. 이 '알 파치노'의 브로마이드는
프롤로그에서 무대의 배경으로 가장 먼저 나온다. 그만큼 장징에게 있어
알 파치노는 삶의 축이다. 그런데 장정의 알 파치노 브로마이드가 단단의
옷에 가려져 있다. 이미 장정은 감옥생활을 통해 1막에서 가졌던 가부장
적 힘이 많이 거세된 상태이다. 장정의 눈은 "평정을 잃고 신경질적"(제2
막 자막4)으로 변해 있다. 이미 장정이란 인물의 성격이 제1막과는 달리
근본적으로 변해 있음을 알려주는 내용이다. 제1막에서 장정은 나름대로
스스로를 통제하며 자신이 이상으로 여겼던 힘의 통제를 통한 가족 지키
기에 여념이 없던 어떻게 말한다면 본능을 통제할 줄 아는 사회적 인물이
었다. 그러나 제2막에서 들어선 장정은 이미 사회성을 잃고 본능에 휘말
리는 인물로 전락해 있다.

장정의 이러한 전락을 재촉하는 인물이 표면적으로는 유정이고 이면적
으로는 단단이라고 할 수 있다. 이 작품에서 단단은 장정을 결정적으로
파멸시키는 계기를 제공하는 인물이다. 단단은 장정이 싫어하는 모든 면
을 가지고 있다. 그것은 힘과 남성성에 대한 부정적인 태도, 가족의 울타
리를 파괴하는 침입자로서의 불쾌감, 형제간의 갈등을 일으키는 원인 제
공자라는 역할을 한다. 단단은 "존경받는 가장! 그기 나 꿈이여!"(프롤로
그)라는 장정의 꿈을 철저하게 파괴한다.

단단은 작품의 첫머리부터 아주 의미심장한 인물로 등장한다. 단단은

오빠만 쫓아다니는 달래에 대해 점을 치는 점쟁이로서 자신의 역할을 선보인다. 그리고 "달래와 너무 가까이 지내면 주변사람이 피를 보게돼. 그때는, 붉은뱀을 보게될거야."(제1막 자막1)라고 하는데, 이것은 결국 달래로 인해 피를 보게 되는 장정의 앞날을 예언하는 말이 되고 만다.

단단은 유정과 달래에게 베이스기타와 음악을 가르쳐준다. 또 단단은 장정이 살고 있는 일본식 가옥이 아닌 카페에 둥지를 틀고 있다. 작품의 공간은 장정의 가족이 사는 일본식 가옥의 큰 방과 방 주위를 둘러싼 좁은 마루 그리고 빈 공간으로서의 째즈 카페이다. 이렇게 보면 장정의 공간은 가부장제의 공간이라고 할 수 있고 단단의 공간은 탈가부장제의 공간으로 서로 반대되는 위치에 있다. 단단은 여장남자이다. 단단은 "폭력적이고 권위적이고 중심을 고집하는 남성성을 교란하는 또 다른 남성이다." 22) 단단은 유정과 동성애 관계에 있어 장정이 힘으로서 고집하는 성정체성에 끊임없이 반란을 일으킨다.

  "단단 ; 힘 없다고 부끄러운 게 아냐. 주먹 쎄다고 존경받을 이유는 안돼. 주먹 믿고 거침없이 행동한다고 남자다운 건 아냐."(제1막 자막2)

  "단단 ; (유정의 몸을 만지며) 약한 거? 부끄러워 마. 강한 사람이 있으면 약한 사람도 있지. 낮은 곳에 있는 자, 패배자, 열등아, 배경으로 물러난 사람들, 다 사랑해. ……화려한 건 잠깐이야. 강한 척 하는 남자들, 혹시 약해지지 않을까. 더 강한 자가 나타날까, 노심초사 맘 편할 날 없을걸. 있는 그대로의 네 모습을 사랑해봐. 지는 것도 참 행복한 일이지. 넌 베이스기타야. 다른 악기들이 화려하게 앞에 나설 때, 그 뒤를 조용히 감싸고 있는 베이스기타가 얼마나 좋아. 베이스기타 리듬은 넓은 가슴 속 심장소리처럼 나를 편안하게 해줘. 너는 날 감싸주는 베이스기타야."(제2막 자막4)

....
22) 백현미, 275쪽.

유정과 단단의 동성애 행위는 장정에게 발각된다. 장정은 아버지를 지키지 못한 채 단단을 집안으로 끌어들여 동성애에 빠진 유정에게 폭력을 가한다. 유정은 단단에게 가려고 집을 가출하려고 한다. 장정은 단단에게 찾아가 "니는 유정이허고 못 살어. 유정이는 나 가족이제. 머땀시 넘의 가족을 갈갈이 찢어놀라고 혀?"(제2막 자막5 강간) 하면서 자기 가족을 파괴시켰다는 분노를 터트리며 단단을 강간하려 든다. 그리고 단단이 남자임을 발견한다.

장정은 단단의 머리칼을 쥐고 흔든다. 그러면서 "사내는 사내다! 사내는 사내다워야 헌다! 사내가 가이내처럼 구는 기 사내의 가장 큰 수치다! 사내는 사내다!"(제2막 자막5 강간)면서 외친다.

여기서 장정이 잡은 머리칼은 여성성을 상징한다. 단단이 달래에 대해 점치며 나온 점괘 가운데 "제 머리칼을 썩썩 닦으며 달래나 보지, 달래나 보지."(제1막 자막1 아버지)에서처럼 머리칼을 사실 달래의 여성성을 나타낸다. 달래는 단단이 머리손질하는 것을 유심히 바라보기도 하고 만져보기도 한다. 그리고 달래는 "아, 이쁘다, 참 이쁘다, 언니, 머리, 이쁘다, 파마헝게 이쁜디, 나 머리는 파마 안허까, 파마 이쁜디"(제2막 자막4 관능vs폭력)라고 하면서 머리에 대한 관심을 강하게 보여준다.

장정이 단단의 머리를 쥐어뜯는 모습을 보고 충격을 받은 달래는 가위로 자기 머리를 전부 잘라놓는다. 이에 앞서 달래는 단단의 점술통을 발견하고 단단이 점 보던 모습마저 흉내낸다. 그리고 "고개 넘는디, 뱀이 나오는디, 성아가, 성아가 뻘건 뱀이 되야각고, 잡아묵응게, 피가 뻘건 피가 넘쳐서, 홍수가 났는디……"(제2막, 자막5 강간)라면서 제1막에서 단단이 달래에게 보여줬던 점괘를 되풀이한다. 단단은 불길한 기분으로 사라진다. 단단이 있어야 하는 그 자리에는 달래가 차지하여 단단이 대신 자기 머리를 파머한다. 그리고 단단은 장정에게 강간과 폭력을 당하고 달래는 그 모습을 보고 자기의 머리칼을 쥐어뜯으며 달아난다. 집으로 돌아간 달래는 가위로 머리를 마구 자르고 자른 머리칼 뭉치를 장정에게 내민다.

박씨와 달래

「남자충동」에서 장정은 여성들인 어머니와 달래에 대해 결코 적대적인 자세를 취하지 않는다. 어머니와 달래는 어디까지나 지켜주어야 할 조직의 패밀리와 같은 보호대상이다. 장정의 폭력은 어머니의 이혼 그리고 달래에 대한 성폭력 행위로 인하여 일어나고 있다. 그런데 어머니와 달래는 단순히 여성이기 때문에 보호해야 한다는 태도는 아니다. 그것은 동생 유정을 혼란케 하는 여성으로서의 단단에 대한 장정의 성폭력을 통해 알 수 있다. 장정에게 보다 더 중요한 것은 가족 내의 여성에 대한 보호이지, 가족이 아닌 여성은 자기 가족의 질서를 파괴해서는 안 되는 강한 믿음이 있다.

장정과 어머니 박씨의 관계변화에서 이런 장정의 믿음을 잘 알 수 있다. 박씨는 평생 노름만 하는 무능력자 이씨를 대신하여 실질적인 가부장이었다. 박씨는 가족을 먹여 살린 집안의 대들보 역할을 해왔다. 그런 박씨가 장정에게는 실제의 가부장이었고 남성이었다.

그런데 박씨가 남편의 노름을 더 이상 참을 수 없어 이혼하고 가출한다고 했을 때 장정은 박씨의 남성성을 부인한다.

> "장정 ; (방백) 씨벌 족겉이! 엄니 하나 믿었는디. 엄니가 우리 집 다 살린 줄 알었는디. 이자 봉께 원수는 엄니여. 나가 속아부렀어. 엄니 나 적이여. 여잔게. 엄니도 겔국 여잔게. (발악하며) 가! 가버리랑께! 엄니도 아녀. 우리 가족 망치는데 어머니 아니제. 웬수여! 가, 가드라고!"(제1막, 자막3 패밀리)

여기서 장정은 분명 여자가 적임을 무의식적으로 드러내고 있다. 장정의 남자충동은 표면적으로는 남성사회의 힘 위주의 권력지향이라는 속성을 가지지만 그 이면에는 여성에 대한 억압과 폭력 그리고 부정이 짙게 자리 잡고 있다. 이것은 작품 전체에 일관되게 나타난다. 작가가 장정의 이런 속성을 의도하여 이야기를 꾸려나갔는지는 알 수 없지만 장정의 폭력에는 언제나 여성성에 대한 징벌이 도사리고 있다. 우선 아버지 이씨는 남성임에도 남성적 역할을 못하는 여성화된 남성이다. 이씨의 두 손을 자른다는 것은 남성적 역할을 못하게 만드는 것에 대한 제거이다. 유정 또한 여성석인 성격으로 인하여 장정에게 폭력을 당한다. 단단은 명백하게 여성성에 대한 응징이다. 그렇다면 다른 조직의 보스인 팔득과 장정의 조직 부하인 달수에 대한 응징은 어떻게 해석할 수 있는가. 그것은 자기 영역을 지키는 수컷들의 방어 본능에 의한 응징의 다른 형태라고 할 수 있다. 팔득은 장정의 친가족과 유연관계를 가진 달수를 폭행한 것에 대한 응징으로, 달수는 장정의 친가족인 달래에 대한 성폭행에 대한 응징으로 해석된다.

그렇다고 해서 장정이 여성에 대해 강한 보호본능을 가진 것은 아니다. 장정에게 있어 보호해야 할 대상은 자기 식구로 한정된다. 자기 식구가 아닌 여성은 필요하면 응징의 대상이 된다. 단단의 경우가 그러하다. 박씨에 대한 장정의 울부짖음은 바로 장정의 가부장적 지향이 짐승의 그것과도 유사한 숫컷본능임을 말해준다. 그래서 작가는 제목을 「남자충동」으로 지었는지도 모른다. 남자들의 힘 지향의 행동은 사실은 자기 영역을 지키려는 짐승의 행동과 같다는 것이다. 박씨가 가출하고 난 다음 장정이 어머니에 대해 어떤 언급도 하지 않는다는 것을 보아도 알 수 있다.

어머니 박씨의 목소리는 지금껏 가부장으로서의 목소리였다. 그러던 것이 이런 삶에 대한 불편함을 자각하고 가출하게 된다. 여성으로서 자기

23) 백현미, 277쪽.

삶을 찾으려는 박씨의 자각은 보다 근원적이다.23) 박씨는 남편과 자식들과의 관계 속에서만 살아왔다. 그 삶에서 벗어나려는 박씨에게 오직 하나 망설여지는 것은 딸 달래에 대한 안타까움 때문이다.

> "박씨 ; 달래땜시 죄 많어 죽도 못허고, 고거 병신 만든 죄값 치른다고 살었제. 아녀 나 죄 없어. 다 달래 지년 업보겠지. 나가 먼 죄여. 죄 있으믄 여태 고생으루다 빌써 다 갚은 거일텐디, 그럴거여. 근디, 어이구 달래야이, 니는 참말 어쩌끄나. 나 없이믄... 조런 화상들이... 부자간 심자랑이여. 이그 참말로 더는 안보고잡다. 이 짓거리도 이자 끝이며. 더는 못허겄어. 니가 노름허든 빌어묵든 나는 더 모르겄다. 다 지놈 업잉게. 그려 나는 나대로 살랑만. 다 끝이여."(제1막 자막1 아버지)

달래는 바깥일을 해야 하는 박씨 대신 장정이 키운다. 이른바 장정은 달래의 실질적인 어머니인 셈이다. 이것은 박씨의 말에서도 확인된다.

> "박씨 ; 그렇게 걱정이믄 니가 챙기제. 어릴적인 끔찍이도 달래 위허드만 시방은 그릏기 무심허고... 벵원 의사도, 공생원 선생들도 포기헌 거를, 묵어, 묵어, 고 말만 노래허드끼 중얼대싸코, 달춰 말이 안 통헌 거를, 니가 정성으로 돌봉게, 이자 말도 나누고 안허냐. 기양 니 옆일만 붙어서 떨어질 중 모르덩만... 자폐아믄서 저맨치 나슨 애들이 벨로 없다 안허냐. 다 니가 끔찍히 애끼고 갈쳐서 근간다, 이자는...그렇기 위허더만 이잔..."(제1막 자막2 이혼)

장정은 박씨 대신 달래의 어머니가 되어 달래를 키워온 셈이다. 달래는 장정에게 있어 가족 가운데 가장 지켜내야 할 핵심이다. 장정에게 있어 달래는 조직의 보스가 지켜야 할 가장 소중한 무능력한 부하이다. 혹은 장정과 달래의 관계를 근친상간으로 묶기 위해 단단의 점괘를 통해 달래 설화를 차용했다고 하지만, 장정은 달래를 성적 대상으로 생각해 본 적은 없다.24)

다만 달래를 성폭행하려는 달수에 대해서만큼은 야수와 같은 폭력을 휘둘러 응징한다. 그것은 잔인함이 극에 달한 폭력이다. 달래는 장정이 지켜야 할 여성이 아니라 가족이었던 것이다. 장정의 극중 행동은 이렇게 보면 초지일관 변함이 없다. 그의 폭력 행위 중심에는 언제나 가족의 파괴에 대한 응징이었을 뿐이다.

따라서 장정은 달래가 남들 앞에서 노래하는 것도, 여성으로 성숙해지는 것도 달가워하지 않는다. 달래는 영원히 자기가 지켜야 할 순수한 대상으로 남아 있기를 바랄 뿐이다. 달래의 여성화는 장정이 꺼려하는 부분이다. 어머니도 방치하고 의사도 선생도 포기한 달래를 지극정성으로 키워 사람처럼 만들어준 어머니로서의 장정에게 있어 달래는 영원한 아기인 셈이다.

그러나 달래는 자기 어머니인 장정의 폭력을 응징하는 인물이 된다.

> "달래 ; 무섭단 말여. 큰성은 무서워라. 옆이만 가믄 다 때리잖여. 피나
> 잖여. 큰성은 사나분게. 누구든 패야 좋아헝게. 작은 성도 때리고 단단언
> 니도 때리불고 오빠들도 움씬 때리고…. 피 나불고…. 큰성은 고함질러
> 불고…. 나가 무서워서, 나 똑 죽겄어라. 큰성 옆이 안 갈라는디. 이? 안
> 가도 되제라?"(제2막, 6자막 살인)

작품의 마지막 부분에서 달래는 이렇게 장정의 폭력에 대해 적나라하게 지적한다. 때리고 피나고 고함지르고 하는 이 모든 것은 폭력이다. 공포를 불러일으키는 폭력의 실상에 대해 달래는 지적하고 있는 것이다. 그리고

24) 안석환, 33쪽.

장정과 유정의 형제 싸움 끝에 달래는 장정의 일본도로 장정을 찌른다. 이때 「대부」의 주제곡이 귀를 찢을 듯 커진다. 장정은 달래를 충분히 피할 수 있음에도 홀린 듯 그 자리에 서서 칼에 맞는다. 어쩌면 장정은 달래에 의해 죽음을 맞이하고 싶었는지도 모른다. 이미 모든 상황이 그를 파멸시켜 놓았기 때문이다. 그리고 다시 장정과 달래는 모녀 관계로 되돌아온다.

> "장정 ; 달래야이....
>
> 달래 ; 엄니, 나 아퍼.
>
> 장정 ; 울지 마라.... 목마 태워주끄나... 옛날이 그렇제 니가 한 말도 안 헝게, 다 벙어린 중 알었는디, 벵원서 자폐라고 안혀. 그래서 온금동 공생원이 댕김서, 혹시 따라허까자퍼서는, 노래 불러주고, 너 듣고 따라 허라고, 혼차 지껄이고, 고러고 및년이여? 근디 하루적은 공생원 고아원 성들이, 니를 멍충이 벙어리라고 놀릿제. 나가 눈이 뒤집히서 대들었제. 그때게 억시게 맞음서, 씨벌, 나가, 심만 있으믄, 근육만 땅땅허믄, 다 쥑인다. 달래 건든 놈들 다 쥑인다. 달래 건든 놈들 다 쥑인다 그랫제. 글고, 니 목마 티고, 온금동 언덕 넘는디, 갑제기 말을 혀, 긍께, 니가 쬐깐헌 팔로 나 머리를 꽉 안음시로, 나가 놀래서, 니 머혀냐, 앞이 안 빈다야, 긍께, 태어나 첨으로 말 허는디, 머라 허냐믄, 긍께, 니가 그러길, 나 성이 참말루 좋아라...."(제2막 자막6 살인)

장정의 마지막 대사는 결국 장정이 힘만을 절대적으로 추종해야만 했던 이유가 나온다. 힘과 폭력의 모든 원인은 달래에게서 나온다. 달래를 지키기 위해 필요한 것이 힘이었고 그 힘을 키워 달래로 상징되는 가족을 지키는 것이 장정의 삶의 목적이었던 셈이다. 폭력은 그 수단이었는데, 장정은 수단에 휩싸여 자기 이성을 잃고 파멸의 길로 접어든 셈이다. 달래는 이 작품의 이야기를 끌어가는 하나의 구심체였던 셈이다.

인물들의 지표

이상으로 작품의 주요 인물들을 중심으로 각 인물들의 행적을 장정과
연관지어 살펴보았다. 죽음 뒤에 장정은 에필로그에서 다시 등장한다. 그
리고 자기 삶에 대해 되돌아본다. 그것은 한 마디로 충동적인 삶에 대한
회한이다. 아무리 변명을 하려 해도 자신의 삶은 실패일 뿐이다.

> "장정 ; 머 그려도 가만 따질라믄 나 인생이 실패는 실패제. ……워쩧
> 끄나 실패는 혔제. 인징혀. 나 속에서 터지는 열통을 못참을 기 실패 원
> 인이제. 글매 나 속으 용광로 하나 있었든 모냥이랑게. 고거이 됩데 끓어
> 오름서 불똥이 튀고, 거그다 어깨도 디고 아버지도 디고 나도 디고, 어
> 뜨거러 헝게 또 승질 부리고, 글다 펄펄 끓는 쇳물을 내 심장이다 쏟았
> 든개비요. 인자 이러서 죽어서 봉게, 고렇게 아 뜨거러 아 뜨거러 험서
> 워찌 살았나 모르겄소. 그려도 다시 살으라 허믄 또 그렇기 열 내믄서
> 살 것이요. 분통 터질 벡이 먼수 있겄소."(에필로그)

장정이 파멸한 진짜 원인은 장정 스스로 밝히고 있듯이 힘이나 폭력이
아니다. 그것은 '열통을 못참은' 것 즉 충동이다. 충동은 제어되지 않는
본능이다. 이 작품이 2막으로 구성되면서 1막과 2막에서의 장정의 모습이
차이 나게 그려지는 것도 여기에 이유가 있다. 1막에서의 장정은 어느 정
도 이성으로 제어된 폭력을 휘둘렀다. 거기서는 언제나 폭력을 휘두르는
명분이 있었다. 그리고 그 폭력에 대한 댓가도 감옥행이라는 사회적인 징
벌이었다. 그러나 2막에서의 장정은 명분을 잃은 충동에서 시종일관 폭력
을 휘두른다. 이렇게 제어되지 않은 충동으로 자행되는 폭력은 조직원의
반발을 불러일으키고 형제의 반발을 불러일으켜 결국은 자신이 살인이라
는 극단의 폭력에 희생된다. 그것도 힘과 폭력이 필요했던 가장 큰 원인

인 달래에 의해 살해되는 것이다.

「남자충동」의 인물을 살펴보았을 때 크게 나누어 남성성을 대표하는 장정과 여성성을 대표하는 달래를 양쪽 극단에 두고 그 중간에 아버지 이씨와 유정, 단단, 어머니 박씨가 포진되어 있음을 알 수 있다. 물론 장정의 조직 부하들은 장정의 뒤편에 자리 잡는다. 이렇게 보았을 때 장정과 달래의 중간에 속해 있는 인물들은 하나같이 이 양성 사이를 시계추처럼 왕복하는 인물들임을 알 수 있다.

첫째, 아버지 이씨는 한 가족의 가부장임에도 가부장 노릇을 못하는 불구의 가부장이다. 장정이 이씨의 두 손을 잘랐다 함은 바로 그 불구를 신체적으로 보여주는 행위이다.

둘째, 어머니 박씨는 여성임에도 가부장이 되어야 하는 거세된 여성임을 보여준다. 자식들을 낳은 어머니임에도 그 자식들을 키우지 못하는 어머니 아닌 어머니라는 점에서 아버지 이씨와 같은 인물영역에 속해 있다.

셋째, 유정과 단단은 양성을 왕복하는 성정체성이 혼돈된 인물들이다. 그래도 유정은 좀 더 장정쪽으로 기울어 있지만 단단은 철저하게 여성적이다. 단단이야말로 달래와 일심이체이다. 단단의 머리칼이 곧 달래의 머리칼이며, 단단의 노래가 곧 달래의 노래이다. 단단의 점괘가 달래의 점괘가 된다. 단단이 장정에게 폭력당하는 것은 곧 달래가 폭력당하는 것이다. 그리고 그 폭력에 대한 응징이 달래로부터 가해지는 것이다.

넷째, 달래는 장정과 실제적인 모녀 관계를 갖는 딸로서의 역할을 하고 있다. 말하자면 가장 약한 것, 반드시 지켜주어야 하는 가족이라는 강박관념을 장정에게 심어준 장본인이며, 장정의 모든 가족 지킴이 행동에는 달래를 중심으로 돌고 있다고 할 수 있다. 작품에서 장정이 끝까지 달래에게만큼은 너그럽다는 것에 대해 주목할 필요가 있다. 🦋